WOLFGANG KEMMER
Im Auftrag des Stadtvogts

WOLFGANG KEMMER

Im Auftrag
des Stadtvogts

Historischer Roman

Bisherige Veröffentlichungen im Gmeiner-Verlag:
Sherlocks Geist (2015)

Besuchen Sie uns im Internet:
www.gmeiner-verlag.de

© 2017 – Gmeiner-Verlag GmbH
Im Ehnried 5, 88605 Meßkirch
Telefon 0 75 75 / 20 95 - 0
info@gmeiner-verlag.de
Alle Rechte vorbehalten
1. Auflage 2017

Lektorat: Claudia Senghaas, Kirchardt
Herstellung: Julia Franze
Umschlaggestaltung: U.O.R.G. Lutz Eberle, Stuttgart
unter Verwendung eines Bildes von: © https://commons.wikimedia.org/
wiki/File:Lucas_Cranach_d.J._-_Männliches_Bildnis,_1564_(Kunsthis-
torisches_Museum).jpg; https://commons.wikimedia.org/wiki/File:De_
Merian_Sueviae_027.jpg
Druck: CPI books GmbH, Leck
Printed in Germany
ISBN 978-3-8392-2131-0

Für Dorothee

»Die Rache ist mein; ich will vergelten. Zu seiner Zeit soll ihr Fuß gleiten; denn die Zeit ihres Unglücks ist nahe, und was über sie kommen soll, eilt herzu.«

(Aus dem Buch Mose, Kapitel 32, Vers 35)

PROLOG

AM 24. APRIL 1547 besiegte der katholische Kaiser
Karl V. aus dem Hause Habsburg mit einem zusam-
mengewürfelten Heer von Spaniern, Niederländern,
ungarischen Husaren, Italienern und deutschen Landsknechten in der Schlacht bei Mühlberg an der Elbe die
zahlenmäßig stark unterlegenen Truppen des Schmalkaldischen Bundes, in welchem sich die protestantisch
gesinnten Landesfürsten und Städte zur Wahrung ihrer
religiösen Ziele zusammengeschlossen hatten. Kurfürst Johann Friedrich von Sachsen wurde gefangen
genommen, Landgraf Philipp von Hessen ergab sich
dem Kaiser einige Zeit später in Halle durch Fußfall.
Damit waren die Häupter der Bewegung unterworfen
und der erste Religionskrieg auf deutschem Boden so
gut wie beendet. Während der Kaiser unter ausreichen-
der Bedeckung mit dem gefangenen sächsischen Kurfürsten langsam gen Wittenberg zog, wo die endgültige
Kapitulation unterzeichnet werden sollte, hinterließ die
plündernd und brandschatzend durchs Land ziehende
Vorhut unter dem spanischen Herzog Alba eine Spur
des Schreckens.

Am Vorabend des 1. Mai erreichte sie ein Waldschlöss-
chen im Thüringischen, welches sich der jagdbegeis-
terte Kurfürst hatte erbauen lassen. Herzog Alba, seine
hohen Offiziere und die übrige Gefolgschaft bezogen
die großzügig ausgestatteten Gemächer Johann Friedrichs, die hauptsächlich aus Spaniern gebildeten Kern-

truppen wurden im nahe gelegenen Dörfchen Trockenborn einquartiert. Das ebenfalls zur Vorhut gehörende deutsche Landsknechtsfähnlein unter seinem Hauptmann Lazarus von Schwendi dagegen musste in einem etwa eine Viertelstunde entfernt gelegenen Gehölz lagern. Eine Maßnahme, welche den Unmut unter den ihrem spanischen Heerführer ohnehin nicht sonderlich wohlgesonnenen Landsknechten schürte. Zumal der finstere Herzog jegliche Art von Maifeiern als heidnisches Brauchtum strengstens untersagt hatte.

Mit finsteren Mienen saßen die Männer in ihren Rotten an den Feuern und murrten über die Verbündeten, welche unmittelbar nach der Ankunft in Trockenborn den erst kurz zuvor von den Dorfbewohnern aufgestellten Maibaum gefällt hatten. Während die Müdigkeit bei den meisten dazu führte, die Gemüter bald wieder zu besänftigen, heizte an einem der Feuer der Rottenführer die Stimmung an, indem er ein Fässchen Branntwein kreisen ließ und wilde Reden schwang.

»Teufel noch eins, ich sag euch jetzt was«, krakeelte er, »ich will ab heute kanonenkugeldicke Hühnereier scheißen, wenn das nicht die verdammt noch mal größte Schlacht war, die je auf dieser elenden Welt geschlagen wurde. Und wir waren dabei auf der richtigen Seite!«

Das Lagerfeuer loderte hoch, als er mit einem Ast darin herumstocherte, die wild tanzenden Flammen verschafften seinen markigen Worten die richtige Untermalung. Seine Untergebenen sahen ihn überrascht an.

»Davon merkt man herzlich wenig!«

»Willst du uns verulken, Hermann?«

Der Rottmeister brachte das aufkommende Gemurmel mit einer herrischen Handbewegung zum Schweigen.

»Was meinst du mit der richtigen Seite, Oheim?«, wagte ein halb im Schatten sitzendes Bürschchen mit dünner Stimme in die Stille hinein zu fragen. »Ich dachte immer, du wärst auch im Herzen ein Lutherischer.«

Der Angesprochene sah zu ihm hin. Überraschung, Ärger, schließlich Belustigung huschten in schnellem Wechsel über sein narbenübersätes Gesicht. »Mein lieber Richard«, schnarrte er, »du enttäuschst mich doch sehr. Von den übrigen Eseln habe ich ja nichts anderes erwartet …«

»Hehe!«

»Pass auf!«

Ein kurzer Blick ließ die Proteste verstummen.

»Aber du bist von meinem Blut«, fuhr er fort, »einer von Pferrsheim, dir hätte ich mehr zugetraut. Da sollte selbst ein Gelbschnabel wie du schon wissen, dass die richtige Seite immer die des Siegers ist. Und lutherisch oder nicht, wir gehören zu den Siegern, das allein zählt. Oder etwa nicht?«

Er sah herausfordernd in die Runde.

Zögerndes Gemurmel der Zustimmung ließ sich vernehmen.

»Was hilft mir der Luther, wenn ich nichts zu fressen hab oder ein Kaiserlicher mir den Spieß in den Wanst rammt! Außerdem ist der Luther schon mehr als ein Jahr unter der Erde, und die hochgestochenen Streitereien der großen Herren und Gelehrten gehen mir am

Arsch vorbei. Die schert's doch keinen Hundsfurz, wo unsereins bleibt.«

Das zustimmende Gemurmel wurde lauter. Er hob die Hand zum Zeichen, dass er noch nicht fertig war.

»Aber umso mehr stößt es mir jetzt verdammt übel auf, dass wir in diesem gottverfluchten Gehölz liegen müssen, während die Welschen im Dorf hausen, ein ordentliches Dach überm Kopf haben, was Tüchtiges zu beißen und am End gar noch ein paar dralle junge Weiber zum Drübersteigen!«

Aus dem Gemurmel waren nun Ärger und Unzufriedenheit wieder deutlich herauszuhören.

»Was, frag ich euch, was haben die denn mehr geleistet als wir? Nur weil ein paar Spanier wie die Ratten durch die Elbe geschwommen sind und diese lächerliche Brücke gebaut haben, müssen sie nicht glauben, sie wären was Bessres!«

»Haha, wie die Ratten!«

»Lächerlich, jawohl!«

»Allein hätten die Welschen es doch nie geschafft, die Schmalkaldischen zu schlagen.«

»Nein, niemals nicht!«

»Weiß Gott nicht!«

»Und war es etwa ein Welscher, dem sich der dicke Brezenbauch am Ende ergeben hat?«, bohrte Hermann nach.

»Nein, gewiss nicht!«

»Nein, dem von Trotha!«

»Richtig, einer unserer Ritter war es. Und deshalb sag ich euch: Uns gebührt mindestens genauso großer Verdienst am Sieg!«

Das Gemurmel schwoll weiter an, sodass auch die müden Landsknechtrotten an den umliegenden Feuern wieder aufmerksam wurden.

Der Vernarbte ließ seine Blicke schweifen und hob warnend den Zeigefinger an die Lippen. Erst als er sicher war, dass kein Ungebetener zuhörte, redete er weiter: »Der Kaiser ist auch nur ein Welscher und wird uns gewiss nicht zu unserem Recht verhelfen. Außerdem ist er eh nicht hier, weil er es vorgezogen hat, sich mit dem sächsischen Fettsack abzuschleppen, statt ihm sofort den Garaus zu machen. Und sein nobler Herzog denkt ja nicht mal dran, den eigenen Ranzen zu füllen, so rappeldürr, wie der ausschaut. Soll er meinetwegen im Schloss hausen mit den anderen hohen Herren, damit er sich sein hochwohlgeborenes Gerippe nicht verkühlt.« Er hatte die letzten Sätze sehr ruhig vorgetragen, nun wurde sein Ton wieder leidenschaftlicher: »Aber warum, frag ich euch, warum soll es den gemeinen Welschen und sogar ihren verlausten Fußknechten besser gehen als uns?«

»Ja, warum?«, erscholl es wie aus einem Mund.

Wieder wandten sich ihnen einige Gesichter von den umliegenden Feuern zu.

Der Vernarbte grinste und wartete, bis sie sich wieder abgewandt hatten. Dann sagte er leise: »Und deshalb gehen wir jetzt und holen uns, was uns zusteht.«

»Ja!«, riefen diesmal nur zwei beherzte Stimmen, die anderen schien diese Konsequenz ihres Rottenführers eher zu erschrecken.

»Aber was wird der Hauptmann dazu sagen?«, verlieh Richards dünne Stimme ihren Zweifeln Ausdruck.

Für einen Moment herrschte Stille, in der alle ratlos auf den Vernarbten starrten, der immer noch mit dem Ast in der Hand in ihrer Mitte am Feuer stand.

»Nichts wird er dazu sagen«, zischte er. »Nichts, weil wir ihn gar nicht erst um seine Meinung fragen werden.«

»Aber Hermann …«

»Wer nicht mittun will, mag getrost hier bleiben«, bestimmte er. »Nur sollte er das Maul halten, sonst könnte es sein, dass er es nie wieder aufsperrt.«

»Aber wie willst du es machen? Wie mit den welschen Posten verfahren?«, gab einer zu bedenken.

»Verfahren?« Der Vernarbte lachte auf. »Verfahren will ich gar nicht mit ihnen. Die werden ebenso wenig davon mitkriegen wie der Hauptmann. Wir schleichen uns durch den Wald zum Dorf und schauen, was es dort zu holen gibt. Und dann nehmen wir es uns, so einfach ist das!« Er stieß den Ast in die Flammen. »Wer kommt mit?«

Alle außer dem schmächtigen Richard meldeten sich. Als er sah, dass er der Einzige war, der nicht den Arm gehoben hatte, rief er mit seiner dünnen Stimme: »Einer von uns sollte beim Feuer bleiben.«

»Richtig«, sagte der Vernarbte. »Du bist ja doch ein kluger Junge. Wenigstens daran erkennt man die Verwandtschaft mit mir.« Er grinste. »Und deshalb möchte ich auf dich an meiner Seite auch nur ungern verzichten. Siegbert mag hier bleiben!«

Der Betroffene wollte protestieren, doch der Vernarbte brachte ihn mit einem vielsagenden Blick und einer herrischen Handbewegung zum Schweigen. »Es soll zu deinem Schaden nicht sein, Siegbert. Wir bringen dir was Schönes mit. Verlass dich drauf.« Er trat hin zu dem Mann, klopfte ihm auf die Schulter und flüsterte ihm dabei etwas ins Ohr. Dann wandte er sich wieder an die Übrigen. »Wir nehmen nur die kurzen Waffen mit und gehen erst, wenn die Feuer weiter heruntergebrannt sind und die anderen schlafen.«

Die Männer nickten. Bis auf Siegbert, der am Feuer sitzen blieb, es aber nur mehr so schwach schürte, dass es nicht ausging, zogen sich alle mit ihren Decken in den Schatten der Büsche und Bäume zurück und warteten schweigend auf den Aufbruch.

Fast eine Stunde verharrten sie noch so, bis an den umliegenden Feuern endgültig Ruhe eingekehrt war. Dann gab der Vernarbte ein Zeichen, und sie krochen einer nach dem anderen hinter ihm her ins Unterholz.

Obwohl der wolkenverhangene Himmel die Orientierung erschwerte, bewegten sich die Männer erstaunlich schnell und geräuschlos zwischen den dicht stehenden Bäumen hindurch. Die Spanier waren beim Aufstellen der Wachen nachlässig gewesen. Hermann schlich voraus, leicht geduckt, um nicht ständig den herabhängenden Ästen ausweichen zu müssen, gefolgt von Richard, dem er befohlen hatte, nah hinter ihm zu bleiben.

Nachdem sie eine knappe halbe Stunde unterwegs gewesen waren, lichtete sich der Wald vor ihnen. Das Dörfchen konnte nicht mehr weit sein. Der Vernarbte hielt an und wandte sich abrupt um. Der Junge lief fast in ihn hinein.

»Trottel!«, zischte Hermann.

Statt der erwarteten patzigen Antwort starrte das Bürschchen entsetzt an ihm vorbei.

Hermann fuhr herum.

Ein Spanier war wie aus dem Nichts hinter ihm aus dem Boden emporgewachsen. Er hob sein Signalhorn, um Alarm zu schlagen.

»Nimm das verdammte Ding runter, du Drecksack!«, bellte der Vernarbte.

Der Mann verstand ihn nicht.

Hermann zog den Katzbalger. Der Spanier wich einen Schritt zurück, hatte das Horn schon am Mund. Hermann stürzte auf ihn zu, erwischte ihn irgendwo am Hals oberhalb seines Brustharnischs. Der Posten stieß einen erstickten Laut aus, griff mit der freien Hand ins Leere und fiel.

»Das war knapp«, ächzte Hermann.

»Was hast du getan?«, jammerte der Junge hinter ihm.

»Halts Maul!« Hermann drehte sich um, das Kurzschwert drohend erhoben. Inzwischen waren auch die übrigen Landsknechte herangekommen.

»Es sind doch trotz allem unsere Verbündeten«, stieß Richard hervor.

»Halts Maul, sag ich! Wenn du …«

Weiter kam er nicht, denn hinter ihm erscholl nun doch noch das Horn des schwer verletzten Spaniers, schwach zwar, aber laut genug, dass kurz darauf in einiger Entfernung Lichter angingen, Rufe erklangen und schnelle Schritte hörbar wurden.

Hermann zögerte keinen Augenblick, stürzte sich sofort wieder auf den am Boden liegenden Mann, entriss ihm mit der Linken das Horn und schlitzte ihm mit dem Kurzschwert in der anderen Hand die Kehle auf.

»Bist du verrückt?«, schluchzte der Junge, während er entsetzt beobachtete, wie Hermann seine Klinge in aller Seelenruhe abwischte und in die Scheide steckte.

Das Geräusch von Schritten war nun nicht mehr nur aus Richtung der Häuser, sondern auch hinter ihnen im Wald zu vernehmen. Es knackte und krachte, Richard wandte sich um und sah, wie drei ihrer Kameraden Reißaus nahmen, die anderen starrten ebenso wie er voll Entsetzen auf Hermann. Der grinste sie an, würdigte die davonrennenden Gefolgsleute aber keines Blickes.

»Lasst sie laufen, die Schwachköpfe!« Er kniete sich neben den Spanier und bettete den Kopf des Toten in seinen Schoß. »Na los«, befahl er Richard und den anderen, »macht euch bemerkbar, damit die Welschen uns gut sehen können und nicht auf die Idee kommen, wir hätten was zu verbergen!«

Zwei der Männer begriffen sofort, was er vorhatte, traten neben ihn und riefen heftig winkend die Spanier herbei. Nur Augenblicke später trafen mehrere von ihnen fast gleichzeitig ein, alle mit Schwertern und Spießen bewaffnet. Richard stieß einen leisen Schrei aus, als er in die Mündung einer Radschlosspistole blickte. Im Nu waren die deutschen Landsknechte von Spaniern umringt.

»Es waren Dorfbewohner«, rief Hermann ihnen zu. »Elende Lutherische. Sie sind weggerannt.« Er deutete in den Wald, aus dem immer noch Geräusche zu hören waren, als bräche ein Rudel Wildschweine durchs Unterholz.

Die Spanier starrten ihn feindselig an.

»Sag's ihnen«, fuhr Hermann den Jungen an. »Und sag ihnen, wer wir sind. Du sprichst doch ihre Sprache.«

Richard übersetzte.

Die Mienen der Spanier verfinsterten sich noch mehr. Ihr Anführer, ein Fähnrich, befahl einigen seiner Männer, den im Gehölz Verschwundenen nachzusetzen – in der Nacht bei dem Vorsprung der Fliehenden ein fast aussichtsloses Unterfangen. Dann untersuchte er den Toten, schüttelte den Kopf und schnauzte etwas in Richtung Richard.

»Sie wollen ihn zum Schloss bringen«, erklärte Richard für Hermann und seine übrigen vier Kameraden. »Wir sollen aus Ästen eine Trage zimmern und ihn schleppen.«

»Na schön«, versetzte Hermann.

Im Nu hatten er und seine Leute eine provisorische Trage gebaut, auf die sie den Toten legten. Dann schritt Hermann neben Richard inmitten eines Trupps Spanier voran, während ihre vier Kameraden mit der Trage auf den Schultern folgten. Die Waffen durften sie behalten, was Richard als gutes Zeichen wertete.

Schweigend bewegte sich der Zug durch das Örtchen, dessen einzige Straße gesäumt war von düster dreinblickenden Soldaten, die ihrem Kameraden das letzte Geleit gaben, während die Dorfbewohner es vorzogen, in den Häusern zu bleiben. Hinter Trockenborn führte der Weg ein Stück weit bergan durch den Wald, doch bevor die vier Leichenträger richtig ins Schnaufen gerieten, wurden zwischen den Bäumen auch schon die ersten Nebengebäude des kleinen Jagdschlosses sichtbar.

Als sie an einer aus klobigen Stämmen gezimmerten Hütte vorbeikamen, ließ ein tiefes drohendes Brummen Richard zusammenfahren. Im Dunkel neben der Hütte befand sich ein Zwinger, hinter dessen Gittern sich ein gewaltiger Braunbär aufgerichtet hatte. »Nicht so schreckhaft, Kleiner«, grinste der Vernarbte verächtlich, »das Bärchen wird dir doch wohl keine Angst einjagen!« Sie marschierten weiter. Je näher sie dem Schloss kamen, umso mehr wimmelte es von Spaniern, zumeist Angehörige der Tercios, der berittenen Elitetruppen des Herzogs. Der Lärm hatte alle auf die Beine gebracht, und so kam ihnen auch Alba selbst mit seinem Gefolge schon in dem kleinen Schlosshof entgegen.

Der Ruf, welcher dem eisernen Herzog vorauseilte, gründete nicht zuletzt auch auf seinem Äußeren. In seiner erschreckenden Magerkeit mit den kantigen, unnachgiebige Härte ausstrahlenden Gesichtszügen, dem Respekt einflößenden streng gestutzten Schnurrbart und der leichenhaften Blässe seiner Haut wirkte er wie ein unheilvoller Geist.

In ruhigem unterwürfigem Ton berichtete ihm der Fähnrich, was er über den Vorfall wusste. Der Herzog nahm den Toten nur flüchtig in Augenschein, dann ließ er die deutschen Landsknechte vortreten und wechselte ein paar Worte mit einem seiner Leute, der eher wie ein Schreiberling denn wie ein Kriegsmann aussah und sich anschließend an Hermann wandte.

»Ich bin Hans Baumann aus Rotenburg«, erklärte er, »ich begleite den Herzog und diene ihm als Chronist und Übersetzer. Seine Exzellenz will wissen, zu welchem Fähnlein ihr gehört und was ihr in Trockenborn zu suchen hattet?«

»Das haben wir dem Fähnrich doch schon alles erzählt: Wir gehören zum Fähnlein des Hauptmanns von Schwendi, das auf Befehl des Herzogs jenseits des

Dorfes lagert. Wir hatten uns schon zur Ruhe gelegt, als wir verdächtige Geräusche im Wald vernahmen. Es treibt sich momentan so viel Gesindel herum, da mussten wir natürlich nachschauen, und dabei gerieten wir immer tiefer ins Gehölz und merkten gar nicht, dass wir uns dem Dorf näherten. Als wir in Sichtweite der Häuser kamen, sahen wir dann, dass wir drei Männer verfolgt hatten, die wie Dörfler aussahen. Der tapfere Posten, der jetzt tot dort am Boden liegt, hatte sich ihnen ihn den Weg gestellt. Die Drei hatten offenbar etwas zu verbergen, und weil sie uns hinter sich wussten, aber keine Ahnung hatten, wie viele wir waren, fielen die Feiglinge lieber über ihn her und machten ihn ohne Erbarmen nieder. Immerhin gelang es dem wackeren Mann noch, Alarm zu geben, und da sahen sie, dass sie nicht mehr ins Dorf zurück- konnten, um sich dort zu verstecken, und flüchteten kur- zerhand wieder in den Wald. Wir taten unser Bestes, um sie aufzuhalten, aber sie liefen wie die Hasen.«

Hans Baumann übersetzte für den Herzog.

Dessen ohnehin finstere Miene verdüsterte sich dabei immer mehr. Kalte Wut blitzte aus seinen Augen, als Bau- mann geendet hatte. Der Vernarbte verstand die barschen spanischen Worte nicht, die der Herzog sprach, aber dass es um Leben und Tod ging, konnte er an den Blicken ablesen. Einer der hohen Herren aus seinem Gefolge tuschelte mit Baumann, der sich daraufhin erneut an den Herzog wandte.

»Mein Gott, er will das ganze Dorf niederbrennen«, flüsterte Richard.

»Scheiß auf das Dorf, ich will wissen, was mit uns ist«, zischte Hermann zurück.

»Ich glaube, er hat dir die Geschichte abgenommen«, meinte Richard.

»Gut. Wer ist der verdammte Kerl, der da so auf ihn einredet? Will der ihn etwa noch umstimmen?«

»Das ist der Herzog von Württemberg«, raunte Richard. »So wie es scheint, will er das Dorf retten.«

In der Tat entspann sich ein längerer Disput zwischen den beiden Herzögen, die mit Baumann ein paar Schritte zur Seite getreten waren. Endlich kamen sie zu einer Übereinkunft. Nachdem Alba seinen Offizieren ein paar kurze Anweisungen gegeben hatte, kehrte er mit seinen Begleitern ins Schloss zurück, nur Baumann trat zu den Landsknechten und verkündete ihnen die Entscheidung des Herzogs:

»Ihr könnt zu Eurem Fähnlein zurückkehren und dem Hauptmann sagen, dass er zum Aufbruch rüsten soll. Wir ziehen weiter. Seine Exzellenz hatte vor, aus Rache für den toten Trompeter das ganze Dorf niederzubrennen, doch Herzog Ulrich hat es trefflich verstanden, ihn zu besänftigen. Das Dorf wird verschont, aber um seine aufgebrachten Leute wegen des Meuchelmordes an einem der Ihrigen zufriedenzustellen, hat der Herzog von Alba angeordnet, das Schloss dem Erdboden gleichzumachen.«

»Ha, gar nicht dumm«, entfuhr es dem Vernarbten, »da ist sicher mehr zu holen!«

Baumann sah ihn missbilligend an. »Nicht für Euch. Ihr solltet Euch aus dem Staub machen.« Sein Ton wurde scharf. »Seine Exzellenz sagt, Ihr hättet Euch eigentlich gar nicht von Eurem Fähnlein entfernen dürfen. Nur weil Ihr versucht habt, seinem Mann beizustehen, lässt er Euch ungestraft davonkommen.«

»Dann richtet dem hohen Herrn unseren Dank aus und lebt wohl«, entgegnete Hermann spöttisch, drehte sich um und wies seine Kumpanen an, ihm zu folgen.

Während langsam schon der Morgen graute, marschierten sie unbehelligt, wenn auch unter den finsteren Blicken der Spanier, den Weg zurück, den sie gekommen waren. Keiner sprach auch nur ein Wort.

Als sie an der Hütte mit dem Zwinger vorbeikamen, stand dort ein Mädchen, kaum dem Kindesalter entwachsen, sprach leise mit dem Bären und streichelte ihn durch das Gitter. Sie schien sich gerade erst von ihrem Lager erhoben zu haben, denn sie war barfuß und noch im Hemd, und die braunen Locken fielen ihr ungebändigt auf die Schultern.

»Da hol mich der Leibhaftige!«, rief der Vernarbte. »Was entdecken wir denn da noch für ein Schätzchen!«

Das Mädchen drehte sich um. Im diffusen Licht der Morgendämmerung schätzte Richard sie auf höchstens zwölf oder 13. Erschrecken zeichnete sich beim Anblick der Männer auf ihrem hübschen Gesicht ab. Sie raffte ihr Hemd und lief in die Hütte.

Der Vernarbte lachte. Einen Augenblick lang schien es, als wolle er ihr nach.

»Wir müssen zurück zu unserem Fähnlein!«, mahnte Richard.

»So, müssen wir das?« Hermann musterte ihn spöttisch. »Wir sollen uns davonmachen, während die Welschen das Schloss plündern. Ist das vielleicht gerecht?«

»Wir sollten unser Glück nicht zu sehr auf die Probe stellen«, gab einer der anderen zu bedenken. »Der Hauptmann will es sich gewiss nicht mit Alba verderben. Er würde Gift und Galle spucken, wenn er davon erführe.«

Hermann überlegte, sah sich um. Es waren keine Spanier in Sicht. »Ja«, räumte er ein, »es ist besser, wenn wir erst einmal zurückgehen. Der Alte hat Angst vor dem welschen Teufel. Doch es ist ja noch nicht aller Tage Abend.«

»Was hast du vor?«

»Wir packen unser Zeug und brechen mit den anderen auf. Aber wir können ja etwas vergessen, was uns zwingt, noch einmal zurückzukehren. Nähme mich Wunder, wenn die verfluchten Welschen beim Plündern nicht auch was vergessen würden, was wir brauchen können.«

Als der Vernarbte und seine Rotte Stunden später in den Büschen unweit des Jagdschlösschens lagen und beobachteten, wie die letzten Spanier abzogen, mussten sie jedoch feststellen, dass ihre Verbündeten ganze Arbeit geleistet hatten. Alles, was auch nur den geringsten Wert besaß, war von den Spaniern weggeschleppt worden. Anschließend hatten die Plünderer die aus Holz erbauten Gebäudeteile in Brand gesteckt und die Mauern geschleift, sodass kein Stein mehr auf dem anderen geblieben war.

»Sieht nicht so aus, als sollten wir dort auch nur noch einen müden Furz finden«, stöhnte Siegbert, der am Vorabend beim Feuer hatte zurückbleiben müssen.

Die anderen stimmten fluchend zu. Nur Hermann teilte ihre Enttäuschung nicht.

»Oswald, du holst Richard bei den Pferden ab«, befahl er. »Bringt die Tiere zur Hütte, wo wir letzte Nacht den Bären gesehen haben. Die liegt weiter zum Dorf hin. Wenn wir Glück haben, ist sie von den Welschen verschont geblieben, und wir haben doch nicht ganz umsonst gewartet.«

Er warf noch einen prüfenden Blick in die Richtung, in der die letzten Spanier zwischen den Bäumen verschwunden waren, dann stand er auf, trat aus dem Gebüsch und schritt seinen Untergebenen voraus. Sie waren zu sechst, zerlumpte wenig vertrauenerweckende Gestalten, die im Gegensatz zu den in den Farben Albas gekleideten Elitetruppen des Herzogs keine einheitliche Kleidung, sondern die wild zusammengewürfelte bunte Tracht der Landsknechte trugen, der nur die gepufften und geschlitzten Hemden und Hosen und die prahlerisch ausgepolsterten Hosenlätze gemein waren. Gerüstet war lediglich der Rottenführer mit einem leichten Reiterharnisch über dem Lederwams. Trotz ihres abgerissenen Äußeren marschierten sie nun, da die spanischen Soldaten abgezogen waren, mit der geschwellten Brust von Siegern durch den Wald.

Der Bär witterte sie schon von Weitem, war aber in den letzten Stunden so vielen fremden Gerüchen ausgesetzt gewesen, dass er erst unruhig wurde, als sie schon fast vor seinem Zwinger standen.

»Na, wenn das nicht einen schönen warmen Pelz für den Winter gibt!«, rief der Vernarbte und stieß sein Schwert zwischen den Gitterstäben hindurch nach dem Tier.

Der Bär wich zurück und brüllte wütend. Aus der Hütte kam ein Mann gelaufen, der an Größe dem Bären nichts nachstand und seiner Kleidung nach zu schließen einer der kurfürstlichen Jagdaufseher sein musste. Beim Anblick der Landsknechte und Hermanns gezücktem Schwert runzelte er die Stirn. »Lasst das Tier in Frieden«, sagte er und trat dem Vernarbten furchtlos entgegen, obwohl er selbst keine Waffe trug.

»Schaut euch den an!« Hermann lachte dröhnend. »Ein feiger Bärenhäuter, der bei den Weibern hinterm Ofen liegt, während Männer in den Krieg ziehen. Aber mir will er vorschreiben, was ich zu tun und zu lassen habe!«

Der Mann erwiderte nichts, sondern hielt dem Blick des Vernarbten ruhig stand. Eine kleine Ewigkeit standen sie sich gegenüber. Außer dem bedrohlichen Fauchen des Bären war nichts zu hören. Selbst die Vögel schienen verstummt zu sein. Da ertönte ein Wiehern hinter Hermann und ließ ihn herumfahren. Richard und Oswald waren auf ihren Pferden herangekommen und führten die übrigen am Zügel mit. Der Jagdhüter, der sie von Weitem hatte kommen sehen, nutzte die Unaufmerksamkeit seines Kontrahenten und schob den Riegel des Zwingers zurück, um die Gittertür zu öffnen und den Bären herauszulassen. Doch er war zu langsam.

Hermann hatte sich ihm bereits wieder zugewandt und nutzte den Moment, ihm das Schwert von hinten in den Rücken zu stoßen. Augenblicklich erstarrte der Jagdhüter mitten in der Bewegung, ein Stöhnen entrang sich seiner Brust, dann riss er mit einer ruckhaften Anstrengung die Gittertür auf und kippte vornüber in den Zwinger. Der Bär brüllte, gleichzeitig ertönte von der Hütte her ein Schrei des Entsetzens. Das Mädchen, welches in der Nacht das Tier gestreichelt hatte, stürzte aus der Hütte, gefolgt von einer Frau, aus deren Armen sie sich offenbar gerade erst gewaltsam befreit hatte.

Das blutige Schwert in der Hand, sah Hermann ihr mit hungrigen Blicken entgegen. Achtlos stieß er den am Boden liegenden Jagdhüter mit dem Fuß weiter in den Zwinger hinein, schlug die Tür zu und schob den Riegel vor. Inzwischen hatte das Mädchen ihn fast erreicht und wollte sich blind vor Wut mit geballten Fäusten auf ihn werfen. Im letzten Moment wurde sie von ihrer Verfolgerin gepackt und zurückgerissen. Schützend schob die Frau sich vor das Mädchen, ihr Gesicht war vor Angst und Entsetzen völlig verzerrt. Dennoch war die Ähnlichkeit der beiden unverkennbar und wies sie als Mutter und Tochter aus. Die Blicke der Mutter suchten nach einem Ausweg, schweiften gehetzt über die übrigen Landsknechte, die dem Treiben des Vernarbten tatenlos zugesehen hatten.

Hermann lachte. »Na Siegbert, wie wär's? Du die Alte, ich die Junge. Und die anderen nehmen sich erst mal die Hütte vor!«

In diesem Moment machte die Frau zwei schnelle Schritte zu dem neben ihr stehenden Sägebock, griff sich die dahinter lehnende Axt und schwang sie gegen den Vernarbten. Hätte er sich nicht Siegbert zugewandt, wäre der Hieb tödlich gewesen. So streifte die Schneide ihn nur an der Wange. Er schrie auf, fuhr herum und stieß der Frau dabei in einer einzigen fließenden Bewegung das Kurzschwert bis zum Heft in den Bauch. Dann erst griff er mit beiden Händen nach der Wunde in seinem Gesicht, wobei er die am Boden liegende Frau und das sich über sie werfende Mädchen nicht aus den Augen ließ.

»Tut mir leid, Siegbert«, sagte er kalt und betrachtete fast beiläufig das Blut an seinen Händen. »Wenn du dich beeilst, ist vielleicht noch ein bisschen Leben in ihr.«

»Ich verzichte«, entgegnete Siegbert, zog den vor Entsetzen erstarrten Richard mit sich fort und verschwand mit ihm und den anderen in der Hütte.

»Wie du meinst.« Der Vernarbte wandte sich wieder dem Mädchen zu.

Die Kleine starrte ihn mit weit aufgerissenen Augen an wie den Leibhaftigen. Ihre Hände umklammerten den Griff seines Katzbalgers, der immer noch tief im Bauch ihrer Mutter steckte.

»Lass es!« Er packte sie grob an den Armen, riss sie von der sterbenden Frau weg, stieß sie vor sich her zum Sägebock, warf sie rücklings darauf und brachte die wild um sich schlagende mit ein paar Fausthieben an den Kopf zum Schweigen. Dann riss er ihr die Kleider auf, schob die Röcke hoch, spreizte ihre Beine und machte seinen Latz auf. Seine Begierde war riesig und roh. Wie ein Rammbock stieß er wieder und wieder in sie hinein. Wenn sie sich aufbäumte, schlug und würgte er sie.

Der Bär brüllte und wütete währenddessen in seinem Zwinger, als wollte er dem sich schließlich nur mehr schwach wehrenden Mädchen zu Hilfe kommen. Den am Boden liegenden Jagdhüter dagegen rührte das Tier nicht an. Oswald, der als Einziger bei den Pferden zurückgeblieben war, sah es mit Staunen, hatte aber alle Hände voll zu tun, die ängstlichen Tiere in Zaum zu halten.

Als der Vernarbte sich endlich grunzend zurückzog und sein Gemächt abwischte, bewegte sich das Mädchen nicht mehr. Der Bär brummte bloß noch, als hätte er resigniert. Doch seine funkelnden Augen verfolgten den Mann, wie er zu der toten Mutter schlenderte, sein Schwert aus ihrem Bauch zog, die Klinge an ihrem Rock säuberte und in die Scheide steckte. Dann trat er zu Oswald, nahm ihm den Zügel seines Braunen aus der Hand und stieg auf.

»Aufbruch!«, brüllte er in Richtung der Hütte.

Siegbert war der Erste, der, mit einer fast neuen grünen Lederweste bekleidet, einem Leinensäckchen voller Seife und einigen in ein Frauengewand gewickelten Kämmen und Bürsten bepackt, herauskam. Auf den Rücken hatte er sich eine leichte Armbrust geschnallt.

»Nicht viel zu holen«, beschwerte er sich.

Hinter ihm kam Richard, der lediglich ein kleines Bündel mit Büchern in den Händen trug. Mit entsetzten Blicken sah er auf die tote Frau und das reglos daliegende Mädchen. Dann auf den Mann im Bärenzwinger, der nun wieder leise stöhnte.

»Was machen wir mit dem da?«, fragte Siegbert.

»Den lassen wir liegen. Soll die Bestie ihn fressen.« Hermanns Blick hing an der Armbrust. Er deutete darauf, schnippte mit dem Finger. »Danke fürs Mitbringen.«

Siegbert wollte aufbegehren, besann sich aber sogleich. Mit finsterer Miene schnallte er die Armbrust ab und gab sie Hermann, der sie kurz begutachtete, bevor er sie an seinen Satteltaschen festzurrte.

Die anderen waren mittlerweile auch aus der Hütte gekommen. Aus einem geöffneten Fenster drang Qualm. Sie schwangen sich ebenfalls auf ihre Pferde.

Der Vernarbte zwang sein widerstrebendes Tier dichter an den Zwinger heran. »Falls das Vieh Lust hat, das

Weiberfleisch auch noch zu fressen ...« Er griff nach seinem Spieß und schob damit im Vorbeireiten den Riegel zurück, der den Zwinger verschloss. Der Bär fauchte wütend.

Hermann gab seinem Pferd die Sporen und preschte den anderen auf dem Waldweg voran. Keiner sah sich mehr um. Nur Richard blickte noch einmal kurz zurück und beobachtete dabei, wie der Bär sich tatsächlich über den am Boden liegenden Mann herzumachen schien. Er war allerdings schon zu weit weg, um noch erkennen zu können, dass das Tier nicht etwa zubiss, sondern dem Mann fast zärtlich mit der Zunge übers Gesicht leckte.

DER BÄRENFÜHRER

Augsburg, Dienstag, 10. April 1548

FAST EIN JAHR WAR VERGANGEN seit der Schlacht bei Mühlberg. Über acht Monate dauerte schon der Reichstag in Augsburg, zu dem der siegreiche Kaiser unter großer waffenstarrender Bedeckung in die Stadt eingezogen war, um die Geschäfte des Reichs neu zu ordnen und die schwelende Religionsfrage ein für alle Mal zu lösen.

Sehr zu seinem Leidwesen liefen die Verhandlungen nicht, wie er es sich erhofft hatte. Selbst das Interim, das nur eine Übergangslösung darstellen sollte, bis das päpstliche Konzil von Trient einen Beschluss gefasst hatte, wie mit der neuen Lehre umzugehen sei, wurde von seinen Gegnern, an ihrer Spitze immer noch sein schärfster Widersacher Johann Friedrich von Sachsen, abgelehnt. Obwohl dieser bereits die Kurwürde an seinen aufseiten der Katholiken kämpfenden Vetter Moritz hatte abtreten müssen, ließ der Fürst sich auch in der Gefangenschaft nicht beugen und hielt eisern die Stellung für die Protestanten.

Während die Großen des Reiches hinter verschlossenen Türen im Rathaus tagten oder sich bei Empfängen und Gastmählern vergnügten, herrschten auf den Straßen und Plätzen Augsburgs mächtiges Geschiebe und Getriebe. Das gemeine Volk drängte ins Freie, um die frühlingshaften Temperaturen zu genießen. An den Ostertagen war es noch sehr kalt gewesen und auch die Aussicht, die festlich gekleideten Majestäten in all ihrem Prunk in den Dom einziehen zu sehen, hatte nur wenige hinter dem warmen Ofen hervorgelockt. Außerdem hatten die meisten die Nase längst voll von den fremden Herrschaften, die sich ungefragt in ihrer Stadt einquartiert hatten, deren Gefolge die Straßen und Märkte unsicher machte und verschmutzte und deren Gefräßigkeit die Lebensmittel verknappte und die Preise in die Höhe trieb. Augsburg hatte im Krieg aufseiten der Schmalkaldener gestanden, und es war vor allem dem Einsatz Anton Fuggers zu verdanken gewesen, dass der Kaiser einigermaßen nachsichtig mit seinen rebellischen Untertanen verfahren war. Im Gegensatz zu Maximilian, seinem Onkel und Vorgänger auf dem Kaiserthron, war Karl den Augsburgern nicht sonderlich wohl gesonnen. Seine Anwesenheit in der Stadt war im Grunde nichts anderes als eine feindliche Besetzung. Seit dem Beginn des Reichstags herrschte der Ausnahmezustand. Im Rathaus war eigens eine Schiedsstelle für Nationalitätenkonflikte eingerichtet worden. Die aus aller Herren Länder rekrutierten Truppen des Habsburgers, der selbst nicht recht zu wissen schien, welcher Nation er eigentlich angehörte, sorgten für ein babylonisches Sprachengewirr in den Straßen. Karl selbst hatte einmal scherzhaft gemeint: »Ich spreche Spanisch zu Gott, Italienisch zu den Frauen, Französisch zu den Männern und Deutsch zu meinem Pferd.« Böse Zungen höhnten, dann müsse das Pferd wohl verständiger sein als die meisten Menschen, da das Deutsch des Kaisers so holprig war, dass er immer einen Übersetzer brauchte.

Der Mann, der sich mit seiner Begleiterin dem Fischmarkt mit dem von spielenden Gassenlümmeln umlagerten Neptunbrunnen näherte, brauchte keinen Übersetzer, obwohl auch er zu den kaiserlichen Truppen gehörte. Er war allerdings auch kein Welscher, sondern trug die Kleidung eines Landsknechts. Er war schmächtig und für einen Söldner noch sehr jung. Sein braunes Haar war dicht, sein Bartwuchs aber noch so spärlich, dass es mehr als fraglich schien, ob er sich schon einmal rasiert hatte. Seine Augen waren klug und wachsam, als müsse er beständig vor etwas auf der Hut sein. Das Mädchen an seiner Seite wirkte sogar noch jünger als er. Sie war höchstens 14 und sah ein wenig mager und mitgenommen aus. Aber sie hatte ein offenes, hübsches Gesicht. Nur die Nase war ein bisschen zu spitz und zu lang geraten, und die Gegend um ihr linkes Auge war bläulich verfärbt. Ihre Kleidung war ärmlich, aber sauber. Am Arm trug sie einen großen Weidenkorb, mit dem sie auf dem Markt Besorgungen machen wollte.

»Schön, dass du wieder da bist, Richard«, gurrte sie, »vielleicht bekomme ich ja in deiner Begleitung heute mal genug Brot, sonst ist der Schmied wieder unausstehlich. Was meinst du, wie lange die Belagerung wohl noch anhält?«

»Eigentlich hätte ich nichts dagegen, noch ein bisschen länger zu bleiben.« Er streichelte ihren Arm, mit dem sie sich bei ihm untergehakt hatte. »Als Schmied verdient der Siegmund doch ganz gut an den vielen Berittenen, die alle ihre Pferde beschlagen lassen.«

»Ja, sollte man meinen, aber sie zahlen nicht alle. Außerdem lässt er sich immer wieder auf faule Geschäfte ein, so wie mit deinem Oheim, der ihn für das Beschlagen der Pferde zum Saufen eingeladen hat und sonst nix. Und uns fehlt dann das Geld, um das teure frische Brot zu kaufen, und wenn ich immer nur altbackenes bring, krieg ich Dresche. Die Margret verdrückt sich, wo sie nur kann. Ich will ihr ja keinen Vorwurf machen, bin froh, dass sie mich aufgenommen hat, aber sie nutzt wirklich jede Gelegenheit, um sich davon zu machen.«

»Wo ist sie denn hin?«

»In Friedberg bei der Burgi, meiner anderen Muhme, die kriegt mal wieder ein Kind.«

»Dann bist du also im Moment allein mit dem Lienhart dem Grobian ausgeliefert?«

»Na ja.« Sie seufzte. »Wenigstens tut er dem Buben nix. Und so viel ändert es eigentlich auch nicht, wenn die Margret da ist, außer dass er sie dann zuerst verdrischt und wenn ich Glück hab, schon genug hat, bevor die Reihe an mich kommt. Aber die letzte Zeit starrt er mich immer so seltsam an, auch wenn er nicht gesoffen hat.«

Er blieb am Neptunbrunnen stehen, benetzte seine freie Hand darin und strich ihr damit sanft über die Wange unter ihrem blauen Auge. »Wenn etwas ist, schick den Lienhart zu mir. Und wenn er dich noch mal schlägt, kann er was erleben.«

»Dank dir für dein Kümmern, aber was willst du schon ausrichten gegen so einen Ochsen von einem Mannsbild?«

»Ich hab vielleicht nicht so dicke Arme, dafür aber mehr im Kopf.«

Sie lachte. »Du bist ein kluges Bürschchen, das sagt die Margret auch.«

»Kluge Frau, deine Muhme.«

Sie zog ihn weiter. »Aber sie meint auch, ich sollt mich ja nicht mir dir einlassen. ›Lisbeth‹, hat sie gesagt, ›gib bloß Obacht, die Landsknechte sind ein fürchterlich wetterwendisches Kriegsvolk, die drehen ihr Mäntelchen nach dem Wind, dienen heute diesem und morgen jenem Herrn und haben in jeder Stadt ein andres Liebchen.‹«

»Ich werd mich vom Kriegshandwerk verabschieden, sobald ich's vermag, mich anderweitig zu versorgen, und der Hermann mich gehen lässt. Wir beide, du und ich, wird sind schicksalsverwandt.«

»Ja, nur dass meine Mutter leider keinen Bruder hatte, zu dem ich hin konnt. Was willst denn tun?«

»Ich kann lesen und schreiben und ein wenig Spanisch. Das sollte mir helfen, Arbeit in einer Schreibstube zu finden.«

»Du bist gescheit, aber wie es hier weitergeht, weißt auch nicht.« Sie schüttelte den Kopf. »Wenn sich die hohen Herren was in den Kopf setzen, bist machtlos und musst vielleicht schon bald wieder weg. Denn gegen deinen Oheim kommst ja doch nicht an.«

»Hermann ist nicht der Schlechteste. Er hat seine Fehler und ist ein rauer Gesell. Für ihn gibt es nichts anderes als das Kriegshandwerk. Aber immerhin hat er sich nach Vaters Tod um mich gekümmert. Wenn er mich nicht mitgenommen hätte – wer weiß, was aus mir geworden wäre. Die Mutter war ihm jedenfalls sehr dankbar.«

»Das mag ja alles sein.« Sie sah schaudernd nach dem Galgen, den sie gerade passierten, und beschleunigte ihre

Schritte. Das Gerüst, welches der Kaiser kurz nach seiner Ankunft in Augsburg vor dem Perlachturm hatte errichten lassen, gab ihren Gedanken eine neue Richtung: »Trotzdem fand ich's nicht schön, dass er freiwillig mitgeholfen hat, diesen stattlichen Mann zu verraten und zu fangen, der in der Woche vor Fastnacht geköpft wurde.«

»Den Vogelsperger?«

»Ja, warum musste der sterben?«

»Er hatte Landsknechte für den Franzosenkönig angeworben. Der Kaiser wollte ein Exempel statuieren.«

»Du sprichst immer so gelehrt. Wahrscheinlich bin ich einfach nur zu dumm, um alles zu verstehen. Er hat dem Kaiser doch gar nix tan, und der Franzos ist so weit weg.«

»Der Kaiser will zeigen, wer der Herr im Haus ist. Deshalb auch der Galgen.«

»Jaja, ich weiß, das mit dem Herrn im Haus hast du mir ja schon mal erklärt. Trotzdem: In dem Fall war es nicht recht, das hab ich gefühlt, als ich den Mann auf dem Blutgerüst gesehen und gehört hab, wie er gesprochen hat. Ich bin froh, dass dein Oheim dich nicht mitgenommen hat bei dem hinterhältigen Streich.«

Richard schwieg.

Mittlerweile hatten sie den Fischmarkt und den Perlachplatz hinter sich gelassen und waren über den Holzmarkt zum Tanzhaus gekommen, in dessen Gewölben sich die Markthallen für die einheimischen Metzger und Bäcker befanden. Statt geradewegs hineinzugehen, ließen sich die jungen Leute jedoch vom Lärm des hinter dem Tanzhaus beginnenden Weinmarkts anlocken, wo wie immer eine große Menge Volks zusammengelaufen war.

Die vornehmsten Häuser standen hier, der Fuggerpalast, in dem der Kaiser Quartier bezogen hatte, und nur zwei Ecken weiter das Haus von Ulrich Welser, in dem sein Gefangener, der Sachsenfürst Johann Friedrich, untergebracht war. Letzterer hatte dort im November vom Fenster aus mit ansehen müssen, wie sein Vetter Moritz vom Kaiser auf dem Weinmarkt in einem feierlichen Zeremoniell mit der Kur belehnt worden war, die er ihm zuvor geraubt hatte. Johann Friedrich hatte es mit Fassung getragen und die Großmut, die man ihm allerorten nachsagte, wieder einmal gezeigt, indem er nicht sich, sondern seine Untertanen bedauerte. Das Volk in Augsburg mochte ihn, erinnerte er doch ein wenig an den alten leichtlebigen Kaiser Maximilian, der sich immer gerne in der Freien Reichsstadt aufgehalten hatte. Im Gegensatz zu ihm war Maximilians Neffe Karl ein sauertöpfischer Griesgram, und sein Vasall, der Herzog von Alba, ein dürres Schreckgespenst.

Wie Maximilian war auch Johann Friedrich ein großer Freund von Ritterspielen, Musik und Belustigungen jeder Art, und wenn er nicht selbst in seinem Hofe im Welserhaus Lustbarkeiten veranstaltete, schaute er gerne von seinem Logenplatz am Fenster auf den Weinmarkt hinunter, um sich die Tage seiner Gefangenschaft so angenehm wie möglich zu gestalten.

Dort gab es sonst nur an den Markttagen Sänger und Musikanten, tanzende Zigeunerinnen, Wahrsagerinnen, die aus der Hand lasen, Feuerspucker und Akrobaten, Geschichtenerzähler und Bänkelsänger oder Bader und Zahnreißer, die ihre Dienste anboten. Der Reichstag allerdings lockte so viele Fahrende in die Stadt, dass der

Weinmarkt täglich von immer neuen Akteuren bevölkert wurde. Die Truppe, die das Osterspiel dargeboten hatte, war zwar schon weitergezogen, aber andere Gaukler waren bereits wieder von Ulm und Donauwörth her eingetroffen. Es herrschte ein ständiges Kommen und Gehen in der Stadt.

So saß Johann Friedrich mit seinen Vertrauten auch jetzt wieder am Fenster auf einem überdimensionierten Stuhl, der seine Leibesfülle zu tragen vermochte, und schaute herab zu einem der Neuankömmlinge, um den sich gerade das meiste Volk drängte.

»Wenn ich den Fürsten seh, muss ich immer an sein armes Pferd denken«, raunte Lisbeth hinter vorgehaltener Hand. »Der Siegmund hat es neulich zum Beschlagen da gehabt, ein friesischer Hengst, hat er gesagt. Groß wie ein Haus, aber bestimmt froh für jeden Augenblick, wo es den Dicken nicht schleppen muss.«

Richard grinste. »Komm, lass uns mal schauen, was da los ist.« Er zog sie zu der Menschenmenge und schaffte es, ein Plätzchen zu erhaschen, von dem aus noch etwas zu sehen war.

Vor einem Planwagen, an den ein mageres Pferdchen gespannt war, führte ein Bärenführer mit seinem Tier allerlei Kunststücke auf. Er ließ den Bären über einen Balken balancieren und auf einem rollenden Fass laufen. Dann warf er ihm verschiedene Gegenstände zu, die das Tier auf den Hinterbeinen stehend mit den Vorderpranken auffing.

Es war ein Braunbär, ungewöhnlich groß, keines jener verlotterten Exemplare, wie man sie sonst auf den Marktplätzen sah. Sein Pelz glänzte und wirkte gepflegt. Er stand gut im Futter und trug lediglich einen Maulkorb und ein mit einer langen Leine verbundenes ledernes Halsband. Auch die Klauen waren nicht wie sonst bei Tanzbären üblich gestutzt.

»Was für ein schönes Tier«, flüsterte Lisbeth ihrem Begleiter zu. Der schien sich jedoch mehr für den Mann zu interessieren. Er musterte ihn mit ungläubigen Blicken und wurde dabei zusehends unruhiger.

Nachdem der Bär sein Geschick unter Beweis gestellt hatte, erklärte der Bärenführer den Umstehenden, wie viel er jeden Tag fressen müsse und bat um eine Spende. Dann wolle er gerne noch eine weitere Kostprobe geben und ihnen demonstrieren, wie stark das Tier sei. Er machte mit dem Bären an der Leine die Runde. Obwohl nur wenige Münzen in den Hut des Mannes flogen, dankte er artig und achtete sorgsam darauf, dass niemand dem pelzigen Gesellen zu nahe kam.

»Warum hat das Vieh keinen Nasenring und liegt nicht an der Kette, wie es üblich ist?«, meckerte dennoch ein neu hinzugekommener Stadtsoldat.

»Mein Ursus lässt sich nicht an der Nase herumführen«, antwortete der Bärenführer, der ein aus den verschiedensten Tierfellen kunterbunt zusammengestückeltes Gewand trug und mit seinem dichten Vollbart und seinen schulterlangen von grauen Strähnen durchzogenen Haaren selbst wie ein halber Bär aussah. »Und es ist auch gar nicht nötig. Er hat nämlich Grütze im Kopf.«

»Hoffentlich hat er auch so viel Verstand, dass er nicht über die Leute herfällt«, gab der Stadtsoldat zurück. »Sonst müssen wir ihn auf der Stelle töten.«

»Das sollte Euch wohl schwerfallen, denn er hat nicht nur den Verstand, sondern auch die Kraft von drei Männern. Aber keine Sorge, ich bin ja dabei.«

»Ja, das beruhigt uns alle auch ungemein, dass so ein Marktschreier wie du uns beschützt«, spöttelte der Stadtsoldat. »Womit willst du das Untier denn im Zaum halten, wenn es plötzlich rasenden Hunger verspürt? Doch nicht etwa mit diesem lächerlichen Halsband? Oder willst du etwa behaupten, dass auch du die Stärke von drei Männern besitzt?«

Statt einer Antwort führte der Mann den Bären zurück zu seinem Wagen, band ihn mit der Leine an einem der Hinterräder fest und kramte hinter dem Vorhang, der die Ladefläche verdeckte, eine große glänzende Kugel hervor.

»Hier fangt!«, rief er dem Stadtsoldaten zu, der ihm gefolgt war.

Der Mann war geistesgegenwärtig genug, um seine Hellebarde fallen zu lassen, aber er verschätzte sich gewaltig, was das Gewicht der Kugel anging. Der Bärenführer hatte sie ihm wie einen Lumpenball zugeworfen, und er versuchte sie tatsächlich zu fangen, verlor aber das Gleichgewicht, schrie auf und fiel samt der Kugel hintenüber in den Dreck.

»Was für ein Schwächling! Imbécil! Seht den Schlappschwanz! Eso le pasa por tonto!«, wurden sofort höhnische Stimmen im Publikum laut, in dem sich wie immer auch eine Menge Spanier befanden.

Fluchend wälzte der Stadtsoldat das glänzende Ding von sich und rappelte sich auf. Während er sich den Staub von den Kleidern klopfte, versuchten zwei flinke Straßenjungen, die Kugel aufzuheben, schafften es aber nicht, sie überhaupt zu bewegen.

»Da ist ja Lienhart«, entfuhr es Richard, der das Schauspiel aus sicherer Entfernung gespannt verfolgte. Lisbeth nickte und ließ besorgt ihre Blicke schweifen. Gleich darauf biss sie sich auf die Lippen und zog sich unwillkürlich ein Stück weiter zurück, als wollte sie sich hinter ihrem Begleiter verbergen.

Ein baumlanger, schmutziger Kerl, der große Ähnlichkeit mit einem der Jungen hatte, war zu den Akteuren hinzugetreten. Man sah ihm den Schmied nicht nur an der groben Lederschürze an. Seine Pranken waren gewaltig und seine Oberarme dicker als die Schenkel vieler Männer.

»Das war ein nettes Stückchen, das du da geliefert hast«, sagte er zu dem Bärenführer. »Aber um so ein Untier zu bändigen, bedarf es sicher mehr.« Er wandte sich zu dem Stadtsoldaten, der den Bärenführer zornblitzend anstarrte. »Was meinst du, Philippus, muss ich dem Biest einen Nasenring verpassen?« Dabei hob er wie beiläufig die Kugel auf.

»Das dürfte Euch schwerfallen ohne meine Einwilligung«, entgegnete der Bärenführer unbeeindruckt.

Der Mann mit der Schürze grinste. »Wollen wir es drauf ankommen lassen?« Sein Gesicht war nicht nur von der Hitze des Schmiedefeuers, sondern auch vom Trinken gerötet und gedunsen. Seine Nase überzogen eine Vielzahl von roten und blauen Äderchen, und die Augen waren blutunterlaufen. Siegmund der Schmied war als Trunken- und Raufbold in ganz Augsburg berüchtigt. Allerdings gab es so schnell keinen, der sich an Körperkraft mit ihm messen konnte, sodass ihm langsam die Gegner ausgingen. Er warf dem Bärenführer die Kugel vor die Füße.

In Erwartung des unvermeidlich scheinenden Kampfes drängten die Neugierigen dichter heran. Längst waren auch die Zuschauer der anderen Attraktionen auf das Spektakel, das sich hier anbahnte, aufmerksam geworden. Die Musiker hörten auf zu spielen, die Tänzerinnen verharrten bewegungslos und starrten herüber. Es wurde mucksmäuschenstill auf dem gesamten Platz. Auch der Sachsenfürst am Fenster beobachtete erwartungsvoll, was geschehen würde. In seinem Gesicht zeigte sich eine größere Anteilnahme als gewöhnlich.

Mitten in die Stille hinein grummelte der Bär.

Der kleine Junge, dessen Ähnlichkeit mit dem Schmied davon zeugte, dass dieser in jungen Jahren wahrscheinlich auch einmal recht ansehnlich ausgesehen hatte, rief: »Seht doch, Ursus schüttelt den Kopf.«

In der Tat wiegte der Bär sich hin und her und schien dabei schwerfällig, aber mit deutlicher Missbilligung seinen schweren Kopf zu schütteln.

Der Bärenführer sah zu ihm hin. Ernst stimmte er dem Jungen zu: »Ich glaube, er hält es für keinen guten Gedanken, dass wir uns gegenseitig die Köpfe einschlagen.«

»Blödsinn!« Der Schmied gab dem Jungen einen Stoß vor die Brust, dass er nach hinten taumelte, und grunzte unwillig. Finster starrte er den Bärenführer an. »Sei es, wie es wolle, auf jeden Fall gehört der Bestie ein ordentlicher Nasenring verpasst.«

»Jawohl, Siegmund, zeig's ihm! ¡Vamos! Schlagt euch, ihr Feiglinge! Cobarde de mierda! Große Töne spucken und jetzt den Schwanz einziehen! ¡No tienes cojones, cabrón! Wir wollen endlich Blut sehen! Los, schnapp dir den Bären, Siegmund!«, kreischte die Menge.

Der Schmied war nicht gerade beliebt, aber die Leute wollten ihren Spaß. Auch der Stadtsoldat schien wieder Mut gefasst zu haben, packte die Hellebarde und näherte sich drohend dem Bärenführer.

Der hob schnell die Hand, was die Zuschauer verstummen und den Soldaten unwillkürlich zurückzucken ließ. Einige kicherten albern. Dann war es wieder still.

»Ihr zweifelt daran, dass ich, Barnabas der Bärenführer, stark genug bin, es mit diesem Schmied hier aufzunehmen?«, rief der Graubart. »In der Tat wäre ich nicht Manns genug, einen Bären zu halten, sollte ich nicht in der Lage sein, diesen Raufbold in die Schranken zu weisen.«

»Hört, hört!«, riefen einige der Umstehenden. Viele sicher in der Hoffnung, dass der Schmied eine ordentliche Abreibung erhielte.

Mittlerweile waren aber auch weitere Männer der Stadtwache hinzugekommen. Ein Hauptmann mischte sich ein: »Philippus Engelhardt, was ist hier los?«, wandte er sich an den Soldaten. »Macht dein Vetter Siegmund wieder Ärger?« Mit strengen Blicken musterte er den Schmied und den Bärenführer. »Wer Händel sucht, landet in den Eisen! Und zwar schneller, als ein Schwein furzen kann.«

Die Menge, die sich um ihr Vergnügen gebracht sah, murrte. »Lass sie doch! ¡Vamos! Los jetzt endlich! ¡Qué mierda! Was für eine Scheiße!«, brüllten ein paar Unzufriedene.

»Wer sagt denn etwas von Händeln«, sprach der Bärenführer ruhig. »Es geht hier lediglich um eine kleine Mei-
nungsverschiedenheit, die wir ganz friedlich lösen können. Diese Leute hier«, er deutete auf den Schmied und
den Stadtsoldaten, »zweifeln daran, dass ich stark genug
bin, meinen Bären zu bändigen. Ich schlage daher einen
kleinen Wettkampf vor«, er sah den Schmied herausfordernd an, »bei dem sich jeder davon überzeugen kann, ob
meine Kräfte ausreichen.« Er trat zu seinem Wagen, tätschelte im Vorbeigehen dem Bären das Fell. Dann holte
er eine Kiste hinter dem Vorhang hervor, zählte feier-
lich 15 Schritte ab und stellte sie dort ab. Er machte den
Deckel auf und holte eine Reihe großer hölzerner Kegel
heraus, die er in drei Reihen hintereinander aufstellte.

Dann ging er wieder zurück zu der glänzenden Kugel,
hob sie auf, machte einen einzigen schnellen Ausfall-
schritt, ließ den Arm mit der Kugel nach hinten und
wie in einer einzigen Bewegung wieder nach vorne
schwingen. Im nächsten Augenblick sauste die schwere
Kugel über die Erde auf die Kegel zu. Die umstehenden
Zuschauer sprangen mit Schreckensschreien zur Seite.
Polternd traf die Kugel ihr Ziel. Die Kegel purzelten
durcheinander, bis keiner mehr stand.

Bewundernde Rufe wurden laut, und sogar vom Fenster des Welserhauses war beifälliges Klatschen zu vernehmen. Der Bärenführer baute die Kegel wieder auf.
Anschließend brachte er die Kugel zurück zum Schmied
und hielt sie ihm hin. »Wer meint, er könne das auch,
möge es versuchen!«

Der Raufbold grinste und nahm die Kugel. Verächtlich wog er sie in der Hand. Er versuchte, es dem Bären-

führer gleichzutun, ließ den Arm nach hinten schwingen. Als die Kugel seine Hand verließ, brüllte er laut auf, als wolle er sie damit zu ihrem Ziel hin treiben. Für einen Moment herrschte erwartungsvolle Stille. Dann sahen alle, dass die Kugel langsamer als die des Bärenführers war, deren Lauf man mit dem Auge kaum hatte verfolgen können. Die des Schmieds verlor schon nach wenigen Schritten an Geschwindigkeit, kullerte nur noch auf ihr Ziel zu und tippte schließlich kraftlos gegen den vordersten Kegel, der leicht ins Schwanken geriet, aber nicht umfiel. Ein Raunen ging durch die Menge, die weiter Entfernten wagten es, spöttisch zu lachen.

»Er hat Glück gehabt!«, protestierte der Schmied lautstark. »Außerdem hat er das bestimmt schon öfter gemacht, während es für mich der erste Versuch war.«

»Ihr habt recht«, sagte der Bärenführer. »Ein bisschen Glück ist manchmal auch dabei, damit alle Kegel umfallen. Aber ich glaube, Euch hat es an etwas anderem gemangelt.« Das zustimmende Kichern aus der Menge ließ dem Schmied die Zornesader auf der Stirn schwellen.

»So versuch es halt noch einmal«, forderte der Hauptmann der Stadtwache. »Jetzt weißt du ja hoffentlich, wie es geht.«

Einer seiner Leute war zu den Kegeln getreten, um dem Schmied die Kugel zu bringen. Er ächzte schwer und musste beide Hände zu Hilfe nehmen, um sie vom Boden hochzuheben. Nach wenigen Schritten ließ er sie fallen und grummelte: »Teufel auch, holt euch das verdammte Ding doch selbst. Was soll ich mich damit schinden!«

Die Umstehenden lachten. Der Schmied winkte ab. »Ich habe Besseres zu tun, als mich hier mit dahergelaufenen Bärenhäutern abzugeben. Zu Hause wartet die Arbeit.«

Damit drehte er sich auf dem Absatz um und stakste durch die bereitwillig zurückweichende Menge davon. Den Jungen zerrte er mit sich.

Richard hörte, wie Lisbeth neben ihm aufatmete. Sie war nicht die Einzige, die den Schmied fürchtete. Einzelne spöttische Kommentare wurden sofort laut, das große Gelächter aber brauste erst auf, als er schon außer Hörweite war. Auch wenn der Raufbold heute einmal unterlegen gewesen war, hatte doch keiner ernsthaft Lust, sich mit ihm anzulegen.

Der Hauptmann wandte sich wieder dem Bärenführer zu. »Ich will zu deinen Gunsten annehmen, dass du den Bären ebenso gut im Griff hast wie den Schmied. Aber du weißt, dass du mit dem Tier nicht in der Stadt nächtigen solltest?«

Barnabas nickte. »Ich habe eine Herberge außerhalb der Mauern gefunden, der Wirt hat mir versichert, dass ich meinen pelzigen Freund dort im Keller unterbringen darf.«

»Sei's drum«, meinte der Hauptmann, »du scheinst mir ein besonnener Mann zu sein. Solange du keine Händel verursachst, habe ich nichts dagegen, wenn du hier weitermachst. Den Leuten scheint es ja zu gefallen.« Er sah hinüber zum Fenster des Welserhauses, wo der Sachsenfürst sich von seinem Sessel erhoben hatte, um besser sehen zu können. »Und den Herrschaften auch.«

»Habt Dank«, sagte der Bärenführer. Nachdem der Hauptmann sich zurückgezogen hatte, nutzte er die Gunst der Stunde, ließ seinen Bären einige weitere Kunststücke vollführen und machte anschließend noch einmal die Runde mit dem Hut. Unter dem Eindruck seines starken Auftritts zeigten die Zuschauer sich besonders freigiebig. Sogar der Sekretär des abgesetzten Kurfürsten kam aus dem Welserhaus eigens auf den Weinmarkt herunter, um ihm einen wohl gefüllten Beutel in die Hand zu drücken.

Richard beobachtete, wie der Mann leise mit dem Bärenführer sprach, der daraufhin hinauf zu dem dicken Mann am Fenster blickte und sich verbeugte. Johann Friedrich schenkte ihm ein huldvolles Lächeln und winkte gönnerhaft.

Richard versuchte, an den Gesten abzulesen, ob die beiden sich kannten, um so vielleicht endgültigen Aufschluss darüber zu erhalten, ob es sich bei dem Bärenführer tatsächlich um jenen Jagdhelfer handelte, den Hermann vor rund einem Jahr im Wald bei Trockenborn in der Nähe des fürstlichen Jagdschlösschens niedergestochen hatte. Er war nicht sicher. Richard war damals erst später mit den Pferden dazugekommen und hatte den Mann nur kurz von vorne gesehen, und das auch noch aus einiger Entfernung. Danach hatte er mit dem Gesicht nach unten wie tot im Zwinger gelegen. Seiner Erinnerung nach hatte er längst nicht so wild ausgesehen, keinen Bart und kürzere Haare gehabt, die auch nicht grau gewesen waren. Aber was besagte das schon? Richard überlegte, ob er seinem Onkel von dem Mann erzählen sollte. Hermann war wieder einmal mit ein paar Männern seiner Rotte auf einem Streifzug außerhalb der Stadt. Richard war nur am Anfang dabei gewesen, dann hatte Hermann ein Einsehen gehabt und ihn früher nach

Augsburg zurückgeschickt. »Hermann ist ein unruhiger Geist, viel zu umtriebig, als dass er sich gern zwischen Mauern aufhalten würde«, hatte Richards Mutter über ihn gesagt. Richard mutmaßte, dass Hermanns Unrast weniger mit Geist als vielmehr mit Trieb zusammenhing, er hatte jedoch keine Zeit, lange darüber nachzudenken, denn Lisbeth drängte. Sie wollte endlich ihre Besorgungen erledigen, und er hatte versprochen, sie noch zum Brotmarkt zu begleiten. Der Bärenführer würde sich bestimmt noch ein paar Tage in Augsburg aufhalten. Es blieb also immer noch Zeit, mit Hermann zu reden.

꽃

Im Gegensatz zu dem jungen Landsknecht hatte Johann Friedrich, den Wohlgesonnene gerne »den Gutmütigen«, alle anderen aber nur »den fetten Brezenbauch« nannten, seinen früheren Jagdgehilfen trotz dessen wilden Bartwuchses, den grauen Strähnen und seinem ärmlichen Aufzug sofort erkannt. Auch in der Gefangenschaft war der Fürst über alles, was sich in der Heimat abspielte, bestens informiert. Er korrespondierte regelmäßig mit seiner Ehefrau Sybilla und den drei Söhnen und versuchte, die Regierungsgeschäfte aus der Ferne nach Kräften zu führen. Der Verlust des Jagdschlösschens und das gleichzeitige Verschwinden des Jagdgehilfen hatten ihn tief bekümmert. Für das Anwesen hatte er schon Ersatz in Auftrag gegeben. Unter der Aufsicht seines Jagdmeisters Wolf Goldacker sollte ein neues Schlösschen bei Wolfersdorf, ganz in der Nähe des alten erbaut werden. Der Mann aber war nicht zu ersetzen.

Nicht nur sein Wissen über Tiere, seine Art, sie aufzuspüren und mit ihnen umzugehen, auch seine Kraft und seine Besonnenheit waren einzigartig, und hätte es noch eines Beweises bedurft, dass es sich bei dem Bärenführer Barnabas de facto um den Jagdgehilfen Michael Sollstedter handelte, so war dieser mit dem eindrucksvollen Auftritt auf dem Weinmarkt mehr als erbracht.

Sollstedters Frau und Tochter waren beim Durchzug von Albas marodierenden Truppen getötet worden, er selbst spurlos verschwunden. Das Seltsame daran war, dass es außer ihnen keine weiteren Toten gegeben hatte. Das Dorf war vollständig verschont worden, und die Bewohner des Schlosses hatten dieses geräumt, bevor die Spanier mit der Plünderung und Zerstörung begonnen hatten. Sollstedter hatte mit seiner Familie in einer Hütte zwischen Dorf und Schloss gewohnt. Irgendein dunkles Geheimnis lag über dem Verschwinden des Jagdgehilfen.

Nicht nur deshalb dachte der abgesetzte Kurfürst angestrengt darüber nach, wie er es am besten anstellen könnte, mit dem Bärenführer Kontakt aufzunehmen, ohne allzu viel Aufmerksamkeit zu erregen. Natürlich hätte er einfach selbst hinunter gehen und mit ihm reden können. Es war nichts Ungewöhnliches daran, dass er sich mit Gauklern unterhielt, ein paar Worte des Lobes äußerte oder sie dies und jenes fragte. Mit Sollstedter wollte er eine längere Unterredung. Er musste unter vier Augen mit ihm sprechen.

Die Bewachung durch die Spanier war nicht sonderlich streng. Dennoch hatten beständig vier Mann ihr Lager neben dem Wohnzimmer im Welserhaus aufgeschlagen

und begleiteten Johann Friedrich auf allen seinen Aus-
flügen in angemessener Entfernung. Und der Ton des
Kaisers war in den letzten Wochen rauer geworden. Von
Freilassung war keine Rede mehr, vielmehr davon, dass
der Gefangene mit nach Spanien und in die Niederlande
müsse, wenn er nicht endlich in der Religionsfrage klein
beigebe.

Johann Friedrich überlegte, ob sein Eheweib Sybilla
den Bärenführer vielleicht geschickt haben mochte, um
ihm bei der Flucht zu helfen. Allerdings machte das
nicht viel Sinn. Sie wusste doch, dass er nicht daran
dachte zu fliehen, weil der Eid, den er auf die Kapitulation geschworen hatte, ihn band. Oder gab es gewich-
tige Gründe, weshalb sie ihn dennoch zu einer Flucht
bewegen wollte? Wusste sie mehr als er? Ging es am
Ende sogar um seinen Kopf? Sie war eine liebende, überaus fürsorgliche Frau und eine gute Mutter. Ein neuer
Gedanke drängte sich auf: Sollte nun vielleicht doch die
Drohung wahr gemacht werden, dass man ihnen ihre
Söhne wegnehmen und fortan am spanischen Hof erziehen würde? Dann hätte Sybilla aber nicht Sollstedter zu
ihm schicken müssen. Es sei denn, sie hatte neue Informationen darüber, dass ihre Korrespondenz abgefangen
und gelesen wurde.

Nachdenklich beobachtete Johann Friedrich, wie
der Bärenführer seinen pelzigen Freund in einem Verschlag auf dem Karren unterbrachte und die Utensilien,
die er während der Vorstellung gebraucht hatte, auflud.
Die Menge auf dem Weinmarkt zerstreute sich. Einige
schlenderten weiter zu dem Taschenspieler oder den
jonglierenden Zigeunern, die nun endlich auch ihr Pub-

likum bekamen, anderen fiel ein, dass sie ihr Tagwerk noch nicht verrichtet hatten, und sie liefen eilig davon.

Johann Friedrich wurde durch ein Klopfen an der Tür aus den Gedanken gerissen. Sein Hofprediger Christoph Hoffmann trat herein, dicht gefolgt von Erasmus Minkwitz, seinem Kanzler. Hoffmann war ein Asket, ein wandelndes Fastenbild, das Johann Friedrich beständig an seine eigene Leibesfülle erinnerte und auch ohne Worte daran gemahnte, seine Vorliebe für Speisen und Getränke ein wenig im Zaum zu halten. Zudem war er ein glühender Lutheraner der ersten Stunde.

»Euer durchlauchtigster Fürst, es gibt schlechte Zeitungen«, schnaufte er ein wenig außer Atem. »Landgraf Philipp hat das Interim akzeptiert.«

»Nun, das wundert mich nicht«, entgegnete Johann Friedrich, der schon lange nicht mehr gut auf seinen einstigen Verbündeten zu sprechen war und ihm ein Gutteil der Schuld am Scheitern des Schmalkaldischen Bundes zuschob. »Hätte er seinen Eidam, diesen verräterischen Judas, besser in Zaum gehalten!« Das war das ständige Klagelied, mit dem er seinen Unmut darüber kundtat, dass Vetter Moritz, der zugleich Philipps Schwiegersohn war, allen Verwandtschaftsbanden und religiösen Überzeugungen zum Trotz den Kaiser unterstützte. »Oder hätte er mir wenigstens beigestanden, als ich loszog, den Bengel zu züchtigen!« Moritz' Überfall auf Johann Friedrichs Ländereien hatte das Heer der Schmalkaldener gespalten und den Keim der Zwietracht zwischen den Bündnispartnern gesät.

»Der Landgraf wird strenger gehalten als Ihr, Euer

Durchlaucht«, gab Minkwitz zu bedenken, der keineswegs immer die Ansichten seines Fürsten teilte. Johann Friedrichs Politik wurde für seinen Geschmack allzu oft vom Bauch statt vom Kopf gesteuert. »Wir haben Kunde aus Donauwörth, wie es ihm ergeht. Die Wachen drangsalieren ihn, die Kost soll spärlich sein, er sei abgemagert und krank, heißt es. Und obendrein trage er schwer an den Spitzfindigkeiten des Kaisers, der ihn entgegen seiner Zusagen immer noch festhält.«

»Papperlapapp«, polterte Johann Friedrich. Trotz seines Beinamens hatte er im persönlichen Umgang wenig Großmütiges an sich. Alle, die ihn näher kannten, wussten, wie nachtragend er sein konnte, und fürchteten seinen Jähzorn. »Das Einzige, woran der hessische Gockel schwer trägt, sind seine drei Eier. Alles, was er kann, ist Kinder zu zeugen. Er will zu seinen Weibern, der syphilitische Bock. Sollte mich nicht wundern, wenn er dem Interim nur aus reiner Geilheit zugestimmt hätte!«

»Aber Euer Durchlaucht!«, entrüstete sich Hoffmann. Die cholerischen Anfälle des Fürsten waren ihm nicht fremd, entsetzten ihn aber immer wieder aufs Neue.

»Man sagt, auch Euer Vetter Moritz trage es dem Kaiser sehr nach, dass er Philipp betrogen habe«, sagte Minkwitz.

»Dann soll er gefälligst etwas unternehmen!«, polterte Johann Friedrich weiter. »Nicht den Schwanz einkneifen und sich vom Acker machen!«

»Manchmal ist es klüger, zunächst die Faust in der Tasche zu ballen und sich von hinnen zu schleichen, um dann gestärkt wiederzukehren, Euer Durchlaucht«, wandte Minkwitz ein, der Moritz' politisches Geschick deutlich höher einschätzte als das seines eigenen Herrn. Wenn einer der beiden Vettern seinen Rat brauchte, dann sicher nicht Moritz.

»Im Übrigen sind auch die katholischen Reichsstände gegen das Interim«, fuhr er fort. »Sie halten es für gänzlich überflüssig, und der Doktor Eck hat sogar eine flammende Protestschrift dagegen verfasst.«

»Ha, sehr gut!«, versetzte Johann Friedrich. »Das bringt mich auf einen Gedanken, Minkwitz: Verfasst Ihr mir doch auch eine Begründung, in der Ihr dezidiert darlegt, warum ich das Interim ablehne. Karl muss ein für alle Mal einsehen, dass ich um keinen Preis der Welt nachgeben werde!«

Neben seinem Jähzorn war der Dicke vor allem für seine Sturheit berüchtigt. Zwar hatte ihm der Anblick des Jagdgehilfen vor Augen geführt, wie sehr ihm die Freiheit abging. Er sehnte sich nach dem Wald und der Jagd, einer zünftigen Sauhatz oder Falkenbeiz, Spektakel, welche ihm die kleinen Vergnügungen auf dem Schießplatz oder der Rennbahn nicht ersetzen konnten. Trotzdem würde er sich nicht weichklopfen lassen. Er würde es den Welschen und ihrem verknöcherten humorlosen Kaiserlein schon zeigen. Notfalls würde er mit dem Sollstedter etwas aushecken, dass ihnen Hören und Sehen vergingen. Der Mann besaß nicht nur Bärenkräfte, sondern auch einen klugen Kopf, während sein Kanzler leider nur Letzteres besaß. »Ich werde nicht nachgeben.« Er äußerte es noch einmal mit Nachdruck, um für Minkwitz gleich noch die Frage hinzuzufügen: »Habt Ihr draußen den Bärenführer gesehen?«

Der Kanzler sah ihn überrascht an.

»Ich will ihn sprechen. Unter vier Augen. So schnell es geht.«

Minkwitz nickte. Er konnte den fürstlichen Jagdgesellschaften wenig abgewinnen und kannte Sollstedter daher nicht, war aber gewohnt, die Launen des Fürsten zu ertragen und ihnen nachzugeben.

»Gibt's sonst noch was?« Johann Friedrich schaute Hoffmann an, der bisher sehr zurückhaltend gewesen war.

»Der Schertlin ist in den Dienst des Franzosen getreten, Euer Durchlaucht.«

»Ha!« Johann Friedrich grinste. »Wenn das mal keine gute Neuigkeit ist!«

Sebastian Schertlin von Burtenbach war einer der wichtigsten Hauptleute des Schmalkaldischen Bundes gewesen und hatte den Krieg in Süddeutschland vorangetrieben. Nach der vernichtenden Niederlage bei Mühlberg war es ihm rechtzeitig gelungen, sich mit seiner Familie nach Basel abzusetzen.

»Wahrscheinlich hat ihn die Nachricht von der Hinrichtung des Söldnerführers Vogelsperger dazu getrieben«, meinte Hoffmann. »Er ist ja ohnehin einer, der sein Heil lieber in der Attacke sucht.« Damit spielte der Prediger darauf an, dass die Fürsten Schertlins Forderungen nach einer offensiveren Kriegsführung leichtfertig in den Wind geschlagen hatten.

»Er hat wohl daran getan!«, sagte Johann Friedrich, ohne auf den Seitenhieb einzugehen. »Es war sicher besser, zu Heinrich überzulaufen, statt weiter zu fliehen oder in seinem Schweizer Exil abzuwarten, bis die Schergen

51

des Kaisers ihn mit ähnlichen Fallstricken wie den Vogelsperger fangen.«

»Heinrich hat ihn schon länger umworben und nun natürlich mit offenen Armen empfangen. Einen so erfahrenen Kriegsmann wie den Schertlin findet man nicht leicht, Euer Durchlaucht.«

»Ich hoffe, er wird dem jungen Franzosen dabei helfen, Karl wieder mehr zuzusetzen, als es Heinrichs Vater noch vermochte. Über kurz oder lang. Und Karl kann nicht überall sein. Wird sich noch umgucken in seinem Reich, in dem die Sonne niemals untergeht! Hochmut kommt vor dem Fall. Das mit dem Vogelsperger hat er durchaus richtig eingeschätzt, ein Exempel wollte er statuieren. Aber was hat's genützt? Der Schertlin ist ein alter Fuchs, den will keiner gern gegen sich haben. Und dass der Papst kein verlässlicher Bündnispartner für Karl ist, wissen wir schon lang.«

»Seit das Konzil von Trient nach Bologna umgezogen ist, bewegt sich da nicht mehr viel«, ergänzte Hoffmann. »Der Kaiser drängt auf Reformen, damit im Reich wieder Ruhe einkehrt, aber dem Papst geht es um Grundsatzfragen, er will eigentlich nur die lästige neue Lehre abschaffen. So schnell werden die nicht zu einem Ergebnis kommen.«

»Und das ist gut so«, sagte Johann Friedrich, »alles, was nicht für ihn spricht, spricht für uns.«

»Ich stimme Eurer Durchlaucht zu«, wiegelte Minkwitz ab, »doch ein in die Enge getriebener Gegner ist auch unberechenbar und gereizt. Und er hat Euch immer noch in der Gewalt. Wer weiß, was er mit Euch anstellen wird, wenn es ihm zu bunt wird.«

»Wir werden sehen«, beendete Johann Friedrich das Gespräch. »Sorgt dafür, dass der Bärenführer zu mir kommt!«

Als Lisbeth nach Hause kam und hörte, mit welcher Wut Siegmund in der Schmiede den Amboss bearbeitete, wurde ihr flau im Magen. Sie versorgte ihre Einkäufe und fing an, das Essen zu bereiten. Es gab wieder nur Erbsbrei, was die Laune des Schmieds sicher nicht heben würde. Lienhart schaute zu ihr herein. Sein Gesicht beim Anblick des Breis gab ihr schon einen Vorgeschmack auf das, was sie später erwartete.

»Auf dem Weinmarkt war heute ein Bärenführer«, erzählte der Kleine begeistert. »Der Bär konnte tolle Kunststücke machen, und der Mann war sogar noch viel stärker als der Vater.«

»Tatsächlich?«, fragte Lisbeth scheinheilig. »Woher weißt du das denn?«

»Weil er den Vater bei einem Spiel besiegt hat. Die beiden haben mit schweren Kugeln nach ein paar Figuren geworfen, und der Mann konnte viel besser und weiter werfen. Ich hab auch versucht, eine von den Kugeln zu heben, aber die war so schwer, dass ich es gar nicht geschafft hab.«

»Du meinst, sie haben Kegeln geschoben?«

»Wieso geschoben? Ich hab doch gesagt, was sie gemacht haben!«

»Bist du dumm«, schalt ihn Lisbeth. »So nennt man das, was sie gemacht haben.«

»Warst du denn nun dabei oder ich?«, schmollte Lienhart.

»Nun sei nicht gleich eingeschnappt.« Lisbeth hörte dem Kleinen gerne zu, kam aber manchmal nicht umhin, auch einmal die Klügere sein zu wollen. »Erzähl, was passiert ist.«

»Na, der Mann hat dem Bären Dinge zugeworfen, die er gefangen hat. Und dann kam einer von den Stadtsoldaten, der Engelhardt, und der wollte, dass der Vater dem Bären einen Nasenring anlegt. Aber der Bärenführer wollte das nicht und sagte, er habe den Bären in der Gewalt, und dann hat der Vater den Mann rausgefordert und wollte sich mit ihm prügeln, aber der Bär hat den Kopf geschüttelt, und da hat der Mann lieber ein Spiel mit dem Vater gespielt, und das war dann das mit den dicken Kugeln, und dabei hat der Vater dann verloren. Und dann war er ganz wütend und hat mich rumgeschubst, und ich musste mit nach Haus, obwohl ich gern noch ein bisschen dem Bärenführer zugeguckt hätte.« Er hielt inne und überlegte. »Und hast du eigentlich heut auch wieder den Landsknecht gesehen, den der Vater neulich einen neunmalklugen Milchbart genannt hat, als er ihn aus der Schmiede geworfen hat?«

Lisbeth wurde rot. »Nein … wie kommst denn darauf?« Es polterte vor der Tür. »Aber sag, was hat der Bärenführer …«

Die Tür flog auf, und Siegmund kam herein. Sein glasiger Blick und sein unsicherer Gang zeugten davon, dass er in der Schmiede nicht nur Wasser hatte, um den Brand am Schmiedefeuer zu löschen.

»Was gibt es zu essen?«, schnauzte er Lisbeth an.

»Erbsbrei«, wisperte sie zaghaft.

»Wie köstlich!«, spottete er. »Hat dir deine Mutter nichts anderes beigebracht, als alle Tage nur Erbsbrei zu mantschen?«

»Doch, aber die Muhme hat mir nicht viel zum Wirtschaften da gelassen und gesagt, ich solle sparsam sein.«

»So!«, brüllte der Schmied, »und da fällt dir nix Besseres ein, als dass ein schwer arbeitender Mann wie ich immer nur Erbsbrei fressen soll. Ist in deinem Kopf vielleicht am End auch nur Erbsbrei, oder was?«

Er starrte Lienhart an. »Und du? Was glotzt du so?« Er packte den Jungen am Kragen. »Da weißt du nun auch, warum so ein dahergelaufener stinkender Bärenhäuter deinen Vater beim Kegelschieben aussticht.«

»Der Mann war stark und hat gar nicht gestunken. Und sein Bär war sehr schön.«

»Was? Du gibst mir Widerworte? Und die Bestie hat dir auch noch gefallen?« Er stieß den Jungen von sich, dass der gegen den Tisch knallte und laut aufschrie. »Scher dich zum Teufel!«

Im nächsten Moment schien er ihn auch schon vergessen zu haben und starrte wieder angewidert auf den Erbsbrei. »Gibt's wenigstens ordentliches Brot oder hast du dir in deiner Blödigkeit wieder nur Sägespäne andrehen lassen?«

Lisbeth schluckte und brachte in Erwartung dessen, was nun unweigerlich folgen würde, nur ein Schluchzen heraus.

Er wartete nicht lange, schlug ihr mit der flachen Hand ins Gesicht, dass sie schreiend gegen den Herd flog und der Topf auf den Boden segelte. Der kochend heiße Erbsbrei lief ihr über die Füße. Sie stöhnte, wagte aber nicht, sich zu rühren.

»Da liegt er, dein Saufraß! Friss ihn vom Boden, wenn's dich danach gelüstet.«

Ihr Gewand war verrutscht und das Mieder darunter sichtbar geworden.

Er starrte sie an. »Warst heut wieder mit dem neunmalklugen Milchbart unterwegs, was? Da hast wohl keine Zeit gehabt, auf dem Markt was Ordentliches zu besorgen!«

Er packte sie am Arm und riss sie an sich. »Was ist denn an dem Bürschle dran, was dir so gefällt? Hinterm Latz hat er nix, der erste Flaum ist ihm auch noch nicht gewachsen, aber mir will er schon was erzählen.« Er umfing Lisbeth von hinten und knetete ihre kleinen Brüste. »Was willst mit so einem Scheißkerl?«

Sie wand sich, was ihn nur noch mehr anstachelte. Er lachte roh. Erst als sie ihn in den Finger biss, ließ er einen Augenblick los, packte sie wieder, wirbelte sie herum und schlug ihr ein paar Mal mitten ins Gesicht.

»Vater!«, schrie der Junge.

»Du verschwind!«, brüllte der Schmied und starrte mit blutunterlaufenen Augen auf Lisbeth. Ihr Gewand war an der Brust zerrissen, ihr Gesicht tränenüberströmt.

»Nicht«, schluchzte sie, »bitte nicht …«

»Nein!« Lienhart stampfte mit dem Fuß auf. »Ich bleib hier!«

Der Schmied starrte ihn an. Zuerst wütend, ungläubig, dann schüttelte er verwundert, schließlich sogar fast ein wenig anerkennend den Kopf.

»Ach zum Teufel«, brummte er. »Muss was essen. Geh erst mal in den Anker.« Er wandte sich zu Lisbeth. »Aber danach kannst was erleben! Und du ...« Er reckte die Faust gegen den Jungen, »... dich will ich nachher hier nicht mehr sehen. Du scherst dich hinauf in die Stube!«

Mittwoch, 11. April 1548

ALS MARGARET, DIE FRAU DES SCHMIEDS, am nächsten Tag in aller Herrgottsfrüh zusammen mit den ersten Händlern, die zum Markt nach Augsburg strömten, das Stadttor passierte, hatte sie ein mulmiges Gefühl. Sie war mit der Bäckerliese den Weg von Friedberg herüberge-kommen, aber selbst die für ihr Mundwerk weit und breit berühmte steinalte Marktfrau hatte es nicht geschafft, die Stimmung der Unheil witternden Schmiedin aufzubes-sern. Dabei war der Besuch bei ihrer Schwester Burgi überaus glücklich verlaufen. Sie hatte ihr bei der Nie-derkunft ihres sechsten Kindes beigestanden und danach noch ein paar Tage ausgeholfen. Die Eltern waren über-glücklich gewesen, dass sie nach vier Mädchen endlich wieder einen Jungen hatten, der den Platz des schon im Kindbett gestorbenen Erstgeborenen einnehmen konnte. Burgis Mann war Plattner und hatte ein ordentliches Ein-kommen. Er war fleißig und sparsam und behandelte seine Frau und die Kinder gut.

Margaret hatte ihre Schwester wieder einmal benei-det und es wie immer sehr genossen, für ein paar Tage nicht den Grobheiten des Schmieds ausgesetzt zu sein, seinen wüsten Beschimpfungen und Schlägen. Andererseits hatte sie auch ein schlechtes Gewissen, den Jungen, vor allem aber ihre Nichte Lisbeth mit dem Trunkenbold allein zu lassen. Wenn Siegmund sich betrank, und das tat er aus dem kleinsten Anlass heraus, gab es für ihn kein Halten mehr, dann wurde er zum Tier. Um den Jungen machte Margaret sich nicht so große Sorgen. Lienhart war zwar erst acht, aber er war flink und gewitzt und kannte die Anwandlungen des Vaters, der am nächsten Tag meist nicht mehr wusste, was geschehen war. So hatte der Junge die Angst vor ihm längst verloren. Er lief einfach davon, wenn es brenzlig wurde. Die Lisbeth dagegen war erst nach dem Tod von Margarets Schwager Wilhelm zu ihnen gekommen. Wilhelm hatte sich vom einstigen Kriegshauptmann der Stadt Augsburg Sebastian Schertlin für den Schmalkaldischen Bund werben lassen und war im Juli 46 bei der Einnahme Dillingens schwer verwundet worden und bald danach gestorben. Margarets Schwester Katharina war schon drei Jahre vorher am Englischen Schweiß zugrunde gegangen. Die Lisbeth war erst elf gewesen. Margaret hatte es als ihre Pflicht angesehen, sie aufzunehmen, zumal Wilhelm keine Geschwister besaß, zu denen das Mädel konnte, und sie selbst ja nur den Lienhart hatten. Insgeheim hoffte Margaret bei der Sauferei ihres Mannes auch gar nicht auf weitere eigene Kinder und hatte sich deshalb zunächst sogar gefreut, mit der Lisbeth doch noch eine weibliche Hilfe ins Haus zu bekommen. Das Mädel hatte sich als anstellig erwiesen, wenn auch manchmal etwas langsam, sowohl mit den Händen als auch mit dem Verstand. Das hatte den betrunkenen Siegmund des Öfteren fuchsteufelswild gemacht. Das Mädchen stand dann wie eine Salzsäule da, unfähig, sich zu rühren oder etwas zu sagen, und ließ alles über sich ergehen. Ihre Duldsamkeit aber machte den Schmied nur noch rasender. Er war sowieso dafür gewesen, sie sofort mit irgendeinem Handwerker zu verheiraten. Allein die Mitgift hatte gefehlt, sodass sich keiner gefunden hatte. Trotzdem hatte er nie aufgehört, davon zu sprechen, dass sie möglichst schnell unter die Haube müsste.

In den letzten Wochen allerdings hatte sich die Lage etwas beruhigt. Siegmund war plötzlich milder gestimmt gegen das Mädchen und sprach auch nicht mehr so oft von der Verheiratung. In den Momenten, in denen er nüchtern war, schaute er sie manchmal sogar mit einem fast weichen Blick an. Dafür war der Junge ein wenig mehr zur Zielscheibe geworden. Der machte sich jedoch wenig daraus. Im Gegenteil: Da er seine neue Schwester gern mochte, betrachtete er es als Ehre, für sie die Wut des Vaters auf sich zu lenken.

In den Tagen bei ihrer Schwester hatte Margaret Zeit gehabt nachzudenken. Ihre Freude darüber, dass Siegmund besser mit dem Mädchen zurechtzukommen schien, war mehr und mehr der Sorge gewichen, was daraus erwachsen mochte. Während sie neben der Bäckerliese mit ihrem Handwagen hertrottete, kreisten ihre Gedanken ununterbrochen darum, was sie wohl zu Hause erwartete.

Beim Abschied schenkte ihr die Bäckerin ein halbes Brot, weil Margaret ihr an den Steigungen beim Schieben des Karrens geholfen hatte, und die Alte trotz ihres losen Mundwerks ein feines Gespür dafür hatte, wann jemand Zuspruch oder Hilfe benötigte. Zerstreut verstaute die Schmiedin es in ihrem Beutel. Kaum kam ihr ein Wort des Dankes über die Lippen, so sehr war sie mit ihren Ängsten beschäftigt, die nun mit jedem Schritt, den sie sich der Schmiede näherte, wuchsen.

Aus den Nachbarhäusern waren bereits geschäftiges Lärmen und Klappern zu vernehmen, der alte Stellmacher Alois werkelte sogar schon vor seiner Werkstatt an einem Rad herum. Er war halb taub und redete nicht viel, nickte ihr aber freundlich zu. Beklommen erwiderte sie den Gruß ebenfalls nur mit einem Nicken. Ihre Kehle war wie zugeschnürt. Das große Tor zur Schmiede, das gewöhnlich offen stand, wenn Siegmund arbeitete, war noch fest verschlossen. Die Eingangstür zum Wohnhaus war nur angelehnt. Sie schob sie auf, ging langsam hinein, blieb aber sofort wieder wie angewurzelt stehen.

Im Dämmerlicht, das durch das kleine Fenster hereindrang, sah sie ein heilloses Drunter und Drüber. Tisch und Bänke waren umgeworfen, Schüsseln, Pfannen, Töpfe und Gerätschaften lagen wild durcheinander auf dem Boden, über den sich eine klebrige, dunkle Spur bis zur Tür herzog. Ein seltsamer Geruch, der sie an die Stadtmetzg erinnerte, hing in der Luft. Das Reisebündel entfiel ihrer kraftlosen Hand. Sie musste sich zwingen, weiter hineinzugehen, der Spur zu folgen bis zum Herd, hinter dem sie der Lisbeth ein Lager gerichtet hatte.

Namenloses Entsetzen packte sie mit solcher Gewalt, dass sie mitten in der Bewegung erstarrte. Unfähig zu denken, zu schreien, sich zu rühren, unfähig den Blick zu wenden von dem Grauen, das sich ihr bot: Das Mädchen sah sie nicht, ihr zerfetzter Strohsack aber war übersät mit ihren zerrissenen, blutverschmierten Kleidern inmitten eines Haufens rohen Fleisches, Eingeweiden und Knochen, von denen einige gesplittert und zermalmt, andere noch mit blutigen Fetzen und Sehnen behaftet waren. Ein einzelner Holzschuh lag am Kopfende des Lagers.

Die Schmiedin stand da wie versteinert. Erst nach einer kleinen Ewigkeit entrang sich ihrer Brust ein fürchterlicher Schrei, gleich darauf ein zweiter. Sie schlug die Hände vors Gesicht, starrte dann noch einmal auf das Unglaubliche, fing wieder an zu schreien und rannte wie von Furien gehetzt hinaus auf die Straße, wobei sie in einem fort kreischte.

Vorbei am Stellmacher, den sie gar nicht mehr wahrnahm, rannte sie ziellos durch die Gassen, bis ein Bauer, der unterwegs zum Obstmarkt war, sie endlich aufhielt. Er schüttelte sie und versuchte, sie zu beruhigen, hatte aber keinen Erfolg. Erst als seine Frau hinzukam, ihr einen Ledereimer voll Wasser über den Kopf goss und drei kräftige Backpfeifen gab, kam sie halbwegs zu sich.

»Die Lisbeth«, keuchte sie, »die Lisbeth! Er hat sie gefressen mit Haut und Haaren!«

»Wer?«, fragte ein durch den Tumult alarmierter Stadtsoldat.

Margaret starrte ihn an.

»Das ist doch die Frau von Siegmund, dem Schmied«, meinte ein anderer Büttel, der nun ebenfalls dazugekommen war.

»Wer hat wen gefressen?«, fragte der erste Büttel.

»Die Lisbeth«, stammelte Margaret. »Die Lisbeth, die Lisbeth!«

»Das ist ihre Nichte«, sagte der zweite Büttel.

»Wer hat sie gefressen?«, insistierte der erste.

Margaret glotzte ihn immer noch an. Ihre Augen schienen aus den Höhlen treten zu wollen.

»Wer verdammt noch mal?« Er packte sie an den Schultern, rüttelte sie.

Ein Stöhnen entrang sich ihrer Brust. Die Angst in ihren Augen drohte sie erneut völlig zu übermannen.

»Margaret«, versuchte es der zweite Stadtsoldat in begütigendem Ton. »Wer hat deine Nichte gefressen?«

Sie wandte den Kopf, erkannte ihn. »Du bist der Tobias Angerle.« Es klang verwundert.

»Ja, ich bin der Angerle. Wer hat die Lisbeth gefressen?« Ihr Blick verdüsterte sich sofort wieder.

»Teufel noch mal, halt uns nicht länger zum Narren, Weib! Antworte endlich!«, brüllte der erste Büttel, der sie immer noch gepackt hielt.

Da glitt etwas wie eine plötzliche Erkenntnis über das angstvolle Gesicht der Frau. »Wer hat die Lisbeth gefressen?«, fragte der Angerle ruhig.

Sie sah ihn an. Ihre Augen waren immer noch weit aufgerissen, hatten aber nun die wahnsinnige Starrheit verloren. »Der Leibhaftige«, raunte sie.

»Sie ist verrückt«, rief der erste Büttel und stieß sie von sich wie ein giftiges Getier. »Sie ist besessen!«

Die Schmiedin fiel hin, bekreuzigte sich.

»Wir müssen den Pfaffen holen.«

Tobias Angerle verzog das Gesicht. »Welchen meinst denn, den welschen oder den lutherischen?« Er seufzte. »Nein, nein, Leupholt, ich bin dafür, wir bringen sie erst mal nach Hause und schauen selbst nach. Ich kenne den Siegmund. Wer weiß, was da los ist.«

Die Straßen füllten sich allmählich mit Menschen, wenn auch viele immer noch schlaftrunken, andere schon so von ihrem Tagwerk in Anspruch genommen waren, dass die beiden Stadtwachen mit der Frau in ihrer Mitte ziemlich unbeachtet zur Schmiede gelangten. Der alte Stellmacher Alois war mit dem Rad in der Werkstatt verschwunden. Seine Frau Bertha hatte das Schreien der Nachbarin gehört und ihn nach drinnen beordert. So neugierig sie war und so sehr ihr die Margaret auch leidtat, hielt sie es doch für besser, sich aus den Händeln des Schmieds herauszuhalten und sich erst einmal nicht draußen blicken zu lassen. Die scharfen Augen des Büttels Tobias Angerle entdeckten sie dennoch, wie sie hinter dem Vorhang am Fenster hervorlinste. Als die Margaret sich standhaft weigerte, ihr eigenes Haus noch einmal zu betreten, winkte er die Frau heraus.

»Hast du etwas gesehen oder gehört?«, fragte er barsch, als die Alte vor ihnen stand und die Schmiedin, die ihre Nachbarin gar nicht wahrzunehmen schien, mit unsicheren Blicken musterte.

»Was soll ich denn gesehen haben?«

»Weib, das frag ich dich!«

Sie zog den Kopf ein, zuckte die Achseln. »Die Margaret hab ich wegrennen gehört. Hat ja ziemlich laut geschrien.«

»Sonst nix?«

Sie schüttelte den Kopf.

Angerle sah sie zweifelnd an, dann sagte er in einem Ton, der keinen Widerspruch duldete: »Du kümmerst dich um die Margaret, während der Leupholt und ich da jetzt reingehen.« Er deutete auf das Haus und die

Schmiede, machte einen Schritt auf die immer noch einen Spalt offen stehende Tür zu, besann sich und fügte, nachdem er noch einen Blick mit seinem Kameraden ausgetauscht hatte, hinzu: »Wenn du etwas Verdächtiges hörst oder siehst oder wir nicht wieder herauskommen, holst du Hilfe!«

Die Frau sah ihn bestürzt an.

»Verstanden?«

»Wen soll ich denn holen?«

»Herrgott noch mal, deinen tauben Alten, den Stadtvogt, den Pfaffen, meinetwegen den Kaiser oder den Papst, wer halt grad zur Hand ist!«

Ohne sich weiter um sie zu kümmern, stürmte er Leupholt voran durch die Tür. Der Anblick der Unordnung im Raum hielt ihn nicht weiter auf. Erst als er Lisbeths Lager hinter dem Herd gewahrte, erstarrte er. Die Scharen von Fliegen, die über dem Strohsack schwärmten, machten den Anblick nicht besser.

»Teufel!«, entfuhr es seinem Kameraden, der ihm auf dem Fuß gefolgt war und nun auf ihn auflief.

»Da sagst was«, bestätigte Tobias Angerle.

»Damit möcht ich nix zu tun haben.«

Angerle lachte. Es klang unfroh und ängstlich wie das Pfeifen im Walde.

»Die Schmiedin hat recht. Das war der Leibhaftige«, jammerte Leupholt. »Wir müssen den Pfaffen holen.«

»Nein, warte!« Angerle hielt ihn am Arm fest. Er mochte Siegmund den Schmied nicht sonderlich, auch wenn er ihm einmal gegen geringen Lohn ein neues Schwert geschmiedet hatte. Dennoch wollte er ihm ersparen, dass die Inquisition sich einmischte. Wenn die

64

erst anfing herumzuschnüffeln, dauerte es nicht lange, bis die Scheiterhaufen brannten. Er stammte aus dem Fränkischen und hatte dort erlebt, wie die Pfaffen gewütet hatten, als nach einem scheinbar harmlosen Kinderstreich am Ende vier Frauen als Hexen verbrannt worden waren, darunter die Frau seines Bruders. »Ich bin dafür, dass wir Martinus Althammer holen.«

Ganz entgegen seinem Namen war der Untersuchungsrichter noch jung an Jahren, genoss aber schon das Vertrauen des Stadtvogts und der Augsburger Bürgerschaft. Er war ein Zögling des langjährigen Stadtschreibers Conrad Peutinger und bekannt dafür, dass er seine Angelegenheiten schnell und zuverlässig ohne unnötiges Aufsehen abwickelte. Seit die Spanier die Stadt besetzt hielten, war dies besonders wichtig geworden, damit die Welschen erst gar nicht auf den Gedanken kamen, sich einzumischen.

»Meinetwegen.« Leupholt zuckte die Achseln. »Ich geh, du bleibst hier und passt auf.«

»In Ordnung. Aber sag vorher noch der neugierigen Alten, sie soll die Schmiedin erst mal mit zu sich nehmen. Wenn die zwei noch lange da draußen herumstehen, haben wir gleich eine Riesenmenge Maulaffen vor der Tür.«

Der Eile, mit der sich Leupholt davonmachte, war anzumerken, wie wenig geheuer ihm die Sache war.

Sobald seine Schritte draußen nicht mehr zu hören waren, ging Angerle daran, das Haus zu durchsuchen. Er rührte nichts an, wanderte aber durch alle Räume und sah hinter jeden Vorhang und unter jedes Möbel. Er fand weder den Jungen noch seinen Vater und auch keine

Hinweise darauf, wohin sie verschwunden sein mochten oder was vorgefallen war. Im Gegensatz zu dem heillosen Durcheinander im Erdgeschoss wirkte oben alles sehr sauber und aufgeräumt. Auffällig erschien ihm dabei, dass alle Bettstätten unberührt aussahen, so als habe niemand in der Nacht im Hause geschlafen.

Nachdem er seine Inspektion beendet hatte, stieg er zurück ins Erdgeschoss, wo in der hintersten Ecke eine Verbindungstür in die angrenzende Schmiede führte. Die Tür war unverschlossen. Als Angerle sie aufstieß, schlug ihm Dunkelheit entgegen. Der fensterlose Raum bezog sein Licht durch das große Tor zur Straße, welches der Schmied tagsüber bei der Arbeit öffnete, um die Kundschaft gleich samt ihrer zu beschlagenden Rösser einlassen zu können.

Angerle wusste, dass Siegmund manchmal aber auch gerne im Verborgenen arbeitete. Zwar ließ sich das Geräusch der Hammerschläge nicht unterdrücken, es gab jedoch Werkstücke, die nicht jeder sehen sollte. So war das Tor auch verschlossen gewesen, als Siegmund das Schwert angefertigt hatte, welches der Büttel nun am Gürtel trug. Angerle hatte ihn am Blasebalg ein wenig unterstützt, damit das verbotene Tun schneller von der Hand ging. Philippus Engelhardt, der häufiger mit Angerle zusammen patrouillierte, hatte ihm verraten, sein Vetter Siegmund fröne hin und wieder heimlich der Leidenschaft für das Handwerk des Waffenschmieds, zu dem ihm von Rechts wegen der Zugang durch die Zunftordnung verwehrt blieb.

Als Angerles Augen sich an das Dunkel gewöhnt hatten, entdeckte er einen Kienspan an der gleichen Stelle, wo schon damals einer gemeinsam mit dem Schmiedefeuer für Licht gesorgt hatte. Er entzündete ihn und steckte ihn in die Halterung zurück. Dann erst wagte er, die Schmiede näher zu untersuchen. Wie wohl er daran getan hatte, sah er sofort. Überall lauerten Gefahren: Scharfe Äxte und Beile, Sicheln und Sensen lagen herum, Spaten und Hacken schienen nur darauf zu warten, dass jemand auf sie trat, damit sie ihre Zinken in seine Füße bohren oder ihm ihren Stiel vor den Kopf hauen konnten. Der letzte Lehrling, der sich um Ordnung verdient gemacht hatte, war Siegmund schon vor einiger Zeit davongelaufen, und mit der Aussicht, dass ihm der kleine Lienhart bald schon tüchtig zur Hand gehen könnte, hatte der Schmied darauf verzichtet, einen neuen einzustellen.

So gab es keine Ecke, in der nichts stand, keinen Fleck, wo nicht etwas herum lag, und über allem hingen die Gerüche nach erkaltetem Kohlenfeuer und Schweiß, nach Eisenspänen, Ruß und verbranntem Horn, wie man sie in jeder Schmiede antraf. Hier wurden sie jedoch noch von einem durchdringenden Gestank nach Fusel und etwas ekelhaft Saurem überlagert. Angerle versuchte, die Quelle ausfindig zu machen. Hinter dem gewaltigen Amboss wurde er fündig: Der Schmied lag neben einer umgekippten Branntweinflasche in seinem eigenen Erbrochenen und schnarchte wie ein Holzfäller.

Angerle sah sich um. Seine Augen blieben an einem großen mit Wasser gefüllten Ledereimer hängen, der neben der Esse stand. Er nahm ihn und schüttete den Inhalt kurzerhand über den Kopf des Trunkenbolds.

Der Schmied gurgelte, prustete, spuckte, schnappte nach Luft, riss die Augen auf und wälzte sich herum.

»Verfluchter Hurendreck, wer zum Teufel …!« Dann erkannte er den Büttel. »Bist du noch bei Trost?« Er ballte die Fäuste. »Nur weil du …«

»Halt den Rand, Siegmund!«, fuhr ihm Angerle übers Maul und griff demonstrativ nach dem Schwert an seiner Seite. »Wenn du nicht schnellstens zu dir kommst, liegst du heut Mittag schon in Eisen!«

»Was zum Teufel …!« Ächzend stützte der schwere Mann seinen Oberkörper ab, richtete sich in eine sitzende Position auf. »Ich war doch nur …«

»Was hast du mit dem Mädchen gemacht?«, fragte Angerle. »Wo ist der Bub?«

Der Schmied hustete und spuckte neben sich aus. »Was ist mit dem Lienhart?«

»Das frag ich dich!«

»Wie kommst du hierher? Was willst du?«

Angerle musterte ihn prüfend. Die linke Wange des Schmieds zierten drei heftige Kratzer, die schmutzigen Ärmel und den Kragen seines Gewands ein paar noch recht frische Flecken, die wie Blut aussahen. »Wir haben die Margaret auf der Gasse aufgegriffen. Sie war außer sich, hat wild herumgekreischt und behauptet, der Leibhaftige habe die Lisbeth gefressen.«

»Die Margaret«, murmelte der Schmied, »seit wann ist die wieder da?«

Angerle fiel das Reisebündel ein, das gleich neben der Haustür lag, über das er beim Hereinkommen fast gestolpert war. »Soll das heißen, sie war gestern gar nicht zu Hause?«

Siegmund schüttelte den Kopf. »Sie war bei ihrer Schwester in Friedberg. Muss wohl heut Früh zurückgekommen sein.«

»Was ist gestern Abend passiert? Was hast du mit der Lisbeth und dem Lienhart gemacht?«

»Ich?« Der Schmied starrte ihn an. »Nix. Gar nix. Ich war ja gar nicht da, sondern im ›Anker‹.«

»Wie lange? Wann warst du wieder zurück? Wo war da die Lisbeth?«

»Teufel, bist du lästig!«, schnaubte der Schmied. »Was weiß denn ich. Ich hab was gesoffen, das siehst doch! Kann mich halt nicht mehr erinnern …«

»Das solltest du aber schnell. Der Leupholt kommt jeden Augenblick mit dem Untersuchungsrichter zurück.«

»Wieso denn? Seid ihr verrückt? Nur weil so ein narretes Mensch wie die Gret ein bissel rum schreit!«

»Steh auf und sieh dir an, wieso!«

Er drehte sich um und wollte dem Schmied voraus zurück ins Wohnhaus gehen, als draußen Geräusche laut wurden. Schnelle Schritte, Waffengeklirr, es klang wie eine halbe Armee. Siegmund starrte ihn erschrocken an.

Die Tür des Wohnhauses flog auf. »Angerle!«

Der Büttel sah, wie Leupholt mit der Hellebarde voraus hereinmarschierte, als zöge er ins Gefecht.

»Nur die Ruhe«, beschwichtigte Angerle seinen Kameraden und trat einen Schritt vor, damit er ihn erkennen konnte. »Alles in Ordnung.«

Leupholt wandte sich um und brüllte: »Alles in Ordnung, Herr Untersuchungsrichter! Der Angerle ist da und lebt noch.« Er machte Platz für einen jungen Mann,

69

der sorgfältig, aber nicht reich gekleidet war. Die Sauberkeit seiner bis zu den Knien reichenden Schaube, die mit dem Brenneisen gekräuselten Locken und das sorgfältig gestutzte Bärtchen zeugten davon, dass er auf sein Äußeres achtete. Sein blasses Gesicht, aus dem sich die auffallend fleischigen roten Lippen abhoben, wirkte ein bisschen zu weich, fast weibisch. Bei dem Geschrei des Büttels war ein leises Lächeln über seine Züge geglitten. Ihm auf dem Fuße folgte Philippus Engelhardt, der Vetter des Schmieds, der zusammen mit Leupholt an der Tür stehen blieb. Althammer trat bis in die Mitte des Raumes vor, von wo er die Blicke zunächst einmal schweifen ließ, ohne die grausigen Überreste auf der Bettstatt hinter dem Herd sehen zu können. Seine Augen folgten der Blutspur auf dem Boden und blieben schließlich auf Angerle ruhen. »Ihr habt Euch schon ein wenig umgesehen?«

»Jawohl, Herr Untersuchungsrichter. In den Stuben im Obergeschoss habe ich nichts Verdächtiges bemerkt, außer dass die Nachtlager alle gänzlich unberührt aussehen. Und ich habe den Schmied gefunden. Der Kerl lag besoffen hinter dem Amboss und hat nichts mitgekriegt von dem, was hier vorgegangen ist.«

»Aha. Was ist denn hier vorgegangen?«

»Das weiß ich leider auch nicht, Herr Untersuchungsrichter.«

»Ach.« Althammer lächelte. »Aber trotzdem wisst Ihr, dass der Schmied nichts davon mitgekriegt hat.« Er trat nun zielsicher an das Lager hinter dem Herd. Für einige Augenblicke schien ein dunkler Schatten über sein Gesicht zu huschen. Dann hatte er sich im Griff und sah ohne erkennbare Gemütsregung eine Weile auf das blutige Durcheinander nieder. »Seltsam, kein Schädel«, murmelte er vor sich hin. Er wandte sich an Angerle: »Wo ist der Schmied jetzt?«

»Hier«, tönte eine dumpfe Stimme aus dem Zwielicht hinter Angerle hervor.

Der Büttel trat zur Seite. Grunzend zwängte sich Siegmunds massige Gestalt durch die niedrige Verbindungstür ins Wohnhaus. Aus seinen Haaren troff Wasser auf den Boden. Er rieb sich die Augen und unterdrückte ein Rülpsen. Dann gewahrte er das verheerte Lager hinter dem Herd. Bestürzung zeichnete sich in seinen Zügen ab.

»Was sagt Ihr dazu?«, fragte Martinus Althammer, der ihn genau beobachtet hatte.

»Das ...«, stammelte der Schmied, »... das ...« Er schluckte.

Althammer wartete, ließ ihn nicht aus den Augen.

»Das ... das kann nicht sein.«

»Was kann nicht sein?«

»Das ist nicht die Lisbeth!«

»Nein, das *ist* sie ganz sicher nicht«, sagte der Untersuchungsrichter ungerührt. »Zumindest nicht mehr. Die Frage ist, ob sie es *war*. Und was geschehen ist, dass sie es jetzt nicht mehr ist.«

Der Schmied glotzte ihn verständnislos an.

»Könnt Ihr uns darüber vielleicht Auskunft geben?«

Der Schmied sperrte den Mund auf. Speichel troff ihm auf den blutverschmierten Kragen.

»Könnt Ihr uns wenigstens sagen, ob dies das Lager Eurer Pflegetochter war? Das war sie doch, die besagte

71

Lisbeth, wenn ich das recht verstanden habe?« Die letzte Frage ging zur Hälfte an Angerle.

Der nickte.

»Ja«, stieß der Schmied hervor.

»Ich entdecke da etwas auf Eurem Gewand, das wie Blut aussieht«, konstatierte Althammer, »und Ihr scheint mir auch nicht allzu gut beieinander. Fühlt Ihr Euch nicht wohl? Wollt Ihr Euch vielleicht hinsetzen?« Er deutete auf die Stühle, die im Raum verstreut herumlagen. An zweien war jeweils eines der Beine abgebrochen, zwei schienen aber noch funktionstüchtig zu sein.

Der Schmied starrte ihn an, misstrauisch, ob der junge Geck ihn zum Besten halten wollte. Er schüttelte den Kopf. »Ich habe nichts damit zu tun.«

»Das hat mir Euer Freund Angerle hier auch schon versucht zu versichern.« Althammer lächelte. »Vielleicht könnt Ihr mir ja im Gegensatz zu ihm verraten, womit Ihr nichts zu tun habt.«

»Damit«, schnappte der Schmied und deutete auf die blutigen Überreste auf der Bettstatt.

»Aha. Ihr seid also …« Althammer brach ab, drehte sich um. Vor der Haustür war Tumult entstanden. Im nächsten Augenblick schob ein weiterer Büttel einen verschüchterten kleinen Jungen in den Raum.

»Lienhart!«, stieß der Schmied hervor. »Gott sei Dank!«

Der Kleine wirkte wenig überrascht von der Anwesenheit so vieler Männer und wenig erbaut vom Anblick seines Vaters. Er blieb einfach stehen, wo man ihn hingeschoben hatte, blickte einmal kurz in die Runde, wandte dann die Augen zu Boden und wartete ab.

Althammer zog sich mit dem Fuß einen umgefallenen Schemel heran, stellte ihn hin und setzte sich dem Jungen gegenüber. »Du bist also der Lienhart.«

Der Kleine sah auf. Seine Augen befanden sich etwa auf gleicher Höhe mit denen des Untersuchungsrichters. Er nickte.

»Wie alt bist du?«

»Acht.«

»Das ist ein schönes Alter. Da bist du ja schon ein ziemlich großer Junge, weißt schon so dies und das und gehst deinem Vater bestimmt auch schon fleißig zur Hand.«

Bei der Erwähnung seines Vaters verschlossen sich die Züge des Jungen schlagartig. Er sah wieder zu Boden.

»Wo warst du, Lienhart?«, grollte die Stimme des Schmieds aus dem Hintergrund.

Der Junge zuckte zusammen. Althammer fuhr herum. »Du hältst dein Maul, Schmied!«, sagte er. Seine Stimme klang ruhig, aber auf seinen weichen Zügen lag plötzlich eine Härte, die man ihnen nie zugetraut hätte. »Die Fragen stelle ich!«

Grummelnd ballte der Schmied die Fäuste. Ein kurzes Räuspern Angerles brachte ihn zur Vernunft.

»Willst du mir vielleicht verraten, wo du jetzt herkommst?«, wandte Althammer sich wieder an den Jungen.

Lienhart sah auf, schüttelte heftig den Kopf. »Aber ich will alles erzählen.«

Der Untersuchungsrichter stutzte einen Moment, zog die Stirn kraus. »Sehr schön. Willst du dich setzen?«

Wieder Kopfschütteln. »Ich bin weggelaufen, weil ich Angst hatte. Ich war in meinem Versteck.«

73

»Gut. Und du willst uns nicht verraten, wo es ist. Das verstehe ich. Wovor hattest du Angst?«

»Ich weiß nicht.«

Der Schmied atmete hörbar aus.

»Niemand wird dir etwas tun«, beruhigte Althammer. »Warum bist du weggelaufen?«

»Es war so dunkel, und da war dieser schreckliche Krach, und die Lisbeth hat so fürchterlich geschrien.«

»Weißt du, warum sie geschrien hat? Was hast du gesehen?«

»Es war so dunkel. Und ich war oben. Und der Krach war unten.«

»Du hast nichts gesehen.«

Lienhart schüttelte den Kopf.

»Du bist nicht runter gegangen.«

Kopfschütteln.

»Wie bist du aus dem Haus gekommen?«

»Ich hatte Angst, dass es auch die Treppe rauf käme zu mir, und da bin ich aus dem Fenster geklettert.«

»Es? Wer ist das? Was hast du gehört? Was war das für ein Krach?«

»Rumpeln und Poltern, als ob Möbel geworfen werden, und Scheppern und Klirren, wie wenn einer mit Geschirr schmeißt.«

»Das heißt, du hast so was Ähnliches schon mal gehört?«

Der Junge zögerte. »Manchmal, wenn der Vater betrunken ist.«

Der Schmied grummelte. Althammer warf ihm einen scharfen Blick zu, der ihn verstummen ließ.

»Aber es war nicht der Vater.« Das klang sehr bestimmt.

»Was macht dich da so sicher?«

»Es war auch ein Fauchen und Brummen zu hören, ein Kratzen und Krachen, das kam gewiss nicht vom Vater, das war schon nimmer menschlich.«

»Nimmer menschlich, soso.« Althammer sah ihn zweifelnd an.

»Der Gottseibeiuns, wahrhaftig!«, entfuhr es dem Büttel, der den Jungen hereingebracht hatte.

Althammer wies ihn mit einem Blick in die Schranken. »Und die Lisbeth hast du schreien gehört?«, fragte er Lienhart.

Der Junge nickte. »Ganz laut …«

Der Untersuchungsrichter wartete, aber es kam nichts mehr. »Und wo war dein Vater?«

Es war zu sehen, wie es im Kopf des Jungen arbeitete. Der Schmied räusperte sich.

»Weiß nicht. Er war ja schon zu Mittag weg in die Wirtschaft, weil ihm der Erbsbrei von der Lisbeth nicht recht war.«

»Und danach hast du ihn nicht mehr gesehen?«

Kopfschütteln.

»Aber du hast von dem Erbsbrei gegessen?«

Einer der Büttel stieß einen ungeduldigen Seufzer aus.

Kopfschütteln. »Der Vater hat ihn ja auf den Boden geworfen.«

»Du bist am Abend also hungrig ins Bett gegangen und dann von dem Krach aufgewacht?«

Nicken.

»Mehr weißt du nicht?«

Kopfschütteln.

75

»Na schön. Ich danke dir für deine Hilfe.« Er wandte sich an den neben der Haustür stehenden Leupholt. »Ihr sagtet, seine Mutter sei in der Obhut der Nachbarin. Seid doch so gut und holt sie herbei.«

Während Leupholt sich beeilte, der Aufforderung nachzukommen, erhob Althammer sich von dem niedrigen Schemel und beobachtete den Jungen. Die Erleichterung, das Verhör überstanden zu haben, stand ihm ins Gesicht geschrieben, aber er warf auch immer wieder angstvolle Blicke in die Ecke, in der sein Vater neben Angerle stand und ungeduldig vor sich hingrummelte. Den grausigen Anblick hinter dem Herd hatte der Untersuchungsrichter dem Kleinen erspart, indem er ihm geschickt die Sicht verdeckt hatte.

»Lienhart«, sprach er ihn nun noch einmal an, »was glaubst du, ist gestern Abend mit deiner Base geschehen, als sie so geschrien hat?«

Der Junge erstarrte. Althammer trat einen Schritt zur Seite, sodass Lienhart einen Blick auf das blutige Lager erhaschen konnte, ohne jedoch das ganze Ausmaß des Schreckens erkennen zu können. Er blieb seltsam regungslos. Dann schlug er die Hände vors Gesicht.

»Sieh hin!«, brüllte der Schmied. »Sieh hin und dann sag ihnen, dass ich das nicht gewesen sein kann.«

Die Schultern des Jungen zuckten auf und nieder, ein Schluchzen war hinter den Händen zu vernehmen. »Hab ich doch«, ertönte es trotzig. Er nahm die Hände weg, Tränen strömten seine Wangen hinab. »Ich hab doch gesagt, dass es kein Mensch war, den ich so brummen und fauchen gehört hab!«

Althammer sah zwischen den beiden hin und her und wartete ab.

»Kein Mensch!«, stieß der Schmied hervor. »Da hört ihr's: kein Mensch! Brummen und Fauchen! Ja bin ich vielleicht ein Tier?«

»Ein Tier!«, mischte sich Angerle ein, der die ganze Zeit schweigend dabeigestanden hatte und inständig hoffte, es komme am Ende nicht doch noch einer auf die Idee, einen Inquisitor hinzuzuziehen. »Vielleicht war's ja ein Tier!«

»Ein Tier?« Der Schmied starrte ihn einen Moment verblüfft an. Dann ging ein Aufleuchten über sein Gesicht und er griff den Vorschlag auf: »Der Bär, der Bär, ja sicher, es war dieser gottverdammte Bär!«

Martinus Althammer hatte dem Hin und Her ohne erkennbare Regung gelauscht. »Welcher Bär?«

Bevor einer antworten konnte, ging die Tür auf, und Leupholt schob die widerstrebende Schmiedin herein.

»Mutter!« Lienhart stürzte auf sie zu und vergrub das Gesicht in ihrer Schürze.

Margaret legte die Arme um ihn und sah sich furchtsam im Raum um. Beim Anblick Siegmunds verfinsterte sich ihr Gesicht.

Althammer nickte ihr zu. »Gott zum Gruße, gute Frau. Ich will Euch nicht quälen. Nach dem Bericht des Büttels, der mich hierher rief, glaubte ich Euch schon dem Wahnsinn nahe. Nun erscheint Ihr mir – Deo gratias – doch einigermaßen gefasst, sodass ich es wage, Euch darum zu bitten, mir noch einmal kurz zu berichten, was Euch heut in der Frühe so erschreckt hat.«

Die Schmiedin starrte ihn an, als habe sie kein Wort

verstanden. »Ich war bei meiner Schwester«, stieß sie schließlich hervor, als erkläre das schon alles.

Althammer schaute sie aufmunternd an, wartete.

»Wär ich doch früher heimkommen!« Sie fing an zu zittern.

»Ich sehe nicht, dass Euch irgendeine Schuld träfe«, sagte Althammer beruhigend. »Ihr kamt nach Hause und habt dies hier«, er beschrieb mit der Hand einen Schwenk, der mehr oder weniger den ganzen Raum einschloss, »angetroffen. Dann seid Ihr davongelaufen, was nur allzu gut nachzuvollziehen ist.«

Die Schmiedin schluchzte und zitterte nun am ganzen Leib. Dabei umklammerte sie den Jungen, der nun auch anfing, in ihre Schürze zu weinen.

»Könnt Ihr mir sonst noch etwas berichten?«

Sie schüttelte heftig den Kopf.

»So nehmt den Jungen mit und geht wieder zurück zu Eurer Nachbarin. Sie soll Euch einstweilen aufnehmen, bis wir hier fertig sind.«

Er wartete, bis die Schmiedin und der Junge verschwunden waren, dann wandte er sich an Angerle und fragte erneut: »Vorhin war hier die Rede von einem Bären. Was hat es damit auf sich?«

»Der Schmied hatte gestern auf dem Weinmarkt einen kleinen Zusammenstoß mit einem Bärenführer«, erläuterte Angerle. Er war im Gefolge des Hauptmanns gewesen, welcher den Streit letztlich geschlichtet hatte.

»Der Kerl ließ das Tier ohne Nasenring herumlaufen, das wollte ich nicht dulden«, erklärte Siegmund. »Deshalb gerieten wir aneinander.«

78

»Der Bärenführer?«, mischte sich Leupholt ein. »Der hat sich gestern Abend noch sehr spät in der Stadt herumgetrieben. Kurz vor Torschluss hab ich ihn jedenfalls noch in der Nähe vom ›Anker‹ gesehen und bei mir gedacht, dass er es wohl nicht mehr schaffen wird, noch rechtzeitig zum Fischertörle rauszukommen, wenn er noch in den ›Bärenkeller‹ will.«

»Im ›Anker‹ war ich doch auch!«, sagte der Schmied. »Da hat er mir aufgelauert, der Schuft!«

Althammer sah nicht sehr überzeugt drein, meinte aber dennoch: »Dann sollten wir der Sache wohl nachgehen und den Mann suchen.«

»Wenn er nicht Reißaus genommen hat, ist er bestimmt noch im ›Bärenkeller‹«, meldete sich Philippus Engelhardt zu Wort, der sich bisher bewusst zurückgehalten hatte. »Ich habe gehört, wie er dem Hauptmann erzählt hat, er habe dort Quartier bezogen.«

Althammer überlegte.

»Sollen wir den Kerl mit seinem Vieh herbeischaffen?«, fragte Leupholt.

»Nein, ich komme mit«, entschied der Untersuchungsrichter. »Wenn ihr den Mann nicht mehr in der Herberge antrefft, wird es notwendig sein, den Wirt und möglicherweise auch einige der Gäste zu befragen. Das möchte ich gerne selbst erledigen.« Er wandte sich an Angerle: »Ihr und drei Eurer Kameraden kommen mit. Die übrigen bleiben hier.« Er sah den Schmied an. »Ich möchte nach Möglichkeit unnötiges Aufsehen vermeiden. Ihr habt Euch verdächtig gemacht, aber solange ich nichts anderes ermittelt habe, geltet Ihr als unschuldig. Wenn Ihr mir versprecht, Euch zu fügen, so lasse ich Euch einstweilen hier mit einer Bewachung von vier Mann. Es liegt an Euch, ob unsere spanischen Freunde sich des Falles annehmen und den Inquisitor rufen, oder ob die Sache erst einmal unter unserer Gerichtsbarkeit geregelt wird.«

Der Schmied nickte brummig.

Althammer erteilte den vier zurückbleibenden Bütteln den Befehl, dafür zu sorgen, dass die Neugierigen draußen blieben und keiner etwas am Tatort veränderte. Dann brach er mit Angerle, Leupholt, Engelhardt und einem vierten Büttel namens Georg Schultes, der sich freiwillig gemeldet hatte, auf zum »Bärenkeller«.

Nördlich von Augsburg stand vor den Toren eine Herberge, die von Reisenden gerne aufgesucht wurde, wenn sie besonders große Wagen hatten, mit denen sie sich nicht in die engen Gässchen der Stadt hineinwagten, wenn sie erst spät in der Nacht, nach Torschluss, ankamen und keinen Einlass mehr fanden oder aber wenn sie vorhatten, am Morgen schon sehr früh wieder aufzubrechen. Was die Wirtschaft auszeichnete, waren neben ihren ausgedehnten Stallungen vor allem die fünf Kellergeschosse, über die das Hauptgebäude verfügte. Ursprünglich nur für die Vorratshaltung gedacht, war später eines davon mit Gitterstäben versehen worden, damit Gaukler und fahrendes Volk, insbesondere aber Bärenführer, dort ihre wilden Tiere unterbringen konnten. Das hatte der Herberge auch ihren Namen eingetragen: »Die Wirtschaft zum Bärenkeller«.

Dorthin also ritt der Untersuchungsrichter Martinus Althammer mit seinen Begleitern. Obwohl es immer noch früh war, herrschte nun schon reger Betrieb in den Gassen der Stadt. Vor den Toren, auf den Feldern, waren die Bauern tüchtig bei der Arbeit. Die Herberge lag allerdings immer noch in tiefem Frieden. Mehrere große Fuhrwerke von auswärtigen Holzknechten, die am Vorabend lange gezecht hatten, standen unbeachtet neben den Stallungen. Der »Bärenkeller« war dafür bekannt, dass man abends feiern konnte, solange man wollte, ohne durch den Nachtwächter an die Einhaltung der Sperrstunde erinnert zu werden.

Althammer und die Büttel hielten vor den Stallungen. Ein alter buckliger Stallknecht, den das Hufgetrappel herausgelockt hatte, kam ihnen entgegengeschlurft und grüßte mürrisch.

Althammer erwiderte den Gruß freundlich und fragte: »Kannst du mir sagen, ob ein Bärenführer bei euch zu Gast ist?«

»Wer will das wissen?«

»Ich bin Martinus Althammer, Untersuchungsrichter im Auftrag des Augsburger Stadtvogts Hans Antoni Braun.«

Der Bucklige nickte verdrossen. »Seit vorgestern. Sein Wagen steht im Schuppen. Wollte ausdrücklich nicht, dass die alte Karre draußen rumsteht, und hat sogar eigens dafür bezahlt.«

»Weißt du, wann er gestern Abend aus der Stadt zurückgekommen ist?«

»Also die Karre hat er schon recht früh untergestellt, muss noch vor dem Abendläuten gewesen sein. Ich geh

immer schon mit den Hühnern schlafen, deshalb hab ich
ihn danach nicht mehr gesehen. Aber Walther hat erzählt,
dass er noch mal zu Fuß mit dem Bären weg ist. Das Tier
brauche noch ein bisschen Bewegung, hat er gesagt.«

»Wer ist Walther?«

»Der Futterknecht.«

»Und wo ist er?«

»Der liegt hinten im Heu und schnarcht.« Er wies mit
dem Daumen über die Schulter. »Hat die halbe Nacht
mit den Holzknechten gezecht.«

»Wenn er noch schläft, wie kommt es, dass er dir schon
von dem Bärenführer erzählt hat?«

Der Alte sah ihn verblüfft an. Dann lachte er meckernd.
»Da merkt man doch gleich, dass Ihr Euer Handwerk
versteht!« Er setzte eine verschlagene Miene auf. »Ihr
dürft's aber nicht der Wirtin verraten. Walther hat sich
nämlich nur mal kurz beim Frühmahl blicken lassen,
damit sie ihn sieht, und sich dann wieder aufs Ohr
gelegt.«

»Und da hat er dir von der Begegnung mit dem Bärenführer erzählt?«

»Ja, hat er.«

»Danke. Ich werd's nicht weitersagen. Einstweilen
mag Walther weiterschlafen, aber nachher werden wir
ihn vielleicht noch brauchen.«

Althammer überließ seinen Apfelschimmel der Obhut
des Buckligen und schritt auf das Hauptgebäude zu. Die
Büttel folgten seinem Beispiel.

Über dem Eingang hing ein plump geschnitzter Bär,
der mit nicht mehr ganz frisch aussehenden Tannenzwei-
gen geschmückt war. Die Einrichtung der Gaststube war

einfach, aber sauber, der Boden aus Lehm gestampft und mit Sägemehl bestreut. Roh behauene Bänke und Gestelle für die Tafeln, auf denen das Essen aufgetragen wurde, standen an die Seiten gerückt, da eine flinke Magd gerade dabei war, die Stube mit einem Reiserbesen auszufegen. Althammer fragte sie nach den Wirtsleuten. Sie schickte ihn in den Innenhof, wo der Wirt damit beschäftigt war, gemeinsam mit einem Knecht leere Fässer auf einen Leiterwagen zu laden.

Der Bärenwirt war ein untersetzter älterer Glatzkopf mit listigen Äuglein, die noch recht verschlafen dreinblickten. Er hatte eine braune Lederschürze um den beachtlichen Bauch gebunden und wirkte wenig erfreut, als der Untersuchungsrichter sich vorstellte und ihm sein Anliegen vortrug.

»Soso, über den Bärenführer wollt Ihr Auskunft«, brummte er. »Ein wenig umgänglicher Gesell, der sich in der Schankstube kaum blicken lässt. Er kümmert sich selbst um die Verpflegung für sich und seine Tiere. Sein Pferd steht im Stall, sein Planwagen dort drüben im Schuppen. Was hat er denn ausgefressen?«

»Das wissen wir noch nicht«, erwiderte Althammer. »Vielleicht gar nichts. Könnt Ihr uns sagen, wann er gestern aus der Stadt zurückkam? Soweit ich gehört habe, ist er noch spät unterwegs gewesen.«

»Aus der Stadt kam er schon recht früh. Aber dann war er noch mal ohne seinen Wagen mit dem Bären unterwegs.«

»Habt Ihr ihn gesehen, als er zurückkam?«

Der Wirt nickte.

»War das noch vor oder schon nach der Sperrstunde?«

83

Der Wirt runzelte die Stirn. »Was wollt Ihr von mir?«, brummte er.

»Von Euch eigentlich gar nichts. Außer ein paar Auskünften. Und ich kann Euch auch versichern, es ist mir völlig gleichgültig, ob Ihr die Sperrstunde eingehalten habt oder nicht, sofern mich Eure Mitarbeit in dieser Angelegenheit zufriedenstellt.«

»Na ja, wir haben da ein paar Holzknechte zu Gast, die gestern ihren Lohn bekommen haben und kaum zu bändigen waren. Ich habe es daher nicht gewagt, sie schlafen zu schicken. Sie waren jedenfalls noch tüchtig beim Zechen, als der Fremde mit seinem Bären zurückkam, und wollten ihn zum Zutrinken einladen.«

»Was meint Ihr, waren die Stadttore zu der Zeit schon geschlossen, als er wiederkam?«

»Also so genau kann ich es nicht sagen …«

Althammer verzog den Mund.

»Ja«, sagte der Wirt.

»Was ist dann geschehen? Ist er auf das Zutrinken eingegangen?«

Der Wirt schüttelte den Kopf. »Er hat abgelehnt, worauf es wohl zu einem tüchtigen Streit gekommen wäre, hätte er seinen Bären schon im Keller verstaut gehabt. So aber zeigten die Kerle doch einen gehörigen Respekt vor ihm und trauten sich nicht, ihn wirklich anzugehen.« Er kratzte sich an der Nase. »Zumal es sich auch schon herumgesprochen hat, wie er gestern auf dem Weinmarkt mit dem Schmied umgesprungen ist.«

»Was dann?«

»Er hat seinen Bären in den Keller gebracht, und ich hab ihn danach nicht mehr gesehen.«

»Wo habt Ihr ihm denn das Nachtlager gerichtet?«

»Wir haben oben nur die Gemeinschaftsstube mit Strohsäcken«, erklärte der Wirt. »Und zwei Stuben mit richtigen Betten für besonders vornehme Gäste.«

»Was heißt das?«

»Na ja.« Der Wirt zuckte die Achseln. »Einen gar so vornehmen Eindruck hat er mir nicht gemacht.«

Der Untersuchungsrichter runzelte die Stirn. »Er hat also bei den Fuhrknechten geschlafen?«

»Bezahlt hat er für die Gemeinschaftsstube.«

Althammer seufzte. »Das heißt also, Ihr wisst gar nicht, wo er geschlafen hat.«

»Na ja, ich meine, mir ist das eigentlich gleichgültig, wo die Gäste schlafen, solange sie bezahlen.«

Die Magd, die herausgekommen war und die letzten Sätze mit angehört hatte, mischte sich ein: »Vielleicht hat er es ja vorgezogen, wieder in seinen Wagen zu kriechen. Da hat er nämlich auch schon die erste Nacht geschlafen, der Bärenhäuter. Ich frag mich, wieso er überhaupt hier abgestiegen ist und nicht gleich auf freiem Felde übernachtet, wenn er doch sowieso nicht wie ein ordentlicher Mensch wohnt und isst.«

»Ihr scheint nicht gut auf ihn zu sprechen zu sein«, sagte Althammer.

»Pah, ist mir doch ganz gleichgültig, was so ein dahergelaufener Zigeuner treibt!« Sie warf den Kopf in den Nacken und stolzierte davon.

»Angerle, seid doch so freundlich«, befahl der Untersuchungsrichter und gab dem Büttel einen Wink, »geht in den Schuppen und werft einmal einen Blick in den Wagen.« Dann wandte er sich wieder an den Wirt. »Was könnt Ihr mir sonst noch über den Mann berichten? Auch wenn er wenig gesellig sein mag, so wäret Ihr doch der erste Wirt, der nicht neugierig ist und dem es nicht gelungen wäre, einem Gast ein paar Auskünfte zu entlocken.«

Der Wirt, der nicht recht wusste, ob er sich geschmeichelt fühlen sollte oder die Äußerung despektierlich gemeint war, grinste verlegen. »Also viel weiß ich wirklich nicht. Nur, dass er von Donauwörth herübergekommen ist und Barnabas heißt. Und dass er sich gestern auf dem Weinmarkt Siegmund den Schmied zum Feind gemacht hat.«

Der Büttel kam zurück und breitete die Hände aus zum Zeichen, dass er nichts ausgerichtet hatte.

»Nun«, sagte der Untersuchungsrichter, »wenn der Mensch nicht aufzufinden ist, dann sollten wir uns vielleicht erst einmal dem Tier zuwenden. Im Grunde ist der Bär ja unser eigentlicher Verdächtiger. Auch wenn er wohl kaum ohne seinen Herrn gehandelt haben dürfte. Herr Wirt, seid doch so freundlich und führt meine Leute in den Keller, damit sie den Bären ans Tageslicht bringen. Wollen doch sehen, ob seine Schnauze und die Tatzen vielleicht gar noch mit Blut befleckt sind.«

»Hans!«, brüllte der Wirt, der nach diesen Worten offensichtlich keine große Lust verspürte, selbst zu dem Tier hinabzusteigen.

Der Knecht, der während des Gesprächs den Leiterwagen weggezogen hatte, eilte herbei.

»Führ die Herrschaften hier hinunter in den Bärenkeller.«

Es war nicht gerade Begeisterung, die sich im Gesicht des Knechts abzeichnete, aber nach kurzem Zögern schlurfte er den Männern voran Richtung Keller. Angerle und die übrigen Büttel schickten sich an, ihm zu folgen.

»Halt!«, rief der Untersuchungsrichter. »Nicht alle. Zumindest einen von euch möchte ich bei mir hier oben haben, falls der Bärenführer vielleicht doch noch auftaucht.«

Leupholt war nur allzu gern bereit, diese Aufgabe zu übernehmen und mit Althammer und dem Wirt in der Gaststube zu warten, während die anderen drei hinter dem Knecht in den Keller stiegen. Hans trug eine Öllampe, die er am Eingang entzündet hatte, dahinter folgten Angerle, dann Engelhardt, zuletzt Georg Schultes. Die Büttel waren mit kurzen Spießen und Katzbalgern bewaffnet. Angerle hätte sich gewünscht, eine Pistole oder wenigstens eine Armbrust dabei zu haben. So stiegen sie die steilen ausgetretenen Stufen hinab, und der Büttel fragte sich, wie der Bärenführer es wohl bewerkstelligt hatte, mit dem dicken Meister Petz die engen Durchgänge zu nehmen. Oder hatte er ihn vielleicht am Ende gar mit dem Flaschenzug durch die Deckenluken herabgelassen, die dem Wirt dazu dienten, möglichst sicher und bequem die in den Kellerräumen untergebrachten Fässer und Vorräte hinauf und hinunter zu befördern?

Im Vorbeigehen spähte Angerle durch die offen stehende Tür ins Dunkel eines Lagerraums und schnupperte. Es roch modrig, und über allem hing der Geruch der Bier- und Weinfässer, die neben allerlei anderen Kisten und Truhen unbestimmten Inhalts standen.

Hans war mit der Lampe schon ein Stück weiter die Treppe hinabgestiegen, und Angerle musste sich sputen, hinter ihm her zu kommen. Am Fuß der dritten Treppe blieb der Knecht vor einer schweren Eichentür stehen und wartete. Der Bärenkeller befand sich im mittleren der fünf Kellergeschosse. Als die Büttel sich alle hinter ihm versammelt hatten, schob er den Riegel zurück und trat ein. In dem tiefer liegenden Keller war es noch modriger als im Stockwerk darüber. Statt des Miefs nach schalem Bier, vergossenem Wein und geschwefelten Fässern dominierte hier allerdings ein anderer Geruch. Es roch nach etwas Wildem, Lebendigem. Der Gestank von Exkrementen mischte sich mit dem scharfen Atem eines Tieres und ließ Angerle unwillkürlich nach seinem Schwertgriff fassen.

Der Knecht war kurz hinter der Tür erneut stehen geblieben. Der Schein seiner Lampe beleuchtete den Raum nur ungenügend. Immerhin langte es Angerle, um zu erkennen, dass der Bär sicher verwahrt zu sein schien.

In etwa fünf Schritt Entfernung von ihm liefen quer durch den ganzen Raum von der Decke bis zum Boden reichende Gitterstäbe. Aufgestört vom Licht der Lampe hatte sich das mächtige Tier dahinter zu voller Größe aufgerichtet und schaute ihnen blinzelnd entgegen. Es trug weder den Maulkorb, den es bei seinen Auftritten auf dem Weinmarkt gehabt hatte, noch war irgendwo eine Kette oder ein anderes Hilfsmittel zu entdecken, mit dem man es sicher nach oben hätte bringen können.

»Der Herr Untersuchungsrichter hat gut reden!«, knurrte Angerle und kratzte sich am Kopf.

»Den schaffen wir nie lebendig nach oben«, sagte Engelhardt. Er hatte Angerles Ratlosigkeit bemerkt und trat nun rasch neben ihn. »Aber der werte Herr Untersuchungsrichter hat ja schließlich auch gar nichts davon gesagt, dass wir ihn lebend nach oben schaffen sollen!«

»Du meinst…?«

»Ich habe nur gehört, dass wir ihn ans Tageslicht bringen sollen, damit der Herr Untersuchungsrichter sich oben davon überzeugen kann, ob noch Blut an seiner Schnauze und seinen Tatzen klebt.« Er trat noch dichter zu Angerle und flüsterte, sodass es außer ihnen nur noch Georg Schultes, nicht aber der an der Tür zurückgebliebene Knecht hören konnte: »Und das sollte wohl der Fall sein, wenn wir mit ihm fertig sind.«

»Ich weiß nicht, was Althammer dazu …«, wollte Angerle einwenden.

»Ach was!« Engelhardt trat entschlossen einen Schritt auf den Bären zu, hob den kurzen Spieß und blickte sich dabei gleichzeitig nach dem Knecht um. »Wenn wir ihn erledigt haben, sperrst du uns den Käfig auf, damit wir das Untier …«

Weiter kam er nicht, denn der Bär hatte die Gittertür, die gar nicht verschlossen war, mit einem leichten Hieb seiner Tatze so weit aufgestoßen, dass sie dem Büttel entgegen schwang und ihn mit Wucht halb am Kopf, halb an der Schulter traf. Engelhardt taumelte zur Seite, der Spieß entglitt seiner Hand und landete mit lautem Scheppern auf dem Boden.

Fauchend schob sich der Bär durch die offene Tür auf die Büttel zu. Angerle war von der aufgegangenen Gittertür zumindest ein wenig geschützt, Engelhardt aber stand dem gewaltigen Tier nun Auge in Auge gegenüber, und der Schreck schien ihn völlig zu lähmen. Auch der hinter ihm stehende Schultes und der Knecht standen da wie zu Salzsäulen erstarrt.

»Ruhig, Ursus, ruhig!«, erklang da eine tiefe Stimme aus der hintersten Ecke des Käfigs. »Und das Gleiche gilt auch für Euch, ihr Helden!«

»Teufel, der Bärenführer!«, entfuhr es Engelhardt.

»Ja, Barnabas, der Bärenführer.« Langsam kam der hochgewachsene Mann aus der dunklen Ecke auf sie zu. »Und ich warne Euch: Solltet Ihr es wagen, Ursus anzugreifen, könnt Ihr gewiss sein, dass keiner von Euch mehr das Licht der Sonne erblicken wird.«

»Nein, nein«, beeilte sich Angerle zu sagen, »das wollen wir doch gar nicht.«

»Was wollt Ihr denn?«

»Wir müssen dich bitten, uns nach oben zu folgen«, sagte Angerle, der sich hinter der Gittertür halbwegs sicher fühlte. »Der Herr Untersuchungsrichter Althammer möchte mit dir sprechen.«

»Der Herr Untersuchungsrichter? Warum sagt Ihr das nicht gleich und versucht erst noch, meinen Bären zu reizen?«

»Wir haben dich nicht gesehen«, sagte Angerle wahrheitsgemäß.

»Was will er denn von mir, der Herr?«

»Das möchte er dir lieber selber sagen.«

»Na schön, einen Untersuchungsrichter sollte man nicht warten lassen. Geht nur schon voraus und sagt ihm, ich komme gleich.«

Angerle zögerte. »Bringst du den Bären mit?«

»Das will ich wohl meinen. Er möchte den Untersuchungsrichter bestimmt auch kennenlernen, nicht wahr, Ursus?«

Der Bär gab ein Brummen zur Antwort, das tatsächlich wie Zustimmung klang.

»Könntest du ihn vielleicht ein wenig zurückhalten?«, bat Engelhardt. »Damit ich meinen Spieß aufheben kann.«

»Aber sicher.« Barnabas klopfte dem Bären den Pelz. »Hebt Eure Waffe nur auf, er wird Euch nichts tun.«

Vorsichtig bückte sich der Büttel und klaubte seinen Spieß auf, wobei er den nur drei Schritt von ihm entfernten Bären nicht aus den Augen ließ. Er hielt die Waffe noch in Bereitschaft, während er den Raum verließ, und senkte sie erst, nachdem er sich draußen vor der Eichentür noch einmal umgeblickt und versichert hatte, dass der Bär nicht direkt hinter ihm war. Dann folgte er den anderen die Treppen hinauf.

Als Barnabas kurz darauf die Schankstube betrat, hatte er seinem Bären den Maulkorn angelegt und führte ihn an der Leine. Höflich, aber nicht unterwürfig, grüßte er den Untersuchungsrichter und fügte dann hinzu: »Ich hoffe, Ihr verzeiht mir, dass ich meinen pelzigen Freund mitgebracht habe. Nachdem Eure Schergen ihn unten im Keller mit ihren Spießen zu kitzeln versuchten, wollte ich ihn nicht alleine lassen.«

»Schon recht«, gab Althammer zurück, der es sich auf einem eigens vom Wirt herbeigeschafften Lehnstuhl bequem gemacht und das Tier schon eingehend gemustert hatte. »Ich hätte dich ohnehin darum gebeten, ihn vorzuführen. Ein prächtiger Bursche. Aber vielleicht kannst du ihn ja während unserer Unterhaltung da hinten in der Ecke neben dem Kamin festbinden. Dann spricht es sich besser.«

Barnabas brachte den Bären in die Ecke und machte die Leine an einer der schweren Holzbänke fest. Dann kehrte er zu Althammer zurück und blieb respektvoll vor seinem Stuhl stehen. Rechts und links vom Stuhl des Untersuchungsrichters standen lediglich Angerle und Engelhardt, während Leupholt und Schultes draußen im Hof warteten.

»Du bist also Barnabas, der Bärenführer«, begann Althammer. »Darf man auch deinen vollständigen Namen erfahren, oder hast du keinen?«

»Verzeiht, Herr Untersuchungsrichter, aber wenn ich tatsächlich jemals einen hatte, so habe ich ihn vergessen. Alle Welt nennt mich nur Barnabas, den Bärenführer, so wie Ihr es auch gerade getan habt.«

»Nun, Barnabas, dann sag mir doch wenigstens: Wo kommst du her und wo willst du hin? Was führt dich nach Augsburg und wo warst du vergangene Nacht?«

»Das sind viele Fragen auf einmal, und ich will sie Euch gerne alle beantworten, doch erlaubt mir zuvor selbst auch eine Frage: Welcher Tat beschuldigt man mich, dass Ihr Euch selbst zu mir herausbemüht und mir dann auch noch Eure Büttel auf den Hals hetzt, damit diese meinen Bären töten?«

Der Untersuchungsrichter zog die Brauen hoch. »Du sprichst sehr kühn, doch ich will dir antworten, weil du es fertigbringst, deine Worte ruhig und in respektvollem Ton zu setzen. Meine Männer hatten keineswegs den Auftrag, deinen Bären zu töten. Wenn sie es dennoch versucht haben, so ist dies wohl nur auf ihre Unbeholfenheit und die Angst vor dem wilden Tier zurückzuführen.«

Barnabas warf Engelhardt, den er mittlerweile auch als seinen Kontrahenten vom Weinmarkt wiedererkannt hatte, einen spöttischen Blick zu. »Dazu gibt es eigentlich nicht den geringsten Grund. Ursus hat noch nie jemandem etwas zuleide getan. Ich habe heute Nacht sogar in seinem Käfig geschlafen.«

»Nun«, der Untersuchungsrichter zuckte lächelnd die Achseln, »ich denke, dann solltest du dich auch nicht darüber wundern, wenn man dich ebenso fürchtet wie deinen Bären. Ein Mann, der es wagt, einem so starken Mann wie Siegmund dem Schmied zu trotzen, und der es vorzieht, nachts unter Raubtieren in einem dunklen Keller zu nächtigen statt in der Gaststube, den kann man wohl fürchten, meinst du nicht auch?«

»Ihr habt vielleicht schon gehört, dass ich vergangene Nacht einen kleinen Disput mit den Fuhrknechten hier im Hause hatte«, gab Barnabas zurück. »Nachdem ich ihnen das Zutrinken abgeschlagen hatte, hielt ich es für sicherer, unten im Keller zu schlafen und meinen wachsamen Freund neben mir zu haben. Ihr seht, auch ich bin nicht frei von Ängsten und gehe Ärger gerne aus dem Weg, wenn ich ihn kommen sehe.«

»Wohl gesprochen. Bleiben wir doch bei der vergangenen Nacht: Warum hast du die Einladung der Fuhrknechte ausgeschlagen? Du wusstest doch, dass sie es als grobe Beleidigung auffassen würden.«

Barnabas nickte. »Und Ihr, werter Herr Richter, wisst sicher auch, dass das Zutrinken nicht ganz ungefährlich ist und man besser die Finger davon lässt, wenn einem die eigene Gesundheit lieb ist. Hat nicht gar der Rat der Stadt, eine dahin gehende Empfehlung ausgesprochen, nachdem sich unlängst der Berwanger Michel beim Zutrinken zu Tode gesoffen hat?«

Der Untersuchungsrichter hob die Brauen.

»Auch wenn du kein Augsburger bist, scheinst du doch bestens unterrichtet, was innerhalb unserer Mauern geschieht.«

»Ich komme viel herum. Und solche Neuigkeiten verbreiten sich schnell.«

»Nun denn«, sagte der Untersuchungsrichter, »um auf meine anfänglichen Fragen zurückzukommen: Wo hast du dich aufgehalten, bevor du die Einladung der Fuhrknechte ausschlugest? Warst du vergangene Nacht in der Stadt?«

»Wie sollte ich dann wohl mitten in der Nacht hinausgekommen sein? Wo die Augsburger Torwächter doch für ihre scharfen Augen und ihre nie nachlassende Wachsamkeit berühmt sind.«

»In der Tat …«, brummte Althammer, der nun doch langsam verdrießlich wurde, weil er nicht weiterkam mit dem Mann. Er legte daher die Karten offen auf den Tisch: »Es besteht der Verdacht, dass dein Bär in der vergangenen Nacht die Nichte des Schmieds gefressen hat.«

»Die Nichte des Schmieds?« Barnabas riss ungläubig die Augen auf. »Mein Bär? Gefressen? Und wo?«

»Im Haus des Schmieds.«

Barnabas lachte.

Engelhardt rasselte mit dem Säbel. »Teufel, dich werden wir schon …«

»Halt!« Ärgerlich winkte der Untersuchungsrichter ab. »Was findest du daran so lustig?«, fragte er Barnabas.

»Ich versuche mir vorzustellen, wie das, was Ihr meinem Bären und damit ja auch mir unterstellt, wohl geschehen sein soll. Zweifellos ist mein Ursus ein ganz besonderer Bär, aber wenn Ihr jemals einen Bären auf der Jagd oder auch nur beim Fressen gesehen und gehört hättet, dann wüsstet Ihr, dass dies nicht ohne Geräusch vonstatten geht. Und das Mädchen würde wohl auch geschrien haben, was unweigerlich ihre Familie, wahrscheinlich sogar die gesamte Nachbarschaft alarmiert hätte. Zudem vermute ich, dass der Schmied sein Haus des Nachts verriegelt hat, sodass man nicht ohne Lärm hineingelangen kann.«

Der Untersuchungsrichter nickte. »Alles wohl bedacht, was du da vorbringst, aber es gibt in der Tat Zeugen, die gehört haben, wie spät in der Nacht jemand das Haus des Schmieds betreten hat. Ebenso will der Sohn, der allein mit seiner Base zu Hause war, aus der Küche, wo die Unglückselige ihr Nachtlager hatte, ihre Schreie sowie lautes Brummen und Fauchen gehört haben.«

Barnabas runzelte die Stirn.

»Des Weiteren hat man auf der Bettstatt die blutbefleckten Kleider und Überreste des Mädchens gefunden«, fuhr der Untersuchungsrichter fort. »Ganz so, als ob ein wildes Tier sie gerissen hätte. Der Junge hat bei dem Lärm verständlicherweise Reißaus genommen, weil er dachte, der Leibhaftige habe seine Base in den Klauen.«

»Und der Schmied?« Barnabas kniff die Augen zusammen. »Wo war der Schmied? Macht es Euch denn nicht stutzig, dass er ausgerechnet dann fort ist, wenn in seinem Haus der Teufel los ist?«

»Er war gar nicht fort, sondern lag betrunken in der Schmiede und schlief seinen Rausch aus«, sagte der Untersuchungsrichter. »Du hattest Streit mit ihm. Du könntest sehr wohl den Zeitpunkt abgepasst haben, bis er außer Gefecht war und dir dann mit dem Bären Zugang zum Haus verschafft haben.«

»Streit ist wohl zu viel gesagt. Es gab keinen Grund für mich, ihm etwas anzutun, geschweige denn seiner Nichte.«

»Vielleicht hast du befürchtet, er könnte beim nächsten Mal mit seiner Forderung nach einem Nasenring für das Untier Erfolg haben«, mischte Engelhardt sich ein.

Althammer sah ihn scharf an, verzichtete diesmal jedoch auf eine Zurechtweisung.

Barnabas lachte ungläubig. Aber sein Lachen klang nicht mehr so zuversichtlich wie noch vor einigen Minuten. Er merkte offenbar, dass der Fall ernster lag, als zunächst gedacht.

»Darf ich den Ort der Tat und die Überreste des Mädchens sehen?«, fragte er den Richter und sah hinüber zum Kamin, wo Ursus behaglich vor sich hinbrummte. »Vielleicht kann ich Euch ja an Ort und Stelle von unserer Unschuld überzeugen.«

»Meinetwegen. Warum nicht? Ich habe meine Leute angewiesen, einstweilen alles so zu belassen, wie wir es heute Früh vorgefunden haben.« Er gab den Bütteln ein Zeichen, den Aufbruch vorzubereiten. »Du darfst mit dem Bären in deinem Planwagen fahren. Solltest du einen Fluchtversuch unternehmen, werden meine Berittenen dich schnell einholen.« Er stand auf. »Und dann würde ich an deiner Stelle lieber nicht darauf bauen, dass sie Angst vor euch haben.«

Barnabas winkte ab. »Habt keine Sorge, Herr. Mir ist selbst sehr daran gelegen, unsere Unschuld zu beweisen. Schließlich verdienen wir unser Brot nur damit, dass wir uns den Menschen zeigen und nicht, indem wir uns vor ihnen verstecken.«

»Wohlan, so sei es!« Martinus Althammer gab sich zufrieden. Er traute dem Mann. Alles, was er bisher vorgebracht hatte, hatte Hand und Fuß. Dass er sich nicht scheute, mit dem Bären den Ort seiner vermeintlichen Bluttat und das Opfer in Augenschein zu nehmen, war ein gutes Zeichen. Althammer hatte nie viel von der Bahrprobe gehalten, derzufolge das Blut eines Opfers wieder zu fließen begann, sobald der Mörder an seine Seite trat. Von dem Mädchen waren nur noch wenige Überreste vorhanden, sodass ohnehin fraglich war, was überhaupt noch fließen sollte, aber immerhin zeigte der Mann Mut. Und für die abergläubischen Büttel und übrigen Beteiligten war es zumindest ein Signal, das dazu dienen mochte, den Bärenführer erst einmal zu entlasten. Für die unvoreingenommene Untersuchung des merkwürdigen Falles war dies sicher hilfreich. Außerdem war Althammer neugierig, wie der Schmied sich verhalten würde, wenn er dem Bärenführer erneut Auge in Auge gegenüberstand. Ob er seine Verdächtigungen dann auch noch aufrechterhielt.

Als der Wagen des Bärenführers, eskortiert von den Bütteln, am Schmiedberg ankam, klangen den Männern schon von Weitem laute Hammerschläge entgegen.

Vor den Eingängen des Hauses und der Schmiede hatten sich die von Althammer postierten Wachen nicht von der Stelle gerührt. Der angsterfüllte Auftritt der Schmiedin war nicht zu übersehen und erst recht nicht zu überhören gewesen. Allerhand Gerüchte, was geschehen sein mochte, waren bereits in Umlauf. Margaret hatte sich mit Lienhart wieder bei der Nachbarin verkrochen. Nur Siegmund ließ seine Wut hinter den verschlossenen Toren der Schmiede am Amboss aus. Da es aber nichts zu sehen gab, war es den Wachen bisher ohne Schwierigkeiten gelungen, alle Schaulustigen fernzuhalten.

Nun blieben wieder welche stehen und beobachteten, wie der Untersuchungsrichter und die Büttel absaßen und Barnabas von seinem Bock sprang. Angerle pochte ans Tor der Schmiede. Ohne Erfolg. Erst als er mehrfach hart mit dem Schwertknauf dagegen schlug, erstarb das Gehämmer. Kurz darauf schlurfte Siegmund zur Haustür heraus und blinzelte böse in die Runde.

»Was gibt's zu glotzen?«, brüllte er die Neugierigen an. »Habt ihr nichts zu tun? Schert euch gefälligst an eure Arbeit, ihr Tagediebe!«

Einige der Umstehenden wichen tatsächlich einen Schritt zurück, das Geschrei lockte aber nur noch mehr Schaulustige an. Der Untersuchungsrichter lächelte milde. Als Barnabas auch noch den Bären aus dem Planwagen klettern ließ, wies er die Büttel an, sich nur noch auf die Aufrechterhaltung der Ordnung zu beschränken. Die Leute wegzujagen, hätte Gewalt gekostet.

Der Schmied murrte zwar, ergab sich aber darein. »Soll das Biest etwa auch in mein Haus?«, fragte er Althammer.

»Ihr glaubt doch, dass es letzte Nacht auch schon drin war.«

»Margaret hat den Pfaffen aus dem Predigthaus von St. Ulrich geholt«, brummte Siegmund. »Er war vorhin da und hat das Haus ausgesegnet, damit der Leibhaftige verschwindet. Wenn jetzt wieder dieser Bärenhäuter mit seinem Untier …«

»Seine Schuld ist noch nicht erwiesen«, gab Althammer zu bedenken und wollte an den Wachen vorbei ins Haus.

»Der Teufel da und seine Bestie betreten mein Haus nicht mehr.« Der Schmied verschränkte die Arme vor der Brust und stellte sich breitbeinig vor die Tür.

»Seid vernünftig, Schmied«, sagte der Untersuchungsrichter. »Wie sollen wir die Bahrprobe durchführen, wenn Ihr die beiden nicht hineinlasst?«

Der Schmied sah ihn erstaunt an, brummte etwas und schien zu überlegen.

Auch Barnabas wirkte überrascht. Von der Bahrprobe war bisher keine Rede gewesen. Er sagte aber nichts dazu, sondern wandte sich stattdessen gelassen seinem Kontrahenten zu.

»Nichts für ungut, Schmied. Wir wollen diesmal nicht mit Euch kegeln. Und wenn Eure Nichte tot ist, so seid unseres Beileids versichert.«

Als Antwort spuckte der Schmied vor ihm aus, trat dann aber doch zur Seite, um den Untersuchungsrichter und seine Leute samt Barnabas und dem Bären ins Haus zu lassen.

Abgesehen von dem durchdringenden Weihrauchduft, der nun den Blutgeruch in den Räumen überlagerte, war drinnen alles so, wie der Untersuchungsrichter es am Morgen zurückgelassen hatte. Die Hausfrau war froh gewesen, die Verwüstung noch nicht aufräumen zu müssen, und hatte sich nach der Aussegnung durch den Priester liebend gern wieder zur Stellmacherin zurückgezogen.

Barnabas war zunächst neben der Eingangstür stehen geblieben und sah sich in Ruhe um, während der Untersuchungsrichter schon bis zur Bettstatt am Herd gegangen war und ihn von dort gespannt beobachtete.

»Was ist nun?«, maulte der Schmied, der sich in eine Ecke möglichst weit abseits der anderen gestellt hatte. »Er soll näher heran treten!«

Barnabas nickte still vor sich hin, als habe er bereits wichtige Erkenntnisse gewonnen. Dann führte er Ursus neben den Untersuchungsrichter an die Bettstatt.

Ein Schwarm Fliegen hatte sich über die blutigen Überreste hergemacht, in denen schon die ersten Maden wimmelten. Sonst rührte sich nichts.

Engelhardt trat neugierig hinzu. »Pfui Teufel!« Er verscheuchte die Fliegen, um besser sehen zu können, ob das getrocknete Blut wieder flösse. Althammer ließ ihn gewähren und wartete ebenso wie Barnabas, der dabei seinen Bären beruhigend tätschelte.

»Nix«, vermeldete Engelhardt nach einer Weile. »Rein gar nix!«

»Was besagt das schon«, brummte der Schmied. »Das Untier hat zu wenig übrig gelassen! Wird schon wissen, warum.«

»Rindviech!«, sagte Barnabas unvermittelt.

»Sag das noch mal!«, brüllte der Schmied und wollte sich ungeachtet des Bären auf ihn stürzen. Angerle fuhr mit der Hellebarde dazwischen. Ursus brummte drohend. Zwei weitere Büttel stürmten hinzu.

»Halt das Tier im Zaum!«, rief Althammer dem Bärenführer zu, dann an alle gewandt: »Und Ihr, mäßigt Euch!«

Barnabas beruhigte den Bären. »Ich meinte ja gar nicht ihn.« Er deutete auf den Schmied. Ein schelmisches Funkeln lag in seinen sonst so traurigen Augen.

»Wen dann?«, fragte Engelhardt drohend.

»Das da!« Barnabas wies auf die Bettstatt. »Ich sollte mich schwer täuschen, wenn das tatsächlich die Überreste eines Mädchens und nicht die eines ganz gewöhnlichen Rindviechs wären.«

Althammer starrte ihn an, rollte mit den Augen, den übrigen Männern standen die Münder sperrangelweit offen. Dann trat der Untersuchungsrichter näher, nahm die blutfleckigen, zerfetzten Kleidungsstücke, die Knochen, Rippen, Fleischreste und Eingeweide noch einmal in Augenschein. Er kratzte sich am Kopf, kniete sich neben der Bettstatt nieder und begann seine Musterung noch einmal genauer, wobei er wiederholt die Fliegen verscheuchen musste. Schließlich erhob er sich mit einem leichten Lächeln: »Ich glaube, du hast recht. Wo hatte ich nur meine Augen!« Er wandte sich an Angerle. »Aber da wir uns scheinbar alle haben täuschen lassen, möchte ich nun auch ganz sichergehen. Lasst den Stadtphysikus und am besten gleich noch den Zunftmeister aus der Stadtmetzg kommen.«

Während sie warteten, wies Barnabas den Richter darauf hin, dass die Unordnung im Raum seltsam ordentlich aussehe, jedenfalls nicht so, als habe dort sein Bär gewü-

tet und tüchtig Kleinholz gemacht, sondern eher so, als ob
jemand versucht habe, alles so herzurichten, wie es nach
dessen Vorstellung wohl aussehen müsse, wenn ein Bär
gewütet habe.

Er deutete auf einen Berg Scherben. »Meinem Ursus
würde es nie einfallen, solche irdenen Schüsseln ohne Sinn
und Verstand einfach nur zum Spaß zu zerschlagen. Es
kommt zwar vor, dass bei ihm mal etwas zu Bruch geht,
aber das ist dann wirklich nur ein Unfall oder verbunden
mit der Absicht, an die in der Schüssel befindliche Nah-
rung zu gelangen.«

Der Untersuchungsrichter wurde immer nachdenkli-
cher und maß den Schmied mit ungnädigen Blicken.

Der Stadtphysikus Bartholomäus Höchstetter und der
oberste Fleischhauer, Zunftmeister Marx Schwenkhart,
trafen fast gleichzeitig ein. Höchstetter war ein älterer
Mann, der sich beim Gehen auf einen schwarz lackier-
ten Buchenholzstock stützte. Aufmerksam erwiderte er
die Begrüßung des Untersuchungsrichters und bedachte
auch alle übrigen Anwesenden mit einem kurzen Nicken.
Der dicke Schwenkhart dagegen würdigte außer Althammer niemanden auch nur eines Blickes und schnaubte
auch diesen sofort ärgerlich an, er sei ein viel beschäftig-
ter Mann, der seine Zeit nicht gestohlen habe. Was das
Ganze denn eigentlich solle?

Als er der blutigen Überreste auf Lisbeths Lager
ansichtig wurde, schlug er die Hände über dem Kopf
zusammen. »Was für ein damischer Hornochs hat denn
die Sauerei verbrochen?«

Höchstetter, der ihm über die Schulter schaute, schüttelte nur entrüstet den Kopf.

»Ein schönes Stück Rindvieh dermaßen zu verhunzen, der Kerl gehört an den Füßen aufgehängt und dermaßen verdroschen, dass ihm das Blut an den Ohren 'nausläuft!«, wetterte Schwenkhart.

»Dann seid Ihr also auch der Ansicht, dass es sich hier nicht um menschliche Knochen, sondern um die Überreste eines Rindes handelt?«, fragte Althammer.

Der Fleischhauer sah ihn an wie einen Geisteskranken. »Das sieht selbst der dümmste von meinen Lehrbuben! War das etwa schon alles, was Ihr wissen wolltet?«

»In der Tat, das war alles. Verzeiht, dass wir Eure kostbare Zeit in Anspruch genommen haben, aber ich wollte ganz sichergehen. Dazu brauchte ich die Meinung eines wahrhaft Sachkundigen. Und wer wäre da besser geeignet als Ihr?« Er wandte sich an Höchstetter: »Ich nehme an, da Meister Schwenkhart sich seiner Sache so sicher ist, fällt es Euch wahrscheinlich auch nicht schwer, Euer Urteil zu bilden.«

»Ita est, so ist es. Das sind eindeutig die Knochen und Eingeweide eines Rindes. Schaut Euch nur dieses lange Stück Darm an!« Der Physikus deutete mit dem Stock auf den Kadaver. »Und auch wenn ich mit Meister Schwenkhart nicht in der Art der Bestrafung übereinstimme, so muss ich doch sagen, dass es sich bei dieser Art der Zerstückelung um eine ungeheuerliche Verschwendung handelt, für die der Verantwortliche gewiss eine schwere Strafe verdient hat.«

»Jawohl!«, meldete sich unvermittelt der Schmied zu Wort, der merkte, wie die Lage immer bedrohlicher für ihn zu werden begann. »Und es war kein anderer als dieser dahergelaufene Bärenhäuter. Das Fauchen und

Brummen, das der Lienhart gehört hat, sind doch eindeutig genug. Der da hat die Lisbeth entführt und die Reste von der Fütterung seiner Bestie hier zurückgelassen, um mich anzuschwärzen. Der und kein anderer. Und das Rind hat er wahrscheinlich gestohlen!«

Althammer runzelte die Stirn und sah zu Barnabas.

»Ach seid doch so gut, Meister Schwenkhart, und schaut Euch einmal die Brüche der Knochen genauer an«, bat der. »Was glaubt Ihr, wer das auf dem Gewissen hat? Könnte das ein Bär gewesen sein?«

Der Fleischhauer musterte ihn verächtlich, dann schüttelte er den Kopf. »Da brauch ich nicht noch mal hinschauen. So glatt wie die durchtrennt sind, wenn auch völlig wild, ohne jeden Sinn und Verstand. Das sieht nach den Hieben eines scharfen Beils aus, ganz sicher aber nicht nach den Zähnen und Klauen eines Bären.«

»Vielleicht könnt Ihr uns ja auch noch weiterhelfen bezüglich Alter und Herkunft der Knochen«, sagte der Untersuchungsrichter, sowohl an den Stadtphysikus als auch an den Fleischhauer gerichtet. »Wo könnten sie herstammen, wer hat in den letzten Tagen Rindvieh geschlachtet? Oder ist Euch in der Stadtmetzg am Ende vielleicht sogar etwas abgängig gewesen, von dem Ihr nicht wisst, wo es hingekommen ist?«

»Nicht dass ich wüsste«, brummte der Fleischhauer, »aber ich kann gerne noch einmal nachforschen, wenn Ihr wollt.«

»Ja, tut das bitte!«

»Nach meinem Dafürhalten sehen Knochen und Fleisch noch recht frisch aus«, konstatierte der Physikus. »Das sieht man ja auch an den Maden. Da sind noch nicht so viele da.«

»Na mir reicht's schon!«, knurrte Angerle.

Der Physikus ignorierte ihn. »Das Tier hat gestern in der Früh noch gelebt, würde ich meinen.«

Althammer sah den Fleischhauer fragend an. Der nickte zustimmend.

»Ich danke Euch«, sagte der Untersuchungsrichter. Unvermittelt wandte er sich dem Schmied zu: »Wie ich gehört habe, hat Euch gestern der Erbsbrei Eurer Nichte nicht gemundet. Habt Ihr da möglicherweise noch das Gelüst nach einem guten Stück Rindfleisch verspürt?«

»Was soll das heißen?« Der Schmied erbleichte. »Was wollt Ihr mir da unterstellen?«

»Genau das, was Ihr dem Bärenführer Barnabas unterstellt: nämlich, dass Ihr ihm eins auswischen wolltet. Wobei ich auf Eurer Seite die deutlich bessere Gelegenheit und stärkeren Beweggründe sehe. Die Abwesenheit Eures Weibes verschaffte Euch die Gelegenheit, etwas mit Eurer Nichte auszuhecken. Die Frage ist nur, ob das Mädchen Euch bei Eurem Plan zur Hand gegangen ist und nun irgendwo in einem Versteck auf Euch wartet, oder ob sie vielleicht doch zum Opfer geworden ist und Ihr sie irgendwo gefangen haltet oder gar irgendwo verscharrt habt.«

So schnell wie das Gesicht des Schmieds die Farbe verloren hatte, bekam es sie jetzt wieder. Er wurde puterrot, sodass man für einen Augenblick fast fürchten musste, der Schlagfluss würde ihn treffen. Dann löste sich ein fürchterlicher Wutschrei aus seiner Brust, und er hätte sich unweigerlich auf Althammer gestürzt, wäre nicht

Barnabas' blitzschnell herausgestreckter Fuß im Weg gewesen. Der Schmied ging zu Boden, und im nächsten Moment waren auch schon Angerle und zwei weitere Büttel über ihm und hielten ihn nieder.

»Schafft ihn in die Fronfeste«, befahl der Untersuchungsrichter. »Dort wird er uns schon sagen, wo seine Nichte abgeblieben ist.« Er wandte sich an den Bärenführer. »Und dir danke ich für deine Unterstützung und bitte um Vergebung für die Ungemach, die dir aufgrund unserer Nachlässigkeit erwachsen ist. Ich werde nie wieder den Schauplatz einer Bluttat untersuchen, ohne mich dabei der Mithilfe eines Physikus zu versichern.« Er blickte fast ein wenig verlegen zu Höchstetter, der seine Befriedigung darüber in einem gönnerhaften Lächeln zum Ausdruck brachte.

»Was wirst du jetzt tun?«, fragte Althammer den Bärenführer. »Wie sehen deine Pläne aus?«

»Ich denke, ich werde noch ein paar Tage in der Stadt bleiben. Es wäre schade, die Berühmtheit, zu der mir der Schmied verholfen hat, nicht noch ein wenig auszunutzen.«

»Ich denke, das ist dein gutes Recht. Außerdem wollte ich dich auch darum bitten, noch zu bleiben, bis die Untersuchung gegen den Schmied abgeschlossen ist. Vielleicht brauche ich dich noch als Zeugen.«

»Wohlan«, sagte Barnabas und seinem Gesicht war anzusehen, dass ihm die Sache nicht gefiel. »Ich hoffe nur, das Mädchen taucht bald heil wieder auf.«

DER SOHN DES SCHMIEDS

AM ABEND WAR LISBETH NOCH NICHT WIEDER AUF-
GETAUCHT. Die Schmiedin hatte sorgfältig aufgeräumt
und alle Spuren des Rinderkadavers beseitigt, wobei
ihr Lienhart nach Kräften zur Hand gegangen war.
Unerschrocken hatte der Junge sich sogar dazu erboten, die Überreste zum Schindanger vor die Tore der
Stadt zu schleppen. Margaret hatte einfach alles in den
blutigen Strohsack gewickelt und ihm auf den Rücken
gebunden. Sie wusste zwar immer noch nicht, was sie
von der schrecklichen Angelegenheit halten sollte, aber
tief in ihrem Inneren glaubte sie nicht daran, dass sie
ihre Nichte noch einmal lebend zu Gesicht bekommen würde.

Mit verheulten Augen saß sie am Tisch, war kaum in
der Lage, sich ihrer Näharbeit zu widmen, und beobachtete, mit welchem Heißhunger der Junge das Brot
der Bäckerliese verschlang, während sie selbst keinen Bissen hinunterbrachte. Es war erstaunlich, wie
wenig ihm das Verschwinden seiner Base und die Verhaftung des Vaters nahezugehen schienen. Margaret
betete, dass er nicht so ein gefühlloser Klotz wie Siegmund werden würde und sein Gleichmut nur auf sein
geringes Alter zurückzuführen wäre. Vielleicht hatte
er einfach noch nicht richtig verstanden, was vorgefallen war.

»Wann kommt denn der Vater wieder zurück?«,
fragte er mit vollen Backen.

Margaret sah von ihrer Arbeit auf. »Das kommt drauf an.«

»Worauf denn?«

»Vielleicht kommt er ja auch gar nicht wieder.« Sie hörte sich den Satz sagen und fand selbst, dass ihr Ton seltsam geklungen hatte. Es war ihr so herausgerutscht.

»Möchtest du denn nicht, dass er zurückkommt, Mutter?«

Sie sah den Kleinen erschrocken an. Wusste er, was in ihr vorging? Dass sie den alten Saufkopf, der sie nach Lust und Laune grün und blau schlug, im Grunde ihres Herzens zum Teufel wünschte. Dass sie gleichzeitig aber eine unsägliche Angst davor hatte, ohne ihn in kürzester Zeit am Bettelstab zu gehen. »Er wird bestimmt zurückkommen.« Ihre Augen füllten sich schon wieder mit Tränen. Sie sah, wie der Junge sie aufmerksam anblickte. Sie musste sich zusammennehmen. »Wir brauchen ihn doch auch. Wer soll sonst unser täglich Brot verdienen.«

Es war eine Feststellung, keine Frage.

»Ich«, antwortete der Junge.

Durch einen Tränenschleier sah sie, dass er aufgehört hatte zu kauen und den Kanten Brot, den er noch in der Hand hielt, weit von sich in die Mitte des Tisches schob. Sie zwang sich zu einem Lächeln. »Wie willst du das anstellen?«

»Ich bin schon groß.«

»Ich weiß. Du hast ihm ja hin und wieder schon tüchtig bei der Arbeit geholfen und könntest sicher einmal ein guter Schmied werden. Aber dazu brauchst du einen Lehrherrn, und wovon sollen wir das Lehrgeld bezahlen.«

Sie verschwieg ihm ihre viel größere Sorge: dass sich kein ehrlicher Schmied darum reißen würde, den Sohn eines Säufers, Schlägers und mutmaßlichen Mörders in die Lehre zu nehmen. Sie beugte sich zu ihm hinüber und strich ihm die Haare aus der Stirn.

»Mach dir keine Sorgen, Mutter. Ich muss ja kein Schmied werden. Ich kann auch so für unser Brot sorgen.«

Sie schien ihn gar nicht zu hören. »Vielleicht kann ich uns eine Weile mit Nähen über Wasser halten«, murmelte sie mehr zu sich selbst. »Und die Stellmacherin ist alt – wenn ich ihr ein bisschen unter die Arme greife ...« Sie schluchzte. »Wenn er tatsächlich nicht wiederkommt, müssen wir die Schmiede verkaufen.« Hilflos zuckte sie die Achseln.

Lienhart war aufgestanden, um den Tisch herum zu ihr gekommen und legte die Arme um sie. Es tat ihr wohl. Sie sah nicht, mit welchem Blick seine Augen dabei an dem Kanten Brot hingen, der auf dem Tisch lag.

Donnerstag, 12. April 1548

AM NÄCHSTEN MORGEN war Lienhart beizeiten auf den Beinen und stromerte über die Märkte. Seine Mutter hatte ihm erzählt, wie sie mit der Bäckerliese von Friedberg herübergekommen sei und ihr geholfen habe, den Karren zu schieben, wofür die alte Bäckerin ihr das Brot gegeben habe. Er hatte daraus geschlossen, dass es gar nicht so schwer sein konnte, sich das Nötigste auf dem Markt zu verdienen, wenn man sich nur ein bisschen nützlich machte. Auch wenn zu Hause noch keine große Not herrschte, hatte er sich doch fest vorgenommen, nicht ohne etwas Essbares heimzugehen, um die Mutter von seiner Tüchtigkeit zu überzeugen.

Den auswärtigen Bäckern war es nur an bestimmten Tagen erlaubt, mit ihren Karren in die Stadt zu kommen, wo sie ihre Waren bis zum Mittag feilbieten durften, während die Augsburger Bäcker ihre festen Stände neben den Fleischbänken der Metzger in den Gewölben unter dem Tanzhaus hatten. Lienhart wollte es zunächst einmal bei der Bäckerliese versuchen.

Die Alte war nicht nur wegen ihres Mundwerks, sondern auch wegen ihrer Ehrlichkeit berühmt. Noch nie hatte einer der städtischen Brotgeschauer am Gewicht oder der Zusammensetzung ihrer Brote etwas zu mäkeln gehabt, obwohl sie den Markt schon seit einer Ewigkeit besuchte. Sie war ein Original und hatte Narrenfreiheit. Seit dem Tod ihres Mannes, an den sich niemand mehr erinnern konnte, da er schon kurz nach der Hochzeit gestorben war, buk sie nicht nur selbst und stand allein hinter dem hoch beladenen Karren, sondern zog diesen in Ermangelung eines Zugtiers auch noch eigenhändig in aller Herrgottsfrüh nach Augsburg. Dabei trug sie die alten Hosen und Wämser ihres Mannes, die mittlerweile schon über und über mit Flicken übersät waren – ob aus Gewohnheit, Geiz oder Anhänglichkeit an ihren Verflossenen wusste niemand recht zu sagen. Sie fluchte beim Feilschen wie ein Kesselflicker. Dürr wie ein Stecken, runzlig wie ein Wirsing, mit einem Überbiss, der ihre Zahnruinen ständig entblößte, sah sie uralt und ein wenig Furcht einflößend aus.

»Dich kenn ich«, kreischte sie, als sie Lienhart sah, »du bist doch der Saulümmel von dem versoffenen Schmied. Kannst nix dafür, dass dein Vater so ein hirnloser Haudrauf ist, deine Mutter ist eine anständige Frau, hat mir gestern geholfen, und ich hab ihr dafür ein Brot geben. Ist aber kein Grund, hier schon wieder anzutanzen, ich geb kein Almosen, und wenn du Naschwerk willst, bist bei mir sowieso falsch, da gehst besser zu den Zuckerbäckern, den vermaledeiten, die die Leut mit ihrem Zeug vergiften. Speiübel könnt's mir werden, wenn ich seh, wie die feinen Herrschaften ihre Kinder mit dem süßen Dreck vollstopfen wie die Mastsäu, auf dass sie bald durch die Straßen rollen können. Sollten lieber mal mein Brot versuchen, das gibt Kraft in den Armen und überall da, wo die anderen nur Mus haben.«

Lienhart starrte sie an.

»Da sperrst das Maul auf wie ein Aff.« Sie stemmte die Hände in die Hüften. Nur um sie gleich wieder zu erheben gegen einen Kunden in dunkler spanischer Tracht, der eines der Brote angefasst hatte. »Die Mistgriffel da weg«, brüllte sie ihn an. »Das musst jetzt auch kaufen.« Der Mann glotzte blöd. »Ach, der welsche Stiesel versteht mich ja wieder nicht! Wird Zeit, dass die traurige Gestalt von einem Kaiser mit seinen nichtsnutzigen Hohlköpfen endlich verschwindt!«

»Lass das bloß nicht die Obrigkeit hören!«, mahnte ein Stadtsoldat.

»Die Obrigkeit? Und was bist du bittschön für einer, du Möchtgernsoldat, du gescherter? Als du noch in die Hosen geschissen hast, hab ich hier schon mein Brot feilgeboten. Das waren noch Zeiten, damals, als der alte

Kaiser Max noch da war. Der wusst wenigstens, was sich gehört, und hat trotzdem geredt, wie ihm der Schnabel gewachsen war. Hier an meinem Stand ist er gestanden und hat mein Brot gessen, ein Pfundskerl von einem Mannsbild. Der dürre Kerle dagegen mit seinen finsteren Spaniern kann mir gern mal gestohlen bleiben. Angeschissen hat mich sogar neulich einer von seinen Hampelmännern, weil ich die Lumpen von meinem seligen Franz noch auftrag, und als Frau hätt ich eigentlich sowieso nix hier zu suchen. Und dabei klauen die wie die Raben, das spanische Gesindel! Sehen ja auch so aus in ihren schwarzen Fetzen! Wenn man denen nit andauernd auf die Griffel haut …«

Sie hatte sich in Rage geredet, und es hatte sich eine kleine Menschenmenge um ihren Karren versammelt, die neugierig darauf wartete, wie die Auseinandersetzung mit dem Stadtsoldaten weitergehen würde, Lienhart aber verdrückte sich lieber. Er lief zum Tanzhaus, um es einmal bei einem der Augsburger Bäcker zu versuchen. Der stattliche Bau bildete den südlichen Abschluss des Holzmarktes und trennte ihn vom Weinmarkt. Im Obergeschoss befand sich der Festsaal der Stadt, in dem die Geschlechtertänze der Patrizierfamilien und feierliche Versammlungen zu besonderen Anlässen stattfanden. Lienhart kam zuerst an den Fleischbänken vorbei. Als er die Auslagen mit Würsten sah, dachte er, dass eine Wurst oder ein kleines Bratenstück sicher mehr Eindruck bei seiner Mutter hinterlassen und sie noch mehr beruhigen würde als ein Brot. Er streifte zwischen den Fleischbänken umher. Es gab Kuttler und Wurstmacher und solche, die nur Fleisch verkauften. Er entschied sich schließlich für eine Fleischbank, hinter der eine gutmütig aussehende Frau ganz allein damit beschäftigt war, Würste abzuschneiden und in einen großen Kessel zu packen.

Es war die Fleischbank von Marx Schwenkhart, dem Zunftmeister, einem der reichsten, aber auch geizigsten unter den Fleischhauern. Er gönnte seinem eigenen Hund keinen Knochen und traute niemandem, nicht einmal seiner Frau Hedwig, die nur unwesentlich schlanker war als er selbst. Während er, unterstützt von zwei Gehilfen, in der Metzg schlachtete, stand die dicke Hedwig nebenan im Gewölbe des Tanzhauses und bot die Waren feil, wurde dabei aber scharf überwacht. Knechte und Mägde durfte sie keine beschäftigen, weil Schwenkhart ihr nicht zutraute, diesen genügend auf die Finger zu sehen. So musste sie alles selbst verrichten, und ihr Mann kam von Zeit zu Zeit unangekündigt vorbei, um zu sehen, ob sie es auch recht machte.

Als Lienhart bei ihr um Arbeit vorsprach, wies sie ihn daher ohne jedes Zögern, kaum dass sie von ihrer Beschäftigung aufgeblickt hatte, ab. Zufällig ergab es sich aber, dass unmittelbar danach drei Kundinnen gleichzeitig an den Stand herantraten, um von ihr bedient zu werden. Nun musste sie mit dem Verpacken der Würste innehalten, ob sie wollte oder nicht. Und sie sah, dass Lienhart immer noch mit tief enttäuschtem Gesicht an der Fleischbank stand.

»Wart einen Augenblick, Bub!«, rief sie ihm zu.

Die Verhandlung mit den Frauen und ihre Bedienung nahmen geraume Zeit in Anspruch, doch Lienhart wartete geduldig.

»So, du suchst also Arbeit?«, wandte sie sich ihm endlich zu und musterte ihn dabei prüfend. »Da bist du eigentlich schon ganz richtig, denn davon gibt es bei mir mehr als genug wie du siehst, vor allem seit der sächsische Fürst auf den Geschmack unserer Würste gekommen ist und regelmäßig ganze Kessel davon für sich und die Seinen ordert. Aber geschenkt gibt's bei mir nix, das solltest du wissen. Wenn du mir tüchtig hilfst, kann ich am Ende der Woche vielleicht eine kleine Wurst für dich erübrigen.«

Lienhart nickte. Er hatte sich zwar mehr erhofft, war aber letztlich froh, überhaupt etwas in Aussicht zu haben. Und sagte die Mutter nicht immer, aller Anfang sei schwer?

»Du kannst damit anfangen, diese Würste hier abzuschneiden und in den Kessel zu packen«, wies die Fleischhauerin ihn an. »Wenn mein Mann kommt, darfst du dich allerdings nicht blicken lassen. Er will nicht, dass ich jemanden beschäftige. Da musst entweder ganz schnell verschwinden oder halt schauen, wo du bleibst. Und selbst wenn er dich sieht, darfst auf gar keinen Fall sagen, dass ich dir was zugesagt hätte. Ich kenn dich dann nämlich nimmer.«

Lienhart erklärte sich mit allem einverstanden. Die Arbeit war nicht schwer für ihn, und er erwies sich rasch als sehr anstellig. Die Würste waren in lange Därme abgefüllt und an den Enden eingedreht, aber noch nicht voneinander getrennt. Er musste sie mit einem scharfen Messer auseinander schneiden und in die großen Kessel packen, die der Meister dann später selbst mit einem der Knechte zum Welserhaus am Weinmarkt bringen wollte. Die dicke Hedwig war so mit der übrigen Kundschaft beschäftigt, dass sie nur selten dazu kam, Lienhart zu helfen und ihn des Öfteren sogar von der Packerei abrief, damit er ihr bei der Erledigung eiligerer Aufträge zur Hand ging.

Gegen Mittag lobte sie ihn und gab ihm einen kleinen Kanten Brot und ein winziges Zipfelchen Wurst für den eigenen Verzehr. Kaum hatte er es vertilgt und sich wieder an die Arbeit gemacht, zog das Unheil in Gestalt von Meister Schwenkhart heran.

Lienhart stand neben dem Kessel mit einer Wurst in der Hand.

»Nimm die dreckigen Griffel von meinen guten Würsten, du Saubub!«, brüllte der Fleischhauer.

Lienhart hatte ihn nicht kommen sehen und fuhr zusammen wie ein ertappter Dieb. Der grimmige Fleischhauer in seiner blutbefleckten Schürze mit dem Gürtel voller Schlachtmesser jagte ihm eine Mordsangst ein. Er wagte nicht, sich zu rühren.

»Hedwig, du dumme Kuh, wo hast deine Augen?«, brüllte Schwenkhart weiter. »Lässt dir die Würste stehlen, wo du danebenstehst!«

Die dicke Hedwig war gerade am anderen Ende der Fleischbank mit einem Kunden beschäftigt und ebenso erstarrt wie der Junge. Der hatte sich nun aber vom ersten Schrecken erholt und suchte sein Heil in der Flucht. Der Fleischhauer versperrte ihm den Durchgang nach draußen, so blieb nur der Weg an der Bank und der völlig verdatterten Hedwig vorbei. Die Wurst noch in der Hand rannte er ins Innere der Markthalle.

»Haltet den Dieb!«, brüllte Schwenkhart und watschelte dem Jungen für seine Leibesfülle erstaunlich behände hinterdrein. Trotzdem hätte er ihn wohl schnell aus den Augen verloren, wäre Lienhart nicht gezwungen gewesen, immer wieder Haken zu schlagen, um unerwartet vor ihm auftauchenden Hindernissen oder ihm in die Quere kommenden Menschen auszuweichen. Einmal entging er nur mit knapper Not einem der sich ihm in den Weg stellenden Marktaufseher, indem er zwischen dessen weit gespreizten Beinen hindurchtauchte.

Als er es glücklich geschafft hatte, die Fleischbänke hinter sich zu lassen, rannte er weiter durch die angrenzende Halle der Bäcker, wo Schwenkhart ihm vor dem Stand des Zuckerbäckers Hendrich gefährlich nahekam. Mit einem wagemutigen Satz versuchte der Dicke ihn zu greifen, rutschte aus, ruderte auf der Suche nach Halt wild mit den Armen durch die Luft, erwischte mit seinen Wurstfingern ein Blech voller Prasselkuchen, riss es mit sich und landete inmitten der Leckereien auf dem Boden. Mit einem Schrei der Entrüstung stürzte der alte Hendrich sich auf den Verunglückten, riss ihn an den Ohren, zog ihn an den Haaren, würgte ihn und verhinderte, dass er sich wieder erheben konnte. Bis es Schwenkhart gelang, sich mit ein paar kräftigen Püffen und einer barschen Erklärung freizumachen und wieder auf die Beine zu kommen, hatte Lienhart einen tüchtigen Vorsprung gewonnen. Ein Büttel, der während der Rauferei hinzugekommen war, hatte noch beobachtet, wie der Junge aus dem Brothaus hinaus auf den Holzmarkt gerannt war.

Gemeinsam mit dem Fleischhauer durchsuchte er die Gassen zwischen den hoch aufgeschichteten Holzstapeln. Tatsächlich hatte Lienhart hier bessere Deckung gefunden und nach einigen weiteren Haken kreuz und quer gemerkt, dass ihm kein unmittelbarer Verfolger mehr im Nacken saß. Hinter einem breiten Gefährt mit Buchenscheiten wagte er daher, für einen Augenblick zu verschnaufen. Sein Atem ging schwer, seine Lungen brannten. Wenn sie ihn erwischten, drohte ihm das Schlimmste: Auf Diebstahl von Lebensmitteln stand der Strick, ungeachtet seines jugendlichen Alters. Und die Fleischhauerin würde ihm nicht helfen, das hatte sie deutlich gesagt. In der Hand hielt er immer noch die Wurst. Sollte er sie irgendwo zwischen den Buchenscheiten verstecken? Wenn sie ihn fingen, würden sie ihn hängen, ob mit oder ohne Wurst. Und wenn er davonkam, wollte er wenigstens etwas haben, was er der Mutter mitbringen konnte. Als Lohn für seine Arbeit und die Angst, die er nun auszustehen hatte, schien ihm das mehr als zuzustehen. Er musste es nur bis zum Weinmarkt schaffen. Dort konnte er vielleicht im Getümmel untertauchen.

Schwenkharts wütende Stimme, mit der er sich bei den Holzhändlern nach dem »verlausten kleinen Dieb« erkundigte, kam näher. Lienhart rannte wieder los, bevor ihn einer der Männer entdeckte. Erst als er den Holzmarkt schon fast hinter sich gelassen hatte, hörte er den Büttel rufen: »Da läuft er! Haltet den Spitzbuben!«

Auf der lang gezogenen Freifläche des Weinmarkts herrschte das erhoffte Gedränge. Die größte Menschenmenge hatte sich wieder vor den Häusern der Fugger und Welser versammelt, wo Barnabas, der Bärenführer, den Planwagen abgestellt hatte und seinen Ursus zu allerlei Kunststückchen ermunterte. Lienhart hatte dafür jetzt keinen Sinn. Gehetzt blickte er sich um, wo er am besten untertauchen könnte. Alle Augen waren bewundernd auf das mächtige Tier gerichtet, das leichtfüßig wie ein Tänzer auf einem Fass balancierte. Lienhart lief hinter den Wagen des Bärenführers, zog sich hoch und schlüpfte unter der Plane hindurch auf die Ladefläche. Kurz darauf hörte er trotz der Anfeuerungsrufe und des Beifalls der Zuschauer die schweren Schritte und das Keuchen des Fleischhauers neben dem Wagen und im nächsten Augenblick auch schon den Ruf des Büttels: »Hört, hört ihr Leute!«

Der Lärm der Menge ebbte ab.

»Wir verfolgen einen Dieb, er hat Meister Schwenkharts Würste gestohlen und sich hierher geflüchtet. Wer von euch hat ihn gesehen?«

Unmutiges Gemurmel ob der Unterbrechung erhob sich.

»Ich warne euch, wer ihn versteckt oder sich sonst irgendwie mit ihm gemein macht, muss mit der gleichen Strafe rechnen wie er selbst!«, drohte der Büttel. »Wer aber etwas gesehen hat oder uns einen Hinweis geben kann, darf mit Meister Schwenkharts Dank rechnen.«

Spöttisches Gelächter begleitete die letzten Worte. Meister Schwenkharts Dank – daran glaubte niemand. Der Geiz des Fleischhauers war stadtbekannt. Lienhart schöpfte Hoffnung.

»Ich glaube, ich hab da etwas in den Wagen huschen sehen«, meldete sich schüchtern ein Frauenstimmchen.

»In den Wagen des Bärenführers?«, fragte der Büttel.

Verzweifelt ließ Lienhart seine Blicke auf der Suche nach einem Versteck durch das Halbdunkel schweifen.

Mehr als die Hälfte der Ladefläche wurde eingenommen von einem geräumigen Käfig.

»Wenn du nichts zu verbergen hast, wirst du sicher nichts dagegen haben, wenn wir einen Blick in deinen Wagen werfen«, hörte Lienhart die Stimme des Büttels.

Die Kisten und Kästen, die ordentlich in einem roh gezimmerten Regal an der Seite einsortiert standen, waren allesamt zu klein, um sich darin zu verstecken. Zitternd kroch er auf die daneben ausgebreiteten Felle und Decken zu, die das Lager des Bärenführers bildeten. Etwas Blechernes purzelte aus dem Regal, rollte über die Felle und schepperte gegen die Gitterstäbe des Käfigs.

»Ha!«, brüllte der Fleischhauer. »Da ist tatsächlich einer drin!«

»Halt«, ließ sich nun zum ersten Mal der Bärenführer vernehmen. »Ich habe gewiss nichts zu verbergen. Aber das ist mein Wagen und den mache ich auf und sonst keiner.« Im nächsten Augenblick schlug er die Plane zurück. Lienhart erstarrte mitten in der Bewegung.

»Komm her, Junge«, sagte Barnabas, der kurz gestutzt hatte, dessen Stimme nun aber keinerlei Erstaunen verriet.

»Da!«, brüllte der Fleischhauer. »Da ist der Dieb. Der Bärenhäuter hat ihn versteckt. Wahrscheinlich hat er ihn losgeschickt, um Futter für seine Bestie zu stehlen.«

»Mach Platz!«, rief der Büttel und wollte Barnabas zur Seite schieben, schreckte aber vor dem Bären zurück, der neben seinem Herrn stand.

»Nicht so schnell«, warnte Barnabas, während er Ursus beruhigend das Fell kraulte. Und zu dem Jungen gewandt: »Komm nur her, du brauchst keine Angst zu haben.«

Zögernd stand Lienhart auf und bewegte sich auf das ermunternde Nicken des Bärenführers hin langsam Schritt für Schritt auf ihn zu.

»Was soll das heißen: keine Angst?«, brüllte der Fleischhauer. »Er wird schon zugeben müssen, dass er sich an meinen Würsten vergriffen hat!«

Der Junge blickte angstvoll zwischen den Männern hin und her. Schließlich blieben seine Augen an dem Büttel hängen.

»Du weißt, welche Strafe auf den Diebstahl von Essen steht?«, fragte der streng. »Also überleg dir wohl, was du sagst: Hast du es aus freien Stücken getan, oder hat der Bärenhäuter dich dazu angestiftet oder gar gezwungen?«

Verschüchtert sah der Junge Barnabas an, wandte den Blick jedoch sofort wieder ab.

»Hat er dir gesagt, dass du etwas zu fressen für seinen Bären besorgen sollst?«, bohrte der Büttel.

Der Junge nickte, ob aus Angst oder vielleicht nur, weil er darin den einzigen Ausweg sah, größeres Unheil von sich abzuwenden, ließ sich nicht sagen.

»Ha!«, brüllte der Fleischhauer und schob den Büttel in Richtung des Bärenführers. Der daneben stehende Bär verbat sich die Annäherung jedoch mit einem bösen Fauchen, was den Ordnungshüter unwillkürlich zurückfahren und gegen Schwenkharts beachtliche Wampe prallen ließ. Der schob erneut, der Büttel aber widersetzte sich nun heftig dem Drängen.

Barnabas betrachtete einen Augenblick lang amüsiert, wie die beiden Männer miteinander rangen. Dann wandte er sich dem Jungen zu. Der senkte sofort wieder den Blick.

»Ich fürchte, da muss ein Missverständnis vorliegen, Meister Fleischhauer«, sagte Barnabas. »Ich habe dem Jungen nicht gesagt, er soll das Fleisch stehlen.«

»So?« Schwenkhart ließ von dem Büttel ab und stemmte die Hände in die Hüften.

Barnabas beobachtete aus den Augenwinkeln, wie der Junge in sich zusammensank und anfing zu zittern. »Nein, ich habe ihm aufgetragen, auf dem Markt für Ursus etwas zu fressen zu kaufen. Aber leider habe ich vergessen, ihm das nötige Geld mitzugeben.«

»Ach ja?«, höhnte der Fleischhauer.

Der Büttel dagegen, der angewidert die Kuchenreste, welche bei der Balgerei von der blutverschmierten Schürze des Fleischhauers an ihm hängen geblieben waren, abwischte, horchte auf. Vielleicht eröffnete sich noch ein Ausweg, der ihm die Auseinandersetzung mit Barnabas und seinem Bären ersparte. »Vergessen?«, fragte er gedehnt.

»Ach was«, grummelte Schwenkhart, »welchem Schwachkopf würde es einfallen, so ein Untier mit meinen besten Würsten zu füttern? Und der da hat doch nicht mal Geld, um für sich selbst was zu fressen zu kaufen!«

Der Büttel sah Barnabas herausfordernd an. Der zuckte die Achseln, langte unter sein Wams und zog einen prall gefüllten Lederbeutel hervor. Er öffnete ihn, griff hinein und hielt dem Fleischhauer ein Goldstück hin, bei dessen Anblick diesem fast die Augen übergingen.

»Das dürfte reichen, oder?«

Schwenkhart sah argwöhnisch nach dem Bären, machte vorsichtig einen Schritt auf Barnabas zu und wollte schnell nach dem Geld greifen, aber der Bärenführer war noch schneller und zog die Hand zurück. »Damit ist die Sache erledigt?«

Schwenkhart zögerte, starrte gierig auf den Lederbeutel.

»Wie viele Würste hast du genommen?«, fragte Barnabas den Jungen.

»Nur … nur eine einzige«, stammelte Lienhart und hielt sie hoch. Und da er endlich die Sprache wieder gefunden hatte, fügte er auch noch leise hinzu: »Ich hab dafür gearbeitet.«

»Unsinn, lüg nicht!«, knurrte Schwenkhart, was der Bär mit einem drohenden Brummen erwiderte. Schwenkhart wich zurück. Der Büttel, der nicht wollte, dass die Sache doch noch aus dem Ruder lief, legte ihm schwer die Hand auf die Schulter.

Barnabas streckte dem Dicken das Goldstück noch einmal hin. »Damit sollte Eure Wurst reichlich bezahlt sein.« Er sah den Büttel an.

Der stieß dem Fleischhauer in die Rippen, dass er wieder einen Schritt nach vorne machen musste. »Nimm schon!«

Schwenkhart grummelte, zuckte die Achseln und griff nach dem Goldstück. Diesmal zog Barnabas die Hand nicht weg.

Der Büttel seufzte. Die Erleichterung stand ihm ins Gesicht geschrieben.

Schwenkhart wog das Goldstück eine Weile in der Hand hin und her, wobei seine Augen immer stärker zu glänzen begannen. Dann ließ er es flink unter seiner Schürze verschwinden. Mit schmierigem Grinsen machte er etwas, das wie eine Verbeugung aussehen sollte. »Wenn es Euer Durchlaucht oder Euren noblen Bären das nächste Mal nach einer deftigen Wurst oder einem schönen Stück Braten gelüstet, hoffe ich, Ihr scheut Euch nicht, mir den Buben wieder vorbeizuschicken!« Unter dem Gelächter der Zuschauer machte er noch einen Diener, bei dem er sich fast der Länge nach auf die Nase legte. Es schien ihn nicht weiter zu scheren. Er verzog nur kurz das Gesicht, grinste noch einmal spöttisch, brummelte: »Die Herren werden mich entschuldigen, ich muss an die Arbeit«, drehte sich auf dem Absatz um und stiefelte davon.

Die Menge johlte. Der Büttel sah ihm stirnrunzelnd hinterher. Als er sich wieder dem Bärenführer zuwandte, hielt Barnabas ihm ebenfalls ein Goldstück hin. »Für die Ungelegenheiten, die Ihr unseretwegen hattet.«

»Das ist nicht nötig«, sagte der Büttel, nahm es aber trotzdem und ließ es sofort in seinem Gürtel verschwinden, ohne es noch einmal anzusehen. »Ihr solltet nicht glauben, dass Stadtsoldaten käuflich sind.«

»Gott bewahre.« Barnabas winkte ab. »Ihr seid ja das beste Exempel dafür.«

Der Büttel nickte zufrieden.

Barnabas aber hatte nun keine Lust mehr, die unterbrochene Vorstellung fortzusetzen. »Für heute ist Schluss!«, rief er in die enttäuschte Menge, die sich erst zerstreute, nachdem er versprochen hatte, ihnen am nächsten Tag eine neue Attraktion zu präsentieren.

Dann wandte er sich dem Jungen zu, der ihn mit großen angstvollen Augen anstarrte. »Willst du mir helfen, Ursus in den Wagen zu bringen und ihm die Wurst geben?«

Die Augen des Jungen wurden noch größer.

»Du musst keine Angst haben. Wir können ihn zuerst in den Käfig bringen, wenn du möchtest. Dann gibst du sie ihm. Er wird sich merken, dass du freundlich zu ihm warst.«

Der Junge rührte sich immer noch nicht. Aber Barnabas sah, wie sein Reden den Jungen beruhigte.

»So etwas Gutes bekommt er sonst nicht oft. Bären fressen gar nicht so viel Fleisch, wie die Leute gemeinhin annehmen. Aber ab und zu weiß Ursus einen kleinen Leckerbissen schon zu schätzen. Deine Base hätte er allerdings nie aufgefressen.«

Die Erwähnung des Mädchens brachte Leben in die Züge des Kleinen, schien ihn aber nicht zu schrecken. »Gibt es etwas Neues von ihr?«, fragte Barnabas. »Ist sie wieder aufgetaucht?«

Der Junge schüttelte den Kopf.

»Du heißt Lienhart, nicht wahr?«

Erstaunen zeichnete sich in dem kleinen Gesicht darüber ab, dass der Bärenführer sich seinen Namen gemerkt hatte. »Ja.«

»Hast du wirklich geglaubt, Ursus hätte deine Base gefressen?«

Der Junge sah ihn eine ganze Weile aufmerksam an, ohne den Blick zu senken. Schließlich schüttelte er mit Bestimmtheit den Kopf.

»Komm«, schlug Barnabas vor, »bringen wir Ursus in den Käfig. Ich glaube, er ist müde und hat für heute genug von dem Trubel. Sei so gut und wälz das Fass, auf dem er vorhin balanciert ist, hier vor den Wagen, damit er leichter hineinsteigen kann!«

Bereitwillig sprang der Junge von der Ladefläche und führte aus, was Barnabas ihn geheißen hatte, hielt dabei aber respektvollen Abstand zu dem Bären, der sogleich ohne weiteres Zutun seines Herren in den Wagen kletterte und in den Käfig tapste. Barnabas folgte ihm. Als er die Gittertür verriegelt hatte, ermunterte er den Jungen auch wieder heraufzukommen und dem Tier die Wurst zu geben.

Lienhart zögerte.

»Du brauchst keine Angst zu haben.«

Trotzig schob der Kleine die Unterlippe vor. »Die Wurst ist für meine Mutter.«

»Du hast sie wirklich nicht gestohlen?«

»Hab doch gesagt, dass ich sie verdient hab.« Tränen traten ihm in die Augen. Er sah nun aus wie ein ganz kleines Kind.

»Ja, das hast du. Entschuldige meine Vergesslichkeit.« Barnabas schritt aus dem Halbdunkel des Wagens zu ihm zurück, setzte sich ans Ende der Ladefläche und ließ die Beine baumeln. »Willst du mir vielleicht berichten, was geschehen ist?«

Er sah, wie es in dem Jungen arbeitete. Das Reden von der Vergesslichkeit schien den Kleinen daran zu erinnern, was Barnabas erst kurz zuvor dem Fleischhauer und dem Büttel über das vergessene Geld erzählt hatte, und dass er seinem Retter eine Antwort schuldete.

»Ich wollte ihr zeigen, dass ich auch was zu essen besorgen kann, jetzt wo der Vater weg ist«, fing er schließlich an, ohne Barnabas anzusehen. »Und da bin ich auf den Fleischmarkt gegangen. Die Frau hat gesagt, ihr Mann dürfe nicht wissen, dass ich ihr helfe, und dann kam er aber plötzlich und hat sofort geschrien, ich sei ein Dieb, und ich hatte ja die Wurst in der Hand, und da bin ich einfach weggelaufen.«

»Das kann ich verstehen.«

»Es war aber falsch.« Nun sah er Barnabas an.

Der nickte. »Das war es. Aber ich glaube, selbst viele ausgewachsene Mannsbilder wären nicht stehen geblieben, wenn so ein bluttriefender Fettkloß auf sie eingebrüllt hätte.«

»Du wärst stehen geblieben, oder?«

Barnabas zuckte die Achseln.

»Bestimmt«, meinte der Junge.

Der Anflug eines Lächelns huschte über das sonnenverbrannte Gesicht des Bärenführers und vertrieb für einen Moment die Trauer in seinen Augen. »Ich mache dir einen Vorschlag: Du gibst Ursus einfach etwas anderes zu fressen. Anschließend bring ich dich zu deiner Mutter, und du gibst ihr die Wurst. Sie soll uns ein Stück davon braten. Währenddessen erzählst du ihr, was geschehen ist, bevor sie es von jemand anderem erfährt und am Ende vielleicht etwas Falsches denkt. Einverstanden?«

Der Junge nickte.

Barnabas reichte ihm die Hand und half ihm auf den Wagen. Aus der Ecke neben dem Regal holte er einen Korb mit Wurzeln, Gräsern und Kräutern, den er neben dem Käfig abstellte.

»Das mag der Bär?«, staunte der Junge.

»Ja, steck es ihm einfach zwischen den Gitterstäben durch. Du wirst sehen, es schmeckt ihm.«

Während Lienhart das Grünzeug in den Käfig warf und Ursus sich mit Heißhunger darüber hermachte, nahm Barnabas ein Säckchen aus dem Regal, band es auf und ließ von dem Inhalt einen Napf vollrieseln.

»Was ist das?«

»Das sind getrocknete Käfer, Heuschrecken, Ameisen, Wespen, alles kleine Getier, was so herum kreucht und fleucht.«

Der Junge verzog das Gesicht.

»Für Ursus ist das ein ganz besonderer Leckerbissen. Wenn du ihm das gibst, bist du fortan sein Freund.«

Er reichte dem Jungen das Gefäß, das dieser vorsichtig zwischen den Gittern hindurchschob. Sofort ließ der Bär das Grünzeug links liegen, sah den Jungen an, bewegte nickend den Kopf und brummte als wolle er Danke sagen. Dann erst wandte er sich dem Napf zu.

»Er ist sehr wohlerzogen. Siehst du?«

Der Junge nickte. Seine Augen glänzten.

Schweigend sahen sie dem Bären zu, bis er den letzten Rest der knusprigen Tierchen verschlungen hatte. Dann lud Barnabas das Fass in den Wagen, wies den Jungen an, ihm dabei zu helfen, auch noch die übrigen Requisiten, die er für seine Vorstellung benötigt hatte, auf der Ladefläche unter der Plane zu verstauen, forderte ihn auf, bei ihm auf dem Bock Platz zu nehmen, und fuhr zur Schmiede.

Als sie ankamen, klang gerade das Vesperläuten von St. Ulrich herüber. Der alte Stellmacher nebenan hatte schon Feierabend gemacht. Barnabas band das Pferd am Tor der Schmiede an, sah noch einmal im Wagen nach dem Bären und betrat dann hinter dem Jungen, der auf ihn gewartet hatte, das Wohnhaus.

Die Schmiedin saß beim Schein einer Öllampe am Tisch und flickte ein Wams. »Lienhart«, rief sie vorwurfsvoll, »wo warst du bloß so lange? Ich habe mir Sorgen gemacht. Wenn du auch noch verschwindest, bin ich ganz allein.«

Dann erst gewahrte sie Barnabas, und ihre Miene verfinsterte sich. »Was willst du hier? Hast du nicht schon genug Unheil über uns gebracht? Durch dich schmachtet mein Mann in den Eisen!«

»Gott zum Gruße, verzeiht mein Eindringen. Ich kann Eure Angst und Eure Wut verstehen, Schmiedin, aber nicht ich war es, der Euren Mann ins Loch gesteckt hat, sondern die Büttel. Der Untersuchungsrichter, auf dessen Anordnung sie gehandelt haben, scheint mir ein kluger und besonnener Mann. Ich denke, wenn der Schmied unschuldig ist, so wird er es erkennen und ihn bald wieder unbeschadet zu Euch zurückkehren lassen.«

Seine ruhigen Worte verfehlten ihren Eindruck nicht, das merkte er wohl. So sprach er denn auch weiter: »Ich habe Euch Euren Sohn gebracht. Ihr solltet froh sein, so einen tüchtigen Jungen zu haben, und ihm keine Vorwürfe machen.«

Sie sah wieder zu Lienhart, der kurz vor ihr stehen geblieben war und ihr stolz die Wurst entgegenstreckte.

»Was soll das? Was ist passiert?« Ihre Augen wanderten zwischen dem Jungen und dem Bärenführer hin und her.

Barnabas zuckte die Achseln. Sein Blick verriet, dass er das Erzählen für Lienharts Sache hielt. Er nickte ihm aufmunternd zu.

»Barnabas hat mich gerettet, und ich hab vorhin seinen Bären gefüttert«, plauderte der Junge munter drauflos. »Der Fleischhauer und der Büttel wollten mich aufhängen wegen dieser Wurst. Dabei hab ich sie gar nicht gestohlen. Und nur, weil die Fleischhauerin Angst vor ihrem Mann hat. Der sieht aber auch zum Fürchten aus, so voller Blut und mit all den Messern am Gürtel, aber zum Glück ist er so fett, dass er kaum laufen kann, und deshalb hat er mich auch nicht gekriegt, sondern ist in die Kuchen gefallen.«

»Stimmt das?« Die Schmiedin sah Barnabas verwirrt an.

Der zuckte wieder nur die Achseln und deutete mit einem Kopfnicken an, sie möge ihrem Sohn weiter zuhören, gab ihm aber vorher noch die Empfehlung: »Versuch es der Reihe nach. Vielleicht fängst du ja damit an, warum du auf den Markt gegangen bist.«

Der Junge sah das verwirrte Gesicht seiner Mutter, überlegte und fing noch einmal von vorne an: »Also ich wollte arbeiten und etwas für uns verdienen, damit du siehst, wie tüchtig ich bin, und nicht mehr weinen musst so wie gestern Abend. Da bin ich heut in der Früh zur Bäckerliese, denn von der hast du doch auch ein Brot bekommen. Aber die war mir gar zu garstig, und außerdem dacht ich, dass ein Stück Fleisch dich vielleicht mehr erfreuen würd. Also bin ich in die Metzg unterm Tanzhaus, und da hat mir dann die dicke Frau an der Fleischbank gesagt, dass ich ihr helfen könnt, Würste in die Kessel zu packen für den Fürsten. Und sie hat auch gesagt, dass ich mich aber ja vor ihrem Mann in Acht nehmen sollte. Wenn der komme, dürfte ich mich auf gar keinen Fall blicken lassen.«

»Schwenkhart«, seufzte die Schmiedin, in deren Augen Tränen schimmerten.

»Ja, genau der. Und dann stand er plötzlich tatsächlich da mit seiner blutigen Schürze und den vielen Messern am Gürtel und hat mich angebrüllt, ich sei ein Dieb. Da bin ich weggelaufen. Dass ich die Wurst noch in der Hand hatte, hab ich erst später gemerkt, und da wollte ich sie auch nimmer wegwerfen. Er ist mir hinterher über den Brotmarkt und hat immerzu geschrien, ich sei ein Dieb, und die Leut haben versucht, mich aufzuhalten, und dann hat er noch von einem Zuckerbäcker den Stand umgerannt, und ein Büttel ist mir auch noch nachkommen. Und dann bin ich über den Holzmarkt zum Weinmarkt, weil ich mir dacht, dass da mehr Gedränge wär, dass ich mich da besser verstecken könnt, und so war's dann auch, und dann war da der Wagen vom Barnabas gestanden, und da bin ich einfach reingesprungen.«

Er hielt inne, weil er kurz Atem holen musste. Bevor seine Mutter jedoch zu einer Frage ansetzen konnte, plapperte er auch schon wieder weiter: »Da haben die beiden den Barnabas verdächtigt, dass er mich zum Stehlen angestiftet hätte, was aber gar nicht so war, und ich habe ihn trotzdem beschuldigt, weil ich so eine Angst vor dem Dicken hatte. Aber Barnabas hatte gar keine Angst und hat es mir auch verziehen, nicht wahr?«

Er sah den Bärenführer unsicher an. Der nickte.

»Und dann hat er dem Dicken sogar Geld gegeben und alles bezahlt, und dafür hab ich ihm geholfen, seinen Bären zu füttern, und da ist jetzt die Wurst.« Er streckte sie seiner Mutter hin. »Und der Barnabas hat gemeint, du sollst sie für uns braten und dann sei alles wieder gut.« Er sah seine Mutter an. »Du weinst. Ist denn nicht alles wieder gut?«

Dicke Tränen liefen der Schmiedin über die Wangen. Sie nahm die Wurst, strich ihm mit der anderen Hand übers Haar und schüttelte immer wieder den Kopf. »Du hast es ja gut gemeint, Lienhart, aber solange die Lisbeth nicht wieder auftaucht, ist nichts gut. Denn so lange werden sie den Vater im Gefängnis behalten. Und sie werden ihn peinlich befragen, damit er ihnen sagt, wo sie ist.«

Der Junge runzelte die Stirn. »Aber das weiß der Vater doch gar nicht.«

»Das ist schön, dass du das glaubst«, sagte sie. Sie wandte sich an Barnabas. »Ich danke Euch für das Leben meines Sohnes. Ihr wart sehr gütig zu ihm, obwohl Ihr wegen Siegmund bisher nur Ungelegenheiten mit uns hattet. Ich kann Euch nichts dafür entgelten, aber Eure gebratene Wurst sollt Ihr haben. Setzt Euch!«

»Ich danke Euch für die Einladung, Schmiedin. Ich möchte sie aber nur annehmen, wenn Ihr mir erlaubt, Euch einen Vorschlag zu machen: Ich brauche einen Helfer, der bei meinen Vorführungen das Geld einsammelt und ab und an auch den Bären versorgt. Solange ich in der Stadt bin, könnte Lienhart das übernehmen.« Er blickte den Jungen fragend an. »Was meinst du dazu?«

Über das Gesicht des Kleinen legte sich ein überraschtes Strahlen. Er nickte eifrig.

Die Schmiedin dagegen wirkte wenig begeistert.

»Lienhart ist ein tapferer Junge, der keine Angst vor meinem Bären hat. Und ich glaube, mein Ursus mag ihn auch ganz gern.« Er sah, dass dies nicht reichte, um die Vorbehalte der Frau zu zerstreuen. »Außerdem könnte er sich dabei auch etwas verdienen. Wenn man es genau nimmt, stehe ich ja sogar ein wenig in Eurer Schuld.«

Die Schmiedin sah ihn fragend an.

»Der kleine Kegel-Wettkampf mit Eurem Mann und seine Verhaftung, für die ich nichts kann und die mir auch sehr leidtut, haben mir in Augsburg zu unverhofftem Ruhm verholfen«, erklärte er. »Dadurch gehen meine Geschäfte so gut wie nie. Es erscheint mir daher nur gerecht, wenn Lienhart ein wenig daran teilhat.«

Langsam schüttelte die Schmiedin den Kopf. Sie sah den Jungen an, entdeckte ein feuchtes Schimmern in seinen Augen. Sie seufzte.

»Bitte Mutter.«

Sie blickte ihn weiter eine ganze Weile schweigend an, während es hinter ihrer Stirn arbeitete. Schließlich fasste sie ihn bei den Schultern. »Aber du tust es auf eigene Verantwortung, hörst du. Wenn dein Vater davon erfährt, wird er toben. Ich werde ihm sagen, dass du es ohne mein Wissen getan hast. Und sobald er aus dem Loch heraus ist, musst du augenblicklich zurückkommen.«

Freitag, 13. April 1548

BARNABAS HATTE DEN ZUSCHAUERN nicht zu viel versprochen. Am nächsten Tag gab es auf dem Weinmarkt tatsächlich eine neue Attraktion zu bestaunen: einen kleinen Bärenführer, der anstelle von Barnabas dem Bären die Bälle zuwarf, die dieser geschickt mit den Vorderpfoten auffing. Es gab viel Beifall für den mutigen kleinen Mann, aber auch Getuschel unter denen, die in ihm den Sohn des Schmieds erkannten. Die Vorfälle um das Verschwinden Lisbeths waren zu ungeheuerlich, als dass sie nicht schon in aller Munde gewesen wären.

»Was sagt denn Siegmund dazu, dass du für seinen Kegelbruder arbeitest?«, versuchte ein hoch aufgeschossener rotgesichtiger Lümmel den Jungen zu verunsichern.

Lienhart antwortete nicht. Barnabas hatte ihm eingeschärft, die Zurufe, die er nicht hören wollte, einfach nicht zu beachten, auch wenn es schwerfiel.

»Dein Vater wär sicher nicht sehr erbaut davon, wenn er dich hier so sähe.«

Lienhart tat, als wäre er taub.

»Hat doch immer rumgeprahlt, dass du mal der beste Schmied im gesamten Reich wirst, weil du in ihm so einen guten Lehrmeister hast.«

Der rotgesichtige Schlacks war lästig und ließ nicht locker. Er war auf Ärger aus.

»Und jetzt lehrt er im Loch die Ratten, und du lernst bei einem Bärenhäuter.«

Man sah dem Jungen an, wie sehr er mit sich kämpfte, um nicht zu antworten oder gar in Tränen auszubrechen. Immer wieder suchte er den Blick von Barnabas, der ihm dann beruhigend zunickte.

»Hat er dich gezwungen mitzugehen?«, bohrte der Kerl weiter. »Wahrscheinlich hat er dir gar gedroht, dass du sonst von seinem Bären gefressen wirst wie deine Base, he?«

»Ursus hat die Lisbeth nicht gefressen!« Vorbei war es mit der Beherrschung.

»Ach schau an, der Junge hat ja doch gute Ohren. Und ich dachte schon, der Bärenhäuter hätte sie ihm mit Bärenfett vollgeschmalzt.«

133

»Ursus frisst keine Menschen!«, schrie Lienhart. Tränen der Wut liefen ihm die Wangen hinab.

Der Rotgesichtige lachte hämisch, erfreut, dass es ihm endlich gelungen war, den Jungen aus der Fassung zu bringen.

»Aber mit dir könnte er vielleicht eine Ausnahme machen«, drohte Barnabas, deutete mit dem Finger auf den Streithahn und machte gleichzeitig zwei schnelle Schritte auf ihn zu. Schnell zog der Kerl sich weiter zurück in die Menge. Barnabas rümpfte die Nase. »Ach nein, wohl kaum. Ich glaube, du riechst ihm zu sehr nach Hosenscheißer.«

Die Umstehenden lachten.

»Noch einer unter euch, der sich um das Wohlergehen meines kleinen Helfers sorgt?« Barnabas schaute auffordernd in die Runde. Für einige Augenblicke war es mucksmäuschenstill auf dem Weinmarkt. Barnabas nutzte die Aufmerksamkeit. »Ich darf euch versichern, es geht ihm gut, er hilft mir aus freien Stücken, weil er ein fleißiger, mutiger Junge ist. Und er wünscht sich nichts inniger, als dass seine Base rasch und unversehrt wieder auftaucht, damit auch sein Vater wieder aus dem Gefängnis herauskommt. Deshalb bitte ich in seinem Namen jeden von euch, einmal gründlich darüber nachzudenken, ob ihr vielleicht irgendetwas gesehen oder gehört habt, was dabei helfen könnte, seine Base Lisbeth zu finden.«

Beifälliges Gemurmel ging durch die Menge, während der Junge dem Bären zur Belohnung für seine Mitarbeit eine Handvoll Nüsse gab und Barnabas die nächste Nummer vorbereitete.

Auch Fürst Johann Friedrich war an seinem Fenster im Welserhaus Zeuge des Auftritts geworden und nickte zufrieden vor sich hin. Hätte er noch Zweifel daran gehabt, dass der Mann, der sich Barnabas nannte, kein einfacher Bärenführer, sondern tatsächlich sein ehemaliger Jagdgehilfe Michael Sollstedter war, so wären sie spätestens jetzt zerstreut gewesen. Die Art, wie der Mann es verstanden hatte, mit seiner kurzen Rede die Angelegenheit zu bereinigen und die Menge für sich einzunehmen, bewies, dass er nicht nur über eine gehörige Portion Mutterwitz, sondern auch über Klugheit und Feingefühl verfügte.

Natürlich hatte auch der Fürst schon von der Geschichte mit dem Schmied und dem verschwundenen Mädchen gehört. Auch in diesem Fall hatte Sollstedter Umsicht bewiesen. Johann Friedrich brannte darauf, endlich mit ihm zu reden, um zu erfahren, was in Trockenborn geschehen war, und weshalb er sich genötigt sah, in dieser Maskerade unten auf dem Weinmarkt aufzutreten.

Zumal auch Johann Friedrichs eigene Lage immer bedrohlicher wurde. Seit ein Bote die Kunde bestätigt hatte, der vormalige Augsburger Kriegshauptmann, einstige kaiserliche Großmarschall und ehemalige Oberst des Schmalkaldischen Bundes Sebastian Schertlin sei in die Dienste des Franzosenkönigs getreten, wurde Kaiser Karl von Stunde zu Stunde unduldsamer. Seine Gegner wurden stärker, während ihm selbst der Wind ins Gesicht blies. Der von ihm zum Kurfürsten gemachte Moritz drängte auf die versprochene Freilassung seines ebenso wie Johann Friedrich in der Gefangenschaft schmachtenden Schwiegervaters, des Landgrafen Philipp von Hessen. Karl reagierte trotzig. Philipps Haftbedingungen in Donauwörth waren weiter verschärft worden, und selbiges drohte nun auch Johann Friedrich. Bevor er vielleicht gar nicht mehr ohne einen spanischen Kettenhund aus dem Haus gehen durfte, wollte er unbedingt noch unter vier Augen mit Sollstedter sprechen. Minkwitz hatte es bisher nicht geschafft, ein Treffen in die Wege zu leiten. Dem Kanzler gebrach es keineswegs am Willen, aber an der notwendigen Entschlusskraft. Minkwitz war ein Zauderer, ein Mann langer wohlbedachter Planung. Dafür fehlte dem Fürsten nun die Geduld.

Er ließ in den Stall nach Gustav Peterhans schicken und ärgerte sich darüber, dass er nicht schon früher auf den Gedanken gekommen war, den Reitknecht für diesen Auftrag einzuspannen. Peterhans war eigentlich nur für die Betreuung von Johann Friedrichs gewaltigem friesischem Hengst zuständig, hatte sich darüber hinaus aber auch schon in manch anderen Lebenslagen als überaus wertvoll erwiesen. Im Gegensatz zu dem Kopfmenschen Minkwitz war er ein Mann der Tat, ein umtriebiger, unruhiger Geist, der früher als Reisiger weit herumgekommen war, und er kannte Michael Sollstedter.

Als er endlich auftauchte, war er ebenso wie sein Herr erstaunt darüber, den Jagdgehilfen nun als Bärenführer auf dem Weinmarkt agieren zu sehen.

»Ich werde sogleich hinuntergehen und ihm ausrichten, dass Euer Durchlaucht ihn heute Abend nach der Vesper sprechen wollen«, schlug er vor.

»Gemach, gemach«, bremste Johann Friedrich. »So einfach ist das nicht. Ich weiß nicht, was er bringt und warum er in dieser Verkleidung kommt. Daher will ich nicht, dass die Welschen ihn zusammen mit mir sehen.«

»Keine Sorge«, beruhigte Peterhans. »Einen wie ihn, der gewohnt ist, das Wild zu beschleichen, werde ich schon unauffällig an den Wachen vorbeibringen. Ihr setzt Euch im Innenhof auf die Bank unter der alten Linde. Unmittelbar dahinter steht ein dichter Brombeerstrauch, in dem er sich verstecken kann. Von dort aus kann er ungesehen mit Euch sprechen.«

»Nicht gerade das, was ich mir unter Bequemlichkeit vorstelle, aber sei es drum«, brummte der Fürst. »Falls ihn die Wachen doch aus irgendeinem Grund festhalten, mag er sich als Gaukler zu erkennen geben, soll aber auf gar keinen Fall einräumen, dass er für mich gearbeitet hat und mich kennt.«

»Selbstverständlich, Euer Durchlaucht.«

Peterhans war gewitzt genug abzuwarten, bis der Bärenführer seine Vorstellung beendet und sich das Interesse der Menge von ihm abgewandt hatte. Erst als er gemeinsam mit dem Jungen den Bären in den Wagen gebracht, Bälle, Kegel und die übrigen Gerätschaften, die er bei der Vorstellung brauchte, verstaut und sich schon auf den Bock geschwungen hatte, um den Weinmarkt zu verlassen, näherte er sich ihm von der Seite.

»Gott zum Gruße, Bärenführer«, rief er.

Barnabas griff dem Jungen neben sich, der das Pferd antreiben wollte, in die Zügel. Sein Blick verriet nicht, ob er Peterhans erkannte oder nicht. Er schwieg und wartete ab.

»Eine tolle Vorstellung, die Ihr da geboten habt.«

»Danke. Man tut, was man kann.« Er redete leise und zurückhaltend, nicht in dem selbstbewussten Ton, mit dem er die Zuschauer ansprach.

Peterhans lächelte und trat einen Schritt näher. »Ich habe eine Botschaft für Euch«, sagte er nun ebenfalls mit gesenkter Stimme. »Ihr habt da einen reichen Gönner, der Euch gerne unter vier Augen für die dargebotene Unterhaltung danken möchte. Ich denke, Ihr wisst, wen ich meine.«

Barnabas nickte.

»Dann wisst Ihr auch, in welcher Lage er sich befindet und ahnt sicher, wie sehr ihm an Verschwiegenheit liegt.«

Barnabas erwiderte nichts, wartete, dass Peterhans weitersprach.

Der seufzte ob der zähen Unterhaltung. »Ihr fahrt mit dem Wagen weg. Wo kann ich Euch finden?«

»Gewöhnlich nächtige ich draußen in der ›Herberge zum Bärenkeller‹.«

»Das ist schlecht.« Peterhans wiegte den Kopf hin und her. »Der Herr möchte Euch gerne noch heute Abend nach der Vesper im Garten des Welserhauses treffen.«

»Was schlagt Ihr vor?«

»Kennt Ihr die Gärten hinter St. Ulrich?«

»Nein.«

»Aber ich«, meldete sich der Junge. »Ich weiß, wie wir da hinkommen.«

»Gut«, entschied Peterhans. »Ihr findet dort ausreichend Platz, um den Wagen abzustellen. Wir treffen uns dort in einer halben Stunde. Dann sehen wir weiter.«

Die Gärten waren ein ruhiges Fleckchen. In der Dämmerung hatte unter den Bäumen bereits ein fahrender Kesselflicker sein Lager aufgeschlagen und saß nun mit seiner fünfköpfigen Familie um ein kleines Feuer. Tiefer im Dunkeln drückten sich ein paar junge Pärchen zwischen den Büschen herum, ansonsten war weit und breit niemand zu sehen. Es blieben noch etwa zwei Stunden, bis die Stadttore geschlossen wurden.

Barnabas schirrte das Pferd nicht aus und wartete auf dem Bock. Er schnitzte an einem Weidenstöckchen herum, während der Junge im Wagen den Bären fütterte.

Ein riesenhafter Schatten näherte sich. Es war Peterhans.

»Ihr seid pünktlich«, lobte Barnabas.

»Der Fürst verlässt sich auf mich«, erwiderte der Reitknecht. »Er weiß, warum.«

Barnabas nickte.

»Er hält auch große Stück auf Euch, Sollstedter.«

Der Bärenführer schnitzte weiter an dem Stöckchen, als habe er den letzten Satz nicht gehört.

»Ihr seid doch der Jagdgehilfe Michael Sollstedter, ich kenne Euch von den kurfürstlichen Gesellschaften in Trockenborn.«

»Michael Sollstedter ist tot.« Barnabas schleuderte das Stöckchen ins nächste Gebüsch und steckte das Messer weg. »Wenn Euer Fürst einen Jagdgehilfen sprechen will, so muss ich ihn leider enttäuschen.«

»Was glaubt Ihr denn, wen er sonst sehen möchte?«

»Spracht Ihr vorhin nicht von ihm als einem reichen Gönner, der meine Künste als Bärenführer bewundere? Vielleicht sollten wir es dabei belassen.«

»Wie Ihr wollt.« Er musterte Barnabas von oben bis unten. »Habt Ihr vielleicht noch etwas anderes zum Anziehen?«

Barnabas runzelte die Stirn.

»Keine Sorge.« Peterhans grinste. »Der Fürst legt nach wie vor keinen großen Wert auf Äußerlichkeiten. Aber als Bärenführer seid Ihr in Augsburg mittlerweile so bekannt wie ein bunter Hund. Es wäre besser, man würde den Bärenführer nicht in Begleitung eines Reitknechts des Fürsten sehen. Vielleicht auch in Eurem eigenen Interesse.«

»Wer sagt denn, dass ich in Eurer Begleitung zum Fürsten gehe?«

»Es ist besser, wenn ich Euch führe, damit Ihr nicht den Wachen in die Arme lauft.«

Barnabas seufzte. Der Kerl war stur und ließ sich nicht abwimmeln. Er schien es erst gar nicht in Erwägung zu ziehen, dass Barnabas ablehnen könnte.

»Ich lasse den Bären nicht allein.«

»Der Junge ist doch da.«

»Ihr bleibt hier.«

»Aber der Bär wird mir nicht folgen.«

»Der Bär ist im Käfig. Wenn man ihn in Ruhe lässt, tut er keiner Fliege etwas zuleide. Er ist müde, und wenn er satt ist, wird er wahrscheinlich einschlafen.«

»Dann reicht es doch, wenn der Junge bei ihm bleibt.«

»Ihr bleibt hier und sorgt dafür, dass der Bär in Ruhe gelassen wird. Er und auch der Junge. Bis ich wiederkomme.«

»Na schön.«

Während Peterhans Barnabas beschrieb, wie dieser am besten ungesehen von den spanischen Wachen in den

Innenhof des Welserhauses kommen könnte, hüllte der Bärenführer sich in einen dunklen Mantel und bändigte seine wilde Mähne unter einem Barett. Dann befahl er dem Jungen, auf Peterhans zu hören, bat ihn, gut nach Ursus zu sehen, stülpte sich die Kapuze seines Mantels über und verschwand in der Dunkelheit zwischen den Bäumen.

Vorbei an St. Ulrich lief er entlang der Salz- und Weinstadel zum Siegelhaus, in dessen Schatten er auf eine günstige Gelegenheit wartete, unbeachtet zum nahen Fuggerpalais und von dort in den Hof des benachbarten Welserhauses zu gelangen. Hinter einem hoch mit Tuchballen beladenen Wagen stahl er sich bis in die dunkle Toreinfahrt, wo er verharrte, bis er ungesehen auch noch das letzte Stück durch den Garten zu dem Brombeerstrauch unter der Linde zurücklegen konnte. Hier verbarg er sich, so gut es ging, und verfluchte Peterhans, der das dornige Versteck ausgesucht hatte. Während er wartete, beobachtete er eine rot getigerte Katze, die eine Maus gefangen hatte und genüsslich mit ihr spielte. Erst als der Sachsenfürst endlich erschien und sie störte, machte sie ihrer Beute den Garaus.

Der Fürst ließ seinen schweren Körper ächzend auf der Eichenbank niedersinken. Barnabas gab ihm durch ein leises Räuspern zu erkennen, dass er da war.

»Bist du es, Sollstedter?«, flüsterte Johann Friedrich.

»Ja.«

»Leider können wir jetzt nicht reden. Der Kaiser verlangt nach mir. Er hat sich von seinem Quartier im Fuggerhaus einen eigenen Zugang hierher bauen lassen, sodass er mich jetzt jederzeit unangemeldet besuchen kann. Jeden Augenblick kann jemand auftauchen, um mich abzuholen.« Er hielt inne und lauschte. »Komm morgen zur Mittagsstunde ins Haus und melde dich bei meinem Kammerdiener. Simprecht wird dich zu mir führen. Ich muss Tizians Malergehilfen Modell stehen. Er ist halb taub und spricht obendrein kein Wort Deutsch. Er wird nicht hören und erst recht nicht verstehen, was wir miteinander bereden. Und selbst die Wachen lassen mich während der Sitzung in Ruhe.«

»Ich werde da sein. Aber Peterhans muss wieder auf den Bären aufpassen. Er soll dann zum Fronhof kommen.«

»Gut. Doch jetzt still. Mein Kerkermeister naht.«

Schnelle Schritte näherten sich der Bank. Gleich darauf ertönte eine unangenehm schneidende Stimme auf Spanisch, das gleich darauf von einer anderen, weniger herrischen ins Deutsche übersetzt wurde: »Wo bleibt Ihr? Der Kaiser erwartet Euch schon.«

Barnabas gelang es, einen Blick auf die beiden Sprecher zu erhaschen, und staunte nicht schlecht. Der Herzog von Alba höchstpersönlich hatte sich samt Übersetzer dazu herabgelassen, den Gefangenen zu holen.

Missmutig brummend erhob sich Johann Friedrich wieder von der Bank und schlurfte seinem hohen Gefängniswärter hinterher.

Barnabas wartete lange, bis alles ruhig war und er es in der unbequemen Haltung zwischen den Dornen nicht mehr länger aushielt. Dann schlich er genauso vorsichtig aus dem Innenhof hinaus, wie er gekommen war. Am Weinmarkt wich er einer Gruppe betrunkener Italiener aus und nahm einen Umweg vorbei an St. Moritz.

Als er hinter der Kornschranne links um die Ecke bog, gewahrte er in einiger Entfernung eine kleinwüchsige Gestalt, die flink den Platz vor ihm überquerte und in Richtung des Gögginger Tores verschwand. Barnabas brauchte einige Augenblicke, bis er begriff, dass es Lienhart gewesen war. Was machte der Kleine hier? Es war nicht der Weg zu seiner Mutter. Jedenfalls schien er keineswegs Angst im Dunkeln zu haben, sondern hatte im Gegenteil sogar versucht, sich im Schatten zu halten, ganz so, als habe er etwas zu verbergen.

Barnabas folgte ihm. Zunächst glaubte er noch, der Junge wolle vielleicht doch auf einen kurzen Besuch zu seiner Mutter, um ihr von seinem ersten Tag bei Barnabas zu berichten, und habe sich nur verlaufen. Dann aber erkannte er, dass Lienhart gezielt auf das Stadttor zuhielt.

Es herrschte immer noch reger Betrieb, sodass sich keiner der Wächter über den Jungen wunderte, der zu so später Stunde zwischen einem Ochsenkarren und einer Gruppe schwadronierender Bauernweiber die Stadt verließ. Draußen folgte er den Weibern auf der alten Römerstraße hinaus nach Bergen. Etwa einen guten Bogenschuss vor der Abzweigung zum Gut Pfersee, einem kleinen Dörfchen von nicht einmal 50 Häuschen, das unlängst erst in den Besitz Jakob Rehlingers übergegangen war, ließ Lienhart der Gruppe einen größeren Vorsprung und schlug sich links zur Wertach hin in die Büsche.

Barnabas, der ihm in sicherer Entfernung hinter einem wackligen Gefährt mit leeren Hühnerkäfigen unauffällig gefolgt war, bemerkte es rechtzeitig und tauchte schon vorher im Ufergesträuch unter. Als ehemaliger Jagdgehilfe war er in seinem Element. Vorsichtig schlich er bis zu der Stelle, an der Lienhart den Weg verlassen hatte. Er musste nicht lange suchen, um auf einen halb überwucherten engen Trampelpfad zu stoßen, der in einiger Entfernung von dem Flüsschen immer an der Wertach entlang führte. Er mied den Pfad und pirschte stattdessen einige Schritte daneben zwischen Büschen und Bäumen hindurch, immer wieder innehaltend und lauschend. Nachdem er diesen Weg geraume Zeit verfolgt hatte, entdeckte er hinter einer Biegung auf einer kleinen Lichtung eine verfallene Köhlerhütte. Sie bestand nur aus roh zusammengefügten Stangen und einem Dach aus Grassoden und Birkenrinde, das zur Hälfte eingestürzt war. Der Zugang befand sich zur entgegengesetzten Seite hin.

Barnabas war sicher, dass niemand sein Herannahen bemerkt haben konnte. Die Hütte musste lange verlassen stehen, denn die Lichtung war größtenteils schon wieder zugewachsen. Das machte es leicht für ihn, sich, ohne der Gefahr einer Entdeckung ausgesetzt zu sein, bis zu einem fast mannshohen niedrigen Gesträuch an einer der Seitenwände vorzuarbeiten, in dem er sich verstecken und durch die Ritzen ins Innere der Hütte spähen konnte. In dem Dunkel waren nur schemenhaft zwei Gestalten zu erkennen, die kleine des Jungen und eine etwas größere, die sich offenbar zu seiner Begrüßung erhoben hatte und nun wieder in eine Ecke setzte.

»Bei dem Bärenführer?«, fragte sie. »Was wird Siegmund dazu sagen?«

Es war das Mädchen. Barnabas hatte nichts anderes erwartet.

»Ist mir doch einerlei«, erwiderte der Junge trotzig. »Barnabas hat jedenfalls nichts gegen den Vater. Er hat heute bei der Vorstellung auf dem Weinmarkt sogar alle aufgefordert, sich zu melden, wenn sie etwas über deinen Verbleib wüssten, damit der Vater wieder aus dem Loch kommt.«

»Willst du denn, dass er wieder herauskommt?«

»Ich weiß nicht. Ich habe keine Angst mehr vor ihm, und du bist ja nun in Sicherheit. Die Mutter hat gesagt, dass er peinlich befragt wird. Das heißt, dass sie ihn schlagen und an den Füßen aufhängen, oder?«

»Ja, und dass sie ihm die Fingernägel ausreißen und ihn mit glühenden Zangen kneifen und ihm die Daumenschrauben anlegen und vielleicht auch noch die Nase abschneiden und …«

»Hör auf, hör auf, das will ich nicht!«

»Ich ja auch nicht. Aber ich will auch nicht wieder von ihm …«

Barnabas trat auf einen Ast, der verräterisch knackte. Er verfluchte die Schmerzen in seinem Rücken. Bevor dieser Dreckskerl ihn niedergestochen hatte, war es für ihn auf der Pirsch ein Kinderspiel gewesen, stundenlang still zu sitzen. Nun waren ihm die kurze Zeit im Brombeerstrauch und die wenigen Augenblicke hinter der Köhlerhütte schon zu viel geworden.

»Was war das?«

»Da ist jemand!«

»Vielleicht ist es – Aber nein, nicht so früh! Bist du sicher, dass dir niemand gefolgt ist?«

Barnabas hielt es für angebracht, das Versteckspiel zu beenden. »Habt keine Angst!«, rief er mit gedämpfter Stimme und trat zu ihnen in die Hütte.

»Heilige Muttergottes!«, rief das Mädchen.

»Barnabas!«, rief der Junge.

»Ja, ich bin es. Ihr braucht keine Angst zu haben«, beruhigte er sie noch einmal.

»Du bist mir gefolgt!« Er konnte die Gesichter der beiden nicht genau erkennen, aber der Ton des Jungen war vorwurfsvoll.

»Ich gebe zu, dass ich von Anfang an den Verdacht hatte, du könntest etwas mit dem Verschwinden deiner Base zu tun haben«, räumte Barnabas ein. »Aber dass du mir vorhin über den Weg gelaufen bist, war reiner Zufall.«

»Nun werdet Ihr uns sicher verraten«, sagte das Mädchen mit banger Stimme.

»Habt ihr zwei das ganz alleine ausgeheckt?«

Trotz der Dunkelheit sah Barnabas, wie sie den Jungen heimlich anstieß. »Ja«, sagte der, »ganz allein.«

»Woher habt ihr die Teile von dem Rindvieh bekommen, und wer hat sie so übel zugerichtet?«

Eine Weile herrschte betretenes Schweigen. »Die hat uns einer geschenkt«, entgegnete Lisbeth schließlich. »Ein Knecht aus der Stadtmetzg, der ein Aug auf mich geworfen hat.«

Barnabas ließ offen, ob er ihr glaubte. »Was wollt ihr nun tun? Ich habe gehört, wie ihr über die Folter gesprochen habt. Dabei wird es nicht bleiben. Wenn Lisbeth nicht wieder auftaucht, wird man den Schmied dem Henker übergeben. Wollt ihr das?«

Sie antworteten nicht, aber aus der Richtung, in der Lienhart stand, kam verhaltenes Schluchzen, und gleich darauf verschmolzen die Schatten der beiden zu einem einzigen.

»Ich möchte euch nicht verraten«, sagte Barnabas, »aber ich kann auch nicht zulassen, dass ein Unschuldiger gehängt wird. Ob ich ihn nun mag oder nicht, spielt keine Rolle.«

»Ich werde nicht wieder zurückgehen.« Das klang sehr bestimmt.

»Was sollen wir dann tun?« Die Stimme des Jungen war eher weinerlich.

Barnabas zuckte die Achseln, auch wenn die beiden es wahrscheinlich nicht sehen konnten. »Ich werde euch nicht zu etwas zwingen. Aber ich muss nun auch zurück in die Stadt. Es ist höchste Zeit. Wenn die Tore geschlossen sind, kann ich mit dem Wagen nicht mehr hinaus, und ich muss vorsichtig sein, um keinen Ärger wegen des Bären zu bekommen. Überlegt euch, was ihr machen wollt! Bis morgen Abend gebe ich euch Bedenkzeit. Solange wird es dem Schmied ganz sicher nicht ans Leben gehen. Er ist zäh. Wenn man ihn inzwischen ein wenig zwickt und zwackt, mag es ihm eine Lehre sein.« Er wollte sich schon entfernen, wandte sich ihnen aber doch noch einmal zu. »Wenn du möchtest, Lienhart, kannst du mir morgen gerne noch einmal helfen. Unabhängig davon, wie ihr euch entscheidet.«

Dann ließ er sie allein zurück, hatte aber das untrügliche Gefühl, dass sie mit ihrer Entscheidung nicht alleine bleiben würden.

DIE LANDSKNECHTE

BEKLOMMENES SCHWEIGEN HERRSCHTE IN DER HÜTTE. Hand in Hand setzten die beiden sich nebeneinander auf Lisbeths Lager aus Gras und Moos und lauschten Barnabas' Schritten, der sich nun keine Mühe mehr gab, ungehört zu bleiben. Auch nachdem die Geräusche längst in der Ferne verklungen waren, saßen sie immer noch da, reglos, ratlos, wartend.

Erst als es erneut hinter der Hütte raschelte und knackte, kam wieder Leben in die beiden. Lisbeth stand auf. Der Schatten, der sich nun zu ihnen gesellte, war kleiner und schmächtiger als der des Bärenführers. Er wollte das Mädchen umarmen, aber sie entwand sich, fasste ihn stattdessen an den Händen und flüsterte: »Wir sind entdeckt.«

»Ich weiß. Ich habe alles mit angehört und nur gewartet, bis ich sicher war, dass er wirklich weg ist.«

»Oh Richard, was sollen wir denn jetzt nur tun?«

»Zunächst einmal war es gut, dass ihr mich nicht verraten habt.«

»Barnabas ist nicht dumm«, sagte Lienhart. »Ich glaube, er weiß genau, dass wir das mit dem Rindvieh nie alleine geschafft hätten.«

»Na und? Das mit dem Fleischhauergesellen war doch ein guter Einfall.«

»Meinst du wirklich, er hat mir die Geschichte geglaubt?«, fragte Lisbeth.

»Warum nicht? Zumindest hat er nicht weiter nachgefragt und weiß nicht, dass ich euch geholfen habe.«

148

»Und was jetzt?«

»Wir müssen Zeit gewinnen. Morgen kommt mein Oheim wieder nach Augsburg. Ich werde mit ihm sprechen. Wenn er mir bei der Entlassung aus dem Dienst hilft, bekomme ich vielleicht eine Anstellung bei einem Drucker. Ich habe bereits mit einem gesprochen. Er heißt Florian Brandner, seine Frau ist schon lange gestorben, und er ist nicht mehr der Jüngste. Er ist ein guter Mann, vielleicht kannst du dort auch als Magd arbeiten.«

»Und was wird aus mir?«, fragte Lienhart.

»Du gehst zurück zu deinem Vater.«

»Das heißt, du willst alles aufdecken?«, fragte Lisbeth. »Damit er freigelassen wird.«

»Wenn ich euch vorhin richtig verstanden habe, wollt ihr auch, dass er freigelassen wird.«

»Ich will nicht dass er stirbt«, sagte Lienhart.

»Aber wird man dann nicht uns bestrafen, weil wir alle an der Nase herumgeführt haben?«, fragte Lisbeth. »Zumindest Siegmund wird es nicht einfach so hinnehmen, dass er wegen uns ins Loch musste.«

»Ja, das ist wahr. Da müssen wir uns noch was ausdenken«, gab Richard zu. »Ich schlage vor, dass Lienhart erst einmal zurück zum Bärenführer geht. Vielleicht habe ich bis morgen Abend ja schon eine Lösung gefunden.«

»Und wenn nicht?« Lisbeth hatte seine Hände losgelassen und sich wieder neben den Jungen auf das Lager gesetzt.

Der stand nun seinerseits auf. »Ich glaube nicht, dass Barnabas uns noch länger Zeit gibt.«

»Dann müssen wir ihn eben dazu zwingen.«

»Wie willst du das anstellen?«

»Notfalls mit Gewalt.«

»Du?«, fragte der Junge ungläubig. »Mit einem Mann, der sogar stärker ist als der Vater?«

»Sei nicht so einfältig«, schalt Lisbeth. »Der Richard weiß auch, dass er ihm an Körperkraft nicht gewachsen ist.«

»Ich will aber nicht, dass ihm was Böses geschieht. Er hat mir das Leben gerettet.«

»Was heißt das schon?« Richard schüttelte den Kopf. »Er hat jemanden gebraucht, der ihm hilft. Da kamst du ihm gerade recht. Zumal er auch noch Siegmund demütigen kann, indem er dich für sich arbeiten lässt.«

»Das verstehe ich nicht. Aber wenn es was Schlechtes ist, will Barnabas das bestimmt nicht.«

Der junge Landsknecht seufzte. »Jetzt hör mir mal gut zu: Ich kenne den Mann von früher, aus dem Krieg. Er war nämlich nicht immer Bärenführer. Und ich bin sicher, dass er auch längst nicht so nett ist, wie er tut, sondern nach Augsburg gekommen ist, weil er etwas im Schilde führt.«

Die Erinnerung daran, dass Richard im Krieg gewesen war, machte Eindruck. Trotzdem war Lienhart nicht überzeugt.

»Ich möchte einfach nur, dass du vorsichtig bist«, wies Richard ihn an. »Spitz die Ohren und versuche herauszufinden, was er hier in der Stadt will. Er darf auf keinen Fall wissen, dass du mich kennst und ich euch helfe.«

Lienhart brummte etwas Unverständliches. Lisbeth nahm seine Hand. »Tu, was Richard dir sagt«, bat sie.

»Mir wird schon was einfallen«, versprach der Landsknecht. »Mach dir keine Sorgen. Und mit einem hat der

Bärenführer sicher recht: Dein Vater ist zäh und wird im Loch bestimmt nicht so schnell sterben.«

Gemeinsam begaben sie sich zurück in die Stadt.

Tatsächlich erging es Siegmund, dem Schmied, in der Fronfeste alles andere als schlecht. Mit Geld und guten Worten war es ihm ein Leichtes gewesen, seinen Vetter Philippus Engelhardt von seiner Unschuld zu überzeugen. Der Büttel wiederum pflegte beste Verbindungen zum Eisenmeister Hieronymus Luck, der gegen ein angemessenes Trinkgeld dem Gefangenen ordentliche Verpflegung und Sonderbehandlung angedeihen ließ. An diesem Abend war Engelhardt nach dem Dienst selbst zu seinem Vetter in die Zelle gekommen und erzählte ihm nun, nicht ganz ohne Gehässigkeit, vom Auftritt des Buben mit dem Bärenführer.

»Teufel noch eins«, schimpfte Siegmund, »was reitet den verdammten Bengel bloß, sich mit so einem dahergelaufenen Lump gemein zu machen? Der kann was erleben, wenn ich wieder draußen bin!«

»Nimm's nicht so schwer«, beschwichtigte Engelhardt, »wer will's dem Jungen denn verdenken? Immerhin ist der Bärenführer im Augenblick in aller Munde, eine richtige Berühmtheit. Wenn er auf dem Weinmarkt erscheint, laufen die Leute in Scharen zusammen und lassen die Arbeit liegen.«

»Er hätte wissen müssen, was ich davon halte.« Der Schmied reckte die Fäuste, dass die Ketten an seinen Handgelenken rasselten. »Er ist alt genug. Außerdem hätte die Margret es nicht zulassen dürfen!«

»Vielleicht weiß sie es ja noch gar nicht.«

»Spielt keine Rolle. Wenn ich raus komme, schlag ich sie beide grün und blau!«

»Ja, aber dafür musst du erst mal rauskommen. Du kannst von Glück reden, dass dieser Geck von einem Untersuchungsrichter nicht viel vom peinlichen Verhör hält, aber wenn die Lisbeth nicht bald wieder auftaucht, wird er dir über kurz oder lang schon noch die Daumenschrauben anziehen.«

»Ich weiß. Aber wo kann die blöde Ziege denn bloß sein?« Er rüttelte an den Gitterstäben vor dem Zellenfenster. »Philippus, du musst sie finden! Ich verspreche dir, wenn du mir hier raus hilfst, schmiede ich dir ein Schwert, wie du noch keins gesehen hast.«

»Was du für mich tun kannst, darüber unterhalten wir uns, wenn es so weit ist. Aber es wird dich auf jeden Fall einiges kosten, mein Lieber!«

»Jaja, was immer du willst!«

»Ich werde dich dran erinnern, verlass dich drauf.« Der Büttel schlurfte nachdenklich ein paar Schritte auf und ab. »Also ich denke, wir sollten erst einmal überlegen, wie die ganze Sache überhaupt abgelaufen ist.« Er blieb vor seinem Vetter stehen. »Ich sehe da zwei Möglichkeiten: Entweder die Lisbeth ist freiwillig verschwunden, weil sie Angst vor dir hatte, und wollte dich dann mit dem Kadaver anschwärzen. Oder jemand hat ihr Gewalt angetan und wollte dir die Sache anhängen.« Er machte eine Pause und wartete, bis der Schmied ihm mit einem ungeduldigen Nicken zustimmte. »Für den Fall, dass sie freiwillig verschwunden ist, glaube ich nicht, dass sie das mit dem Rindvieh ganz allein ausgeheckt hat.«

»Nein, nein, dafür fehlt ihr die Grütze.«

»Das heißt also, dass in jedem Fall noch jemand beteiligt war.«

»Den Jungen können wir ausschließen«, meinte Siegmund mit Bestimmtheit. »Selbst wenn er Bescheid wusste, wäre er doch nie auf den Gedanken mit dem Rindvieh gekommen. Und es schleppen und so zurichten hätte er auch nicht können.«

Engelhardt wiegte zweifelnd den Kopf hin und her.

»Nein«, sagte der Schmied. Plötzlich schlug er vor Wut mit der Hand gegen das Gitter, dass es nur so schepperte und die Ketten an seinen Händen und Füßen klirrten. »Dieser erbärmliche, hundsmiserable Klugscheißer! Hält sich für Gott weiß wie schlau und meint wunder, was er für ein Held wär, weil er mit den Landsknechten zieht, dabei hat er nicht mal genug Mark in den Knochen, um die Pike zu tragen.«

»Ein Landsknecht?«

»Ach, kein richtiger. Nur so ein dahergelaufener Milchbart. Ist dem Mädle hinterher gestiegen. Und sie hat ihm auch noch schöne Augen gemacht. Dem trau ich zu, dass er das mit dem Rindvieh ausgeheckt hat!«

»Und du meinst, sie könnte mit ihm auf und davon sein?«

Siegmund überlegte. »Nein, auf und davon glaub ich nicht. Der steht noch unter der Fuchtel seines Oheims. Mit dem ist er in die Schmiede gekommen und hat die Lisbeth gesehen. Der Oheim hat mir seinen Klepper zum Beschlagen vorbeigebracht. Den Lohn dafür schuldet er mir immer noch. Und gesoffen auf meine Kosten hat er auch noch!«

Engelhardt rümpfte die Nase. »Du meinst doch nicht den vernarbten Burschen, mit dem du neulich beim Seilerwirt warst?«

Siegmund nickte verdrießlich. »Du hast dich ja dann leider aus dem Staub gemacht. Der Kerl hat es tatsächlich geschafft, mich unter den Tisch zu saufen. Hinterher hat er behauptet, er habe die ganze Zeche bezahlt und damit sei das Beschlagen abgegolten.«

Engelhardt unterdrückt ein Grinsen. »Und? Was sagt der Seilerwirt dazu?«

»Der hat ja auch mitgesoffen und sagt, er kann sich nicht mehr genau erinnern. Aber ich bin mir sicher, der hinterhältige Drecksack hat mir die Zeche einfach angeschrieben.«

»Wie soll das gehen ohne dein Wissen?«

»Hast du eine Ahnung, was ich dem Seilerwirt schulde!«

»Aber warum sollte er das denn tun? Bei seinem besten Kunden!«

»Weil er ein verdammter Hosenscheißer ist und Angst hatte vor dem Vernarbten.«

»So wie du auch.«

»Hör bloß auf«, zischte Siegmund und wollte ihn an der Kehle packen, was jedoch an dem Handeisen scheiterte. Er ließ die Fäuste wieder sinken. »Dem Kerl sitzt das Messer verdammt locker.«

»Was dich aber sonst wenig schreckt.«

»Leck mich im Arsch! Willst du mir jetzt helfen oder nicht?«

»Schon«, gab Engelhardt ruhig zurück. »Du denkst also, dass der Vernarbte dir eigentlich noch was schuldet.«

»Ja.«

»Glaubst du, er könnte auch was mit Lisbeths Verschwinden zu tun haben?«

»Kann ich mir nicht vorstellen. Der Milchbart plapperte was davon, er wolle nach Ostern mit einem Trupp Freiwilliger ins Elsass, um Fourage zu machen.«

»Fourage machen? Das heißt doch nur, er ist auf Raubzug. Und da hat er seinen Neffen nicht mitgenommen?«

Siegmund zuckte die Achseln. »Wer will schon so einen Milchbart dabeihaben, wenn's ernst wird?«

»Warum hast du dich eigentlich nicht an den Jungen gehalten, um deine Schulden zu kassieren?«

»Weil er nichts hat und sich auch nicht mehr hat blicken lassen, nachdem ich es das erste Mal versucht habe«, knurrte Siegmund. »Willst du sonst noch was wissen?«

»Nein. Ich werde mir den Burschen mal vorknöpfen.«

»Ich hoffe, du findest ihn. Vielleicht ist er ja doch mit auf den Raubzug geritten. Wenn dir sein vernarbter Aufpasser begegnet, nimm dich in Acht vor ihm und knöpf ihn dir gleich mit vor.«

Samstag, 14. April 1548

Als Richard seinen Oheim am nächsten Tag weckte, flogen ihm dessen Stiefel an den Kopf. Hermann hatte noch nicht ausgeschlafen und ausgesprochen schlechte Laune. Er und seine vier Begleiter waren am späten Abend nur deshalb noch von den Torwächtern eingelassen worden, weil Hermann wusste, wie und zu wem er gute Beziehungen pflegen musste.

Der kleine Ausflug, für den er sich vom Hauptmann nach Ostern hatte beurlauben lassen, war ganz und gar nicht nach seinem Geschmack verlaufen. Nachdem er Richard schon nach Augsburg zurückgeschickt hatte, war ausgerechnet bei ihrem letzten kleinen Handstreich Siegbert, einer seiner langjährigen Gefolgsleute, von einem tollwütigen Bauern mit der Heugabel erstochen worden. Hermann hatte den Mistkerl kurzerhand über den Haufen geritten und das letzte Leben, das noch in ihm gewesen war, in der Jauchegrube ertränkt. Dennoch hatte der Bauer sie so lange aufgehalten, dass seine Frau mit den Kindern zwischenzeitlich Reißaus in den Wald genommen hatte. So war das Ergebnis der Plünderung armselig gewesen. Falls es überhaupt Geld im Haus gegeben hatte, war die Alte damit auf und davon. Auch sonst fanden sie nichts von Wert, das sich verkaufen ließ, nur ein elendes Ferkelchen, das sie noch am gleichen Abend an den Spieß gesteckt und verzehrt hatten. Insgesamt war der Raubzug mit neun lumpigen Talern für Hermann und drei für jeden seiner Männer kein Erfolg gewesen.

Dennoch brauchte Hermann diese Art der Abwechslung. Länger am gleichen Ort festzusitzen, wie es der Reichstag in Augsburg verlangte, hielt er nicht aus. Er stammte von einem kleinen Landgut im Allgäu, wo er neben seinem älteren Bruder Berthold nur ein Schattendasein geführt hatte. Ihre Schwester, Richards Mutter, hatte den Verwalter des Guts, Ägidius Winkelreuter, geheiratet, der anders als seine Herrschaft großen Wert auf Bildung gelegt und seinen Sohn entsprechend erzogen hatte. Berthold war dagegen ein engstirniger, habgieriger Tyrann. Ebenso wie er war auch Hermann kaum des Lesens mächtig. Die beiden kannten nur einen einzigen lateinischen Satz, ein Zitat des römischen Dichters Lucanus, das sie zu ihrem Wahlspruch gemacht hatten: Ibi fas ubi proxima merces. Hermanns eigene recht freie Übersetzung und Interpretation lautete: »Nimm, was dir gefällt, und falls du es nicht bekommst, dann schnapp dir einfach alles, was du erwischen kannst.«

Nach diesem Motto hatte er immer schon gelebt, sich früh als Landsknecht verdingt und nach dem Tod von Richards Vater den Jungen bei einem seiner seltenen Besuche mitgenommen. Obwohl Richard seinen Oheim bis dato kaum gekannt hatte, war er ihm sofort bereitwillig gefolgt, da der neue Verwalter des Guts ihn schon als künftigen Konkurrenten gesehen und mit stillschweigender Duldung Bertholds bis aufs Blut drangsaliert hatte.

Hermann betrachtete sich gerne als fahrenden Ritter. Richard hatte er jüngst erst erzählt, sie seien Nachfahren eines Kämpen, der vor Menschenaltern in einer Burg nahe Augsburg gehaust und von dort aus mit seinen Spießgesellen die Gegend unsicher gemacht habe. Ihr gemeinsamer Vorfahr sei so ein unsteter Geist wie er selbst gewesen. Er habe die Burg immer nur als unnötigen Ballast angesehen und sie daher schließlich kurzerhand an den Bischof von Augsburg verscherbelt. Richard misstraute dieser Erzählung, da weder seine Eltern noch Berthold je etwas Ähnliches geäußert hatten, vor allem aber da Hermann bei ihrer Ankunft in Augsburg auf die Frage, wo denn die Burg geblieben sei, nur die Achseln gezuckt und etwas davon gemurmelt hatte, der Herzog von Bayern habe das Gemäuer wohl irgendwann im Verlauf einer Fehde niedergebrannt. Der einzige Beweis, den

Hermann für seine Geschichte vorzeigen konnte, bestand aus einem Dolch, den er immer im Gürtel mitführte und auf dessen Klinge in kleinen zierlichen Buchstaben die Inschrift »*MILITES DE PERSE*« zu lesen war. Wenn man Hermann Glauben schenkte, war es ein altes Familienerbstück, und das »*PERSE*« verwies auf die kleine Siedlung vor Augsburg, die früher zu der Burg gehört hatte. Richard glaubte jedoch eher, dass sein Oheim den Dolch auf einem seiner zahlreichen Raubzüge erbeutet hatte.

Immerhin hatten Hermanns Erzählungen zur Folge, dass Richard sich Pfersee einmal aus der Nähe angeschaut und dabei die halb verfallene Köhlerhütte entdeckt hatte, in der Lisbeth untergekrochen war. Er war erleichtert gewesen, als er von seinem nächtlichen Besuch bei ihr zurückgekommen war und Hermann schon schnarchend auf dem Lager angetroffen hatte. Denn auch wenn er das Handeln seines Oheims oft nicht billigte, ja seine Gewissenlosigkeit und Rohheit ihn immer wieder entsetzten, hoffte er doch, dass er ihm diesmal vielleicht dabei helfen würde, den lästigen Bärenführer aus der Welt zu schaffen.

So ließ er sich jetzt auch nicht von zwei Stiefeltreffern schrecken, sondern stellte die Schuhe ordentlich nebeneinander ans Fußende von Hermanns Lager und sagte dabei betont beiläufig: »Auf dem Weinmarkt tritt heute wieder der Bärenführer auf, dessen Weib und Kind du letztes Jahr im Thüringischen getötet hast.«

Einige Augenblicke lang glaubte er, sein Oheim habe ihn nicht verstanden, denn er rührte sich überhaupt nicht. Dann wälzte er sich schnell herum und packte Richard am Arm. »Was hast du gerade gesagt?«

»Ich sagte, der Bärenführer, dessen Weib und Tochter du letztes Jahr im Thüringischen …«

»Was faselst du von einem Bärenführer? Ich kenne keinen Bärenführer.«

»Vielleicht war er ja letztes Jahr, als du ihm deinen Katzbalger in den Rücken stießest, auch noch ein Jagdgeselle.«

»Das kann nicht sein, der Mann ist tot!«

»Gestern schien er mir noch ziemlich lebendig. Da ist er nämlich auch schon auf dem Weinmarkt aufgetreten und hat versprochen, heute wiederzukommen. Die Leute lieben ihn.«

»Unmöglich!«

»Du kannst dich ja selbst davon überzeugen.«

Hermann setzte sich auf. Er hatte in Kleidern geschlafen und da er auch nicht lange für seine Morgentoilette brauchte, waren er und Richard schon eine halbe Stunde später auf dem Weinmarkt.

Sie standen an einer Stelle hinter dem großen Marmorbrunnen, wo sie selbst gut sehen konnten, aber nicht Gefahr liefen, von den Akteuren auf dem Platz entdeckt zu werden. Lienhart war zusammen mit Richard in die Stadt zurückgekehrt, hatte bei seiner Mutter übernachtet und war am Morgen wieder zu Barnabas gegangen. Er heimste für seinen Mut erneut eine Menge Beifall ein.

»Teufel, du hast recht«, knurrte Hermann schon, nachdem er nur einen kurzen Blick auf Barnabas geworfen hatte. »Aber wer ist der Junge?«

»Der Sohn von Siegmund, dem Schmied.«

»Von dem einfältigen Trunkenbold, der mein Pferd beschlagen hat?«

Richard nickte.

»Was hat er denn mit dem zu schaffen?«

»Er und Siegmund hatten vorgestern einen kleinen Zwist hier auf dem Weinmarkt, wobei der Schmied vor allen Leuten den Kürzeren gezogen hat und ziemlich beschämt nach Hause schlich. Dort verschwand dann in der Nacht seine Nichte unter ziemlich rätselhaften Umständen. Als die Schmiedin am Morgen von einem Besuch zurückkehrte, fand sie nur noch blutige Überreste und Knochen auf dem Lager des Mädchens und ist schreiend davongerannt. Der herbeigeholte Untersuchungsrichter vermutete zunächst, Siegmund, den er betrunken schlafend hinter dem Amboss fand, habe sie umgebracht und zerstückelt. Der wusste aber erst einmal den Verdacht auf den Bärenführer zu lenken.«

Hermann hatte aufmerksam, wenn auch stirnrunzelnd zugehört. Jetzt nutzte er die erste Atempause seines Neffen, um nachzufragen: »Die Nichte des Schmieds – war das nicht dieses kleine dumme Ding, das dir schöne Augen gemacht hat?«

Richard wurde rot.

Sein Oheim musterte ihn neugierig und grinste.

»Der Bärenführer wurde von den Bütteln vorgeführt«, sprach Richard schnell weiter, um seine Verlegenheit zu überspielen. »Er hat dann aber festgestellt, dass die blutigen Überreste die eines Rindviehs waren. Ein Stadtphysikus und ein Fleischhauer haben dem Untersuchungsrichter dann auch tatsächlich bestätigt, dass er recht hat.«

»Ein Rindvieh?« Hermann lachte ungläubig. »Mir scheint, da war gleich eine ganze Herde Rindviecher am Werk!«

»Dann hat der Untersuchungsrichter den Bärenführer ziehen und erst einmal den Schmied in Eisen legen lassen«, sagte Richard.

»Umso seltsamer, dass der Junge jetzt mit dem Kerl auftritt«, brummte Hermann.

Richard zuckte die Achseln.

»Das Mädchen ist noch nicht wieder aufgetaucht?« Sein Oheim sah ihn lange an. »Und du hast keine Ahnung, wo sie sein könnte?«

Richard schüttelte den Kopf und war froh, dass Hermanns Aufmerksamkeit gleich darauf vom Geschehen auf dem Platz in Anspruch genommen wurde. Der Bärenführer kündigte das Ende des Auftritts an, erklärte, sein Tier brauche eine Verschnaufpause, und vertröstete die Zuschauer auf den Nachmittag, wenn sie noch einmal auf dem Fronhof auftreten würden.

Während er und der Junge zusammenpackten, schob sich ein Büttel durch die sich langsam zerstreuenden Zuschauer auf Hermann und Richard zu, näherte sich vorsichtig von hinten und klopfte dem vernarbten Landsknecht auf die Schulter. Hermann fuhr herum.

»Gott zum Gruße, Soldat, seid Ihr nicht der Mann, der neulich beim Seilerwirt Siegmund den Schmied unter den Tisch gesoffen hat?«

Hermann musterte ihn misstrauisch. »Was wollt Ihr?«

»Euch gratulieren. Immerhin ist das schon eine reife Leistung. So etwas schaffen nur wenige.«

»Wollt Ihr mich herausfordern?«

»Gott bewahre, nein!« Philippus Engelhardt grinste. »Ich soll Euch Grüße ausrichten von Siegmund. Leider geht es ihm im Augenblick nicht ganz so gut.«

»Ja, ich hörte davon.«

Engelhardt wartete, aber Hermann gähnte und zeigte wenig Lust, noch mehr zu dem Gespräch beizutragen, sodass der Büttel sich genötigt sah, direkt mit der Sprache herauszurücken: »Er meinte, Ihr wäret ihm noch einen Gefallen schuldig.«

»So? Meint er das?« Der Landsknecht verschränkte die Arme vor der Brust. »Nicht, dass ich wüsste.«

Er gab sich gleichgültig und müde, aber in seinen Augen lag ein wachsames Glitzern, als er weitersprach: »Allerdings dauert mich der Arme ein wenig. Immerhin hat er meinen Gaul recht ordentlich beschlagen und sich auch in der Wirtschaft gut gehalten. Nur habe ich nicht die leiseste Ahnung, welche Art von Gefallen ich ihm wohl erweisen könnte.«

»Oh«, sagte Engelhardt, »er meinte, vielleicht könntet Ihr Euren Neffen ein wenig einspannen, um bei der Suche nach dem verschwundenen Mädchen zu helfen.« Er wandte seinen Blick dem zusammenzuckenden Richard zu. »Weil die beiden sich doch so gut verstanden haben.«

»Ach, haben sie das?« Hermann tat so, als hätte er Richards Reaktion und die aufsteigende Röte in dessen Gesicht nicht bemerkt. »Ich denke, der Junge ist alt genug, um selbst zu wissen, was er zu tun und zu lassen hat. Ich werde ihm da keine Vorschriften machen.«

Engelhardts Gesicht verfinsterte sich. »Und er weiß wirklich nichts über den Verbleib des Mädchens?« Obwohl er Richard dabei anblickte, war die Frage an Hermann gerichtet.

»Wo denkt Ihr hin!«, tat Hermann entrüstet. »Ihr glaubt doch nicht etwa, wir hülfen einem braven Mann wie dem Schmied nicht, wenn es nur irgendwie in unserer Macht stünde. Schließlich sind wir ehrliche Landsknechte im Dienste seiner Majestät des Kaisers, nicht wahr, Richard?«

»Natürlich«, beeilte der sich zu sagen.

Engelhardt nickte grimmig. »Das möchte ich Euch auch geraten haben. Es könnte sonst nämlich sehr unangenehm für Euch hier in der Stadt werden.«

»Tatsächlich? Soll das jetzt eine Drohung sein?« Hermann heuchelte Entsetzen.

In Engelhardts Gesicht arbeitete es, seine Hand krampfte sich um den Spieß.

»Ach, ich vergaß: Ihr gehört ja zur Stadtpolizei.« Hermann legte ihm begütigend die Hand auf die Schulter. »Nur ruhig Blut. Ich sagte doch: Wir sind ganz auf Eurer Seite.«

Engelhardt schüttelte die Hand ab. »Ich werde Euch an Eure Worte erinnern.« Grußlos trollte er sich von hinnen.

Hermann, der während des kleinen Geplänkels aufmerksam aus den Augenwinkeln beobachtet hatte, wie der Bärenführer und sein kleiner Helfer mit dem Wagen Richtung Dom verschwunden waren, wartete, bis der Büttel in der Menschenmenge untergetaucht war. Dann schlug er den Weg zurück zu seinem Quartier ein und gab Richard mit einem herrischen Wink zu verstehen, dass er ihm folgen sollte. In einer Ecke hinter dem Salzstadel, wo er sich unbeobachtet fühlte, packte er seinen Neffen mit der Linken am Kragen. »So, Freundchen«, knurrte er, »und jetzt verrätst du mir mal, wieso dieser erbärmliche Schmierlapp glaubt, du könntest etwas mit dem Verschwinden dieses kleinen Hürchens zu tun haben!«

»Ich ... ich weiß es auch nicht«, stammelte Richard, »ich habe keine Ahnung, wie er darauf kommt.«

Hermanns Griff wurde fester. Er packte mit der Rechten das linke Ohrläppchen seines Neffen und zog daran. »Ich sehe dir an, dass du lügst! Was weißt du über diese Angelegenheit?«

»Ich weiß wirklich nichts.«

Hermann ließ den Kragen los und riss dafür nun mit der Linken auch noch am anderen Ohr. Richard schrie auf. Hermann zerrte nur noch heftiger. »Wenn du nicht redest, reiß ich dir die Ohren ab«, knurrte er ungerührt.

»Hör auf, hör auf! Ich red ja schon.«

Hermann ließ nicht los, lockerte aber den Griff etwas.

»Ich weiß ja eigentlich wirklich nix, aber ich glaube, der Bärenführer hat doch was damit zu tun.«

Hermann runzelte die Stirn.

»Weil der Junge jetzt auch bei ihm ist.«

»Du glaubst, er hat sie alle an der Nase rumgeführt, und der Junge hat ihm dabei geholfen?«

Richard nickte.

»Warum sollten sie das getan haben?«

»Ich weiß es nicht. Vielleicht um den Schmied zu ärgern. Er hat den Jungen oft verprügelt. Und das Mädchen auch.«

»Aha, du weißt also doch was. Woher denn? Doch wohl von dem Mädchen!« Hermanns Griff wurde wieder fester. »Also was ist mit ihr?«

»So hör doch auf mit der Ohrenreißerei! Ich gebe ja zu, ich hab ein paar Mal mit der Lisbeth gesprochen, und

164

sie hat mir erzählt, dass der Schmied so gewalttätig ist und ihr das Leben so schwer macht, dass sie am liebsten weglaufen würde.«

»Und wieso sollte ihr ausgerechnet der Bärenführer dabei behilflich sein?«

»Na ja, der Lienhart, also der Junge, der hat doch gesehen, wie der Bärenführer seinen Vater auf dem Weinmarkt vorgeführt hat. Und da hat er sich vielleicht gedacht, das wäre der Richtige, um ihnen zu helfen, und ihn einfach mal gefragt.« Er überlegte einen Moment. »Vielleicht hat der Bärenführer die Angelegenheit mit dem Rindvieh dann ja ausgeheckt, um sich selbst hervorzutun. Wenn es so war, dann hat es jedenfalls gut geklappt und sich als Goldgrube erwiesen. Denn die Leute jubeln ihm Tag für Tag zu und füllen ihm den Hut.«

»Ja, das habe ich gesehen«, sagte Hermann nachdenklich. »Du könntest tatsächlich recht haben.« Er ließ Richard los.

»Was willst du jetzt tun?«, fragte der und befühlte vorsichtig seine Ohren.

»Ich? Ich werde gar nichts tun.«

»Nichts? Glaubst du nicht, der Bärenführer könnte vielleicht auch nach Augsburg gekommen sein, um nach dir zu suchen.«

»Was heißt hier nach *mir*? Wenn, dann sucht er nach *uns*. Schließlich war ich nicht allein damals im Thüringischen.« Einen Augenblick lang genoss er die Angst, die sich in Richards Zügen abzeichnete, dann lachte er verächtlich. »Na und? Meinst du, ich hätte Angst vor dem Kerl? Ich bin einmal mit ihm fertig geworden und werde es auch noch mal, wenn er es darauf anlegt.« Er klopfte

165

Richard auf die Schulter. »Und du wirst mich rechtzeitig warnen, wenn er das tatsächlich tut. Denn du wirst ihn im Auge behalten und mir Bericht erstatten.«

»Und was wird der Hauptmann dazu sagen, wenn ich nicht zum Exerzieren antrete?«

»Der Hauptmann?« Hermann starrte ihn verdutzt an. Dann brach er in schallendes Gelächter aus. »Du glaubst doch nicht im Ernst, dass er einen Gelbschnabel wie dich vermissen wird!«

Während er zum Fronhof lief, um Hermanns Auftrag auszuführen und mit der Beschattung des Bärenführers zu beginnen, hatte Richard Gelegenheit, sich alles noch einmal durch den Kopf gehen lassen. Es sah nicht gut aus. Die gemeinsame friedliche Zukunft mit Lisbeth, die er sich ausgemalt hatte, drohte, in unerreichbare Ferne zu entschwinden. Und das eigentlich nur, weil Lienhart sich mit diesem Bärenführer eingelassen hatte. Wäre der nicht hinter dem Jungen hergeschlichen und hätte Lisbeths Versteck entdeckt, säßen sie jetzt nicht so in der Klemme. Warum musste der Mann sich eigentlich einmischen? Dabei konnte ihm doch das Schicksal des Schmieds völlig gleichgültig sein. Richard jedenfalls war es das. Seinetwegen konnte das gewalttätige Schwein getrost im Loch verrecken. Hauptsache, der Saukerl fasste Lisbeth nicht mehr an.

Richards ursprünglicher Plan hatte nur vorgesehen, durch Fürsprache seines Oheims vorzeitig aus dem Landsknechtsdienst entlassen zu werden, eine Anstellung in der Stadt zu finden, um mit Lisbeth zusammen sein zu können und sie sobald als möglich zur Frau zu nehmen. Dann war wie ein unseliges Gespenst aus der Vergangenheit dieser Bärenführer aufgetaucht, hatte sich mit dem Schmied angelegt, und der hatte verrückt gespielt. Richard war klar geworden, dass er Lisbeth keinen Tag länger diesem Vieh aussetzen durfte. Er musste sie in Sicherheit bringen. Der Gedanke, mit der blutigen Bettstatt ihr Verschwinden erst einmal zu vertuschen und gleichzeitig den Bärenführer und den Schmied in Bedrängnis zu bringen, war ihm ganz plötzlich in den Sinn gekommen, und er hatte ihn in die Tat umgesetzt, ohne lange über die Folgen nachzudenken.

Willibrod, ein Knecht aus der Stadtmetzg, für den er öfter Briefe geschrieben hatte, war ihm bei der Besorgung des Kadavers behilflich gewesen. Lisbeth sollte erst dann wieder auftauchen, wenn er alles für ihre Rückkehr vorbereitet hatte. Bei seinen Überlegungen hatte es keine Rolle gespielt, ob der Bärenführer oder der Schmied oder sogar alle beide für die vorgetäuschte Ermordung verantwortlich gemacht würden. Lisbeths Geschichte hatte er sich schon zurechtgelegt: Sie sollte behaupten, ihr Entführer habe ihr einen Sack über den Kopf gestülpt und sie in ein Versteck im Wald gebracht. Den Sack habe er ihr nur beim Essen oder wenn er ihr Gewalt angetan habe abgenommen. Dafür habe er dann aber eine Henkersmaske getragen. Nachdem er längere Zeit nicht mehr aufgetaucht sei, habe sie es geschafft, sich selbst zu befreien. Sie sei dann aber noch tagelang im Wald herumgeirrt. So ließ sich ihre späte Rückkehr erklären, und es würde sich niemand darüber wundern, wenn sie den Ort, wo der Unbekannte sie versteckt gehalten hätte, nicht wieder finden könnte.

Doch nun war sein schöner Plan hinfällig, weil der Bärenführer aufgekreuzt war, bei dem Jungen mit seinem Geschwätz für Gewissensbisse gesorgt hatte und ihnen damit drohte, alles auffliegen zu lassen.

Als Richard sich dem Fronhof näherte, verlangsamte er seine Schritte. Die große gerne auch als Turnierplatz genutzte Freifläche war von drei Seiten durch mächtige Bauten eingesäumt, die Wirtschafts- und Wohngebäude des Bischofspalast im Norden und Westen mit dem hoch aufragenden Pfalzturm als Angelpunkt, an dem die beiden Flügel zusammenstießen, sowie den Dom Unserer Lieben Frau im Osten. In der Kapitelstube des bischöflichen Palastes hatte der sächsische Kanzler vor 18 Jahren Kaiser Karl die »Confessio Augustana« vorgetragen, jenes Bekenntnis der protestantischen Reichsstände zu ihrem Glauben, welches die Grundlage für den Schmalkaldischen Bund und damit letzten Endes auch Auslöser des Krieges geworden war, in dem Richard an der Seite seines Oheims gekämpft hatte.

Daran dachte der junge Landsknecht jedoch nicht, als er sich nun der bischöflichen Residenz durch die Johannesgasse näherte. Ihm bereitete Sorgen, dass der Bärenführer ihn auf gar keinen Fall sehen durfte, was am helllichten Tag nicht so einfach zu bewerkstelligen war. Der Planwagen stand am Rande der Freifläche, die seit dem letzten vom bayrischen Herzog Wilhelm veranstalteten Turnier nicht mehr vollständig geräumt, sondern von wechselnden Gauklern und Schaustellern bevölkert wurde. In den Mittagsstunden musste auf dem

Platz jedoch Ruhe herrschen. Barnabas' Pferd war ausgeschirrt und bewegte sich träge an einer langen Leine in der Sonne. Der Bär dagegen war ebenso wenig wie sein Herr oder der Junge zu sehen. Sie schienen sich im Wagen zu befinden. Richard postierte sich in Sichtweite hinter einem Mauervorsprung.

In seinem Kopf begann es wieder zu arbeiten. Viel Zeit blieb ihm nicht. Er musste seinen Oheim dazu bringen, noch vor dem Abend etwas gegen den Bärenführer zu unternehmen. Hermanns Abwarten kam ihm seltsam vor. Die einzige Erklärung, die er dafür fand, war Müdigkeit. Vielleicht hatte Hermann nach der Rückkehr von seinem kleinen Raubzug, der mit Siegberts Tod so unglücklich verlaufen war, nur noch keine rechte Lust, sich schon wieder auf Händel einzulassen, vielleicht wollte er erst einmal seine Wunden lecken. Am liebsten schien es ihm zu sein, wenn der Bärenführer einfach wieder verschwände. Oder hatte er vielleicht sogar Angst vor ihm? War es ihm unheimlich, dass der Mann, den er für tot gehalten hatte, nun hier in Augsburg aufgetaucht war? Richard verwarf diesen Gedanken schnell wieder. Er konnte es sich nicht vorstellen, dass sein Oheim überhaupt vor irgendetwas Angst hatte. Letzten Endes spielte es auch keine Rolle, was Hermann zaudern ließ, Richard musste ihm Beine machen.

Während er sich noch das Hirn zermarterte, wie er das anstellen könnte, bekam der Bärenführer Besuch. Aus seinem Versteck heraus beobachtete Richard einen zerlumpten buckligen Bettler über den Fronhof humpeln. Die sorglose, selbstsichere Art, wie er sich bewegte, ohne das Gewicht je wirklich auf die Krücke zu verlagern, kam

Richard sofort verdächtig vor. Vor dem Planwagen verharrte der Mann für einen Augenblick und spähte schnell unter seiner Kapuze hervor in die Runde. Dabei war es Richard möglich, einen Blick in sein Gesicht zu erhaschen: volle, frische Wangen, aufmerksame Augen unter einer hohen Stirn, eine kühn gebogene Nase. Richard war sich sicher, den Mann schon einmal gesehen zu haben. Als er unmittelbar danach auch noch sah, wie gewandt er sich ganz ohne Hilfe der Krücke in den Wagen schwang, wusste Richard auch wieder, wo: Der Mann war kein Bettler, sondern der Reitknecht des gefangenen Kurfürsten. Richard hatte ihn mehrfach in Begleitung Johann Friedrichs gesehen, wenn dieser mit seinem gewaltigen Hengst in den Straßen Augsburgs unterwegs gewesen war. Was hatte die Maskerade zu bedeuten?

Es dauerte nicht lange und ein anderer Mann schwang sich aus dem Wagen. Er war größer und von kräftigerer Statur, und obwohl er einen dunklen Mantel mit Kapuze trug, die sein Gesicht halb verdeckte, erkannte Richard in ihm sofort den Bärenführer. Er schaute sich nicht lange um, sondern lief über die Freifläche, verließ den Fronhof und steuerte zielstrebig auf das nächste Gässchen zu, wo er schnell zwischen den Häusern verschwand. Richard dagegen musste äußerste Vorsicht walten lassen, um beim Verlassen seines Verstecks vom Wagen aus nicht entdeckt zu werden. Als er dort ankam, wo Barnabas verschwunden war, war es längst zu spät.

Richard überlegte. Die Aussicht, den Mann im Labyrinth der Straßen und Gassen zu suchen, nur um ihn dann vielleicht im Getümmel der Märkte erneut zu verlieren, gefiel ihm nicht sonderlich. Wo konnte der Bärenführer hin sein? Der verkleidete Reitknecht des dicken Fürsten war in seinen Wagen geklettert und nicht wieder herausgekommen. Stattdessen war kurz darauf der Bärenführer, der das Gewand eines Gauklers gegen ein unauffälligeres getauscht hatte, eiligen Schrittes in die Stadt gerannt. Die beiden hatten offenbar eine geheime Übereinkunft, wonach der Reitknecht vorübergehend den Platz des Bärenführers einnahm. Was lag also näher, als dass der Bärenführer nun auch seinerseits dorthin ging, wo eigentlich der Platz des Reitknechts war, nämlich in der Nähe des gefangenen Fürsten? Richard beschloss, es auf einen Versuch ankommen zu lassen, und lief auf dem schnellsten Weg zurück zum Weinmarkt.

Dort, wo am Vormittag noch der Bärenführer seine Vorstellung gegeben hatte, stand nun der Wagen eines fahrenden Baders. Richard gesellte sich zu der Gruppe Schaulustiger, die aufmerksam lauschte, wie der Mann ein Wundermittel gegen Haarausfall anpries. Er postierte sich so, dass er einen guten Blick auf das Welserhaus hatte, und richtete sich auf eine längere Wartezeit ein. Wenn seine Vermutung stimmte, befand sich der Bärenführer schon drinnen, und es war schwer absehbar, wann er wieder herauskommen würde. Immerhin hatte er den Zuschauern eine weitere Vorstellung am Nachmittag versprochen. Richard würde also zumindest nicht den ganzen Tag warten müssen.

Kaum hatte er sich mit dieser Aussicht selbst beruhigt, als der Erwartete auch schon wieder auftauchte. Er kam aber nicht aus dem Welserhaus, sondern aus Richtung der Ulrichskirche. Entweder hatte er noch eine andere Besorgung erledigt oder aber vom Fronhof aus einen weiten Bogen zum Weinmarkt geschlagen, um etwaige Verfolger abzuschütteln oder zu täuschen. Die vorsichtige Art, wie er sich hinter einem Gefährt mit hoch aufgetürmter Warenladung durch die Toreinfahrt in den Innenhof drückte, ließ Richard eher Letzteres vermuten. Er nickte zufrieden vor sich hin. Seine Rechnung war aufgegangen. Und eigentlich hatte er nun auch fast schon genug gesehen. Er konnte Hermann erzählen, dass der Bärenführer im Haus des gefangenen Fürsten ein und aus ging. Im Grunde nicht weiter verwunderlich, da er ja auch im Thüringischen als Jagdhelfer für ihn gearbeitet hatte. Warum dann aber die Maskerade als Bärenführer und die übrigen Heimlichkeiten? Irgendetwas führte der Mann im Schilde, das war klar. Und er war dabei keineswegs auf sich allein gestellt, sondern hatte die Unterstützung des Fürsten. Richard rieb sich die Hände. Mit diesen Neuigkeiten würde es ihm sicher gelingen, Hermann aus seiner Untätigkeit aufzuschrecken. Behauptete der nicht selbst immer, Angriff sei die beste Verteidigung?

~⊙~

Johann Friedrich saß in dem Sessel, der eigens für ihn angefertigt worden war, weil es nicht leicht war, eine bequeme Sitzgelegenheit zu finden, die dem Gewicht seines massigen Körpers standzuhalten vermochte. Ungeduldig sah er dabei zu, wie Cesare Vercellio seinem Gehilfen Massimo genaue Anweisungen gab, wie er die Studien vom Gesicht des Fürsten zu machen habe. Vercellio brüllte auf Italienisch und fuchtelte dazu wild mit den Händen herum.

»Nicht genug, dass Meister Tizian selbst es nicht im Geringsten für nötig hält, sich mit mir zu beschäftigen«, schimpfte Johann Friedrich, als Vercellio sich endlich entfernen wollte, »jetzt muss ich sogar noch dem Gehilfen des Gehilfen Modell sitzen. Und stocktaub ist der Bursche auch noch!«

»No, no, ganz taub isse nicht«, beschwichtigte Vercellio. »Er nur höre bisse schlecht.«

»Eine unverschämte Herabwürdigung meiner Person ist das«, knurrte Johann Friedrich.

»No, nix, diese Massimo sein doch auch sehr gute Maler«, erklärte Vercellio. »Und große Kaiser verlange viel, sehr viel von meine Oheim. Er wolle ganze Galerie mit Bilder. Nix nur Bilder von er, sondern auch ganze Hofstaat.«

»Ha! Gehöre ich etwa zu seinem Hofstaat?«

»No, nix, sicher nein, aber er wolle Durchlaucht als vornehme Gegner großwürdig inne Bild sehe.« Vercellio machte eine Verbeugung, während sein Gehilfe mit offenem Mund neben ihm stand und den dicken Fürsten verständnislos anglotzte.

»Und warum lässt er es dann nicht Tizian selbst machen?«

»Meine Oheim sein schwer mitte Bild von Herzog Alba … wie sagt man? … beschäftigen. Ihro kenne dünne Herzog und wisse, was los, wenn Eitelkeit krank. Das sein keine Spaß!«

»Und warum machst dann nicht wenigstens du es?«

»Bitte bitte viel Vergebung, Durchlaucht, Fürst, aber Kollega Lambert Sustris sein sehr krank und so musse meine Persone noch letzte Pinsel mach dran an große

Reiterbild von große Kaiser«, radebrechte Vercellio. »Durchlaucht aber sein könne tot und sicher, wenn geht um letzt Gerechtigkeit für Ihro große Kopf nur Maestro wolle Pinsel und Hand nehme und male.«

»Jaja, scher dich nur endlich zum Teufel«, knurrte Johann Friedrich, »bevor ich mich noch vergesse und dir die Pest an den Hals wünsche!«

»Sehe Durchlaucht«, grinste Vercellio im Hinauslaufen an der Tür, »sein doch auch gut, wenn Gehilfe Massimo heut male: So Durchlaucht kann frei Laune lasse und arm Vercellio fluch und schimpf wie lustig, ohne jemand versteht.«

Er huschte hinaus, bevor der Fürst etwas erwidern konnte. Johann Friedrich war froh, ihn endlich los zu sein, denn schon kurz darauf führte sein Kammerdiener Simprecht einen Besucher herein, der ihm hundertmal lieber war.

Barnabas trug wie schon am Vorabend wieder den dunklen Mantel und das dazu passende Barett, um seine wilde Mähne darunter zu verstecken. Johann Friedrich erkannte ihn trotzdem sofort und bedeutete ihm, sich auf einem Hocker zu Füßen seines wuchtigen Sessels niederzulassen. Barnabas trat näher zu ihm, machte eine ehrerbietige Verbeugung, zog es dann aber vor stehen zu bleiben.

»Ich hoffe, es hat dich niemand erkannt.«

»Ich glaube nicht, Euer Durchlaucht.« Barnabas deutete auf den Malergehilfen, der einige Schritte entfernt an einer Staffelei stand, immer wieder den Fürsten mit seinen Blicken maß und sich anschließend schnell seiner Leinwand zuwandte, um das Gesehene festzuhalten. Er wirkte dabei so vertieft in seine Arbeit, dass er Barnabas' Ankunft gar nicht bemerkt zu haben schien. »Was ist mit dem da?«

»Der ist taub«, erklärte Johann Friedrich.

Barnabas wartete, bis der Malergehilfe wieder einmal den Blick abgewandt hatte, dann zückte er seinen Dolch und ließ ihn auf den Boden fallen. Massimo zuckte zusammen.

»Taub ist der sicher nicht.«

»Ja, vielleicht nicht ganz, aber er ist schwerhörig und versteht auch kein Deutsch«, sagte Johann Friedrich.

»Wie Ihr meint.« Barnabas zuckte die Achseln. »Ihr wolltet mich sprechen, Euer Durchlaucht.«

»Ja, und ich bin begierig zu hören, was du mir für Neuigkeiten bringst.«

»Es tut mir leid, aber ich bringe Euch nichts.«

»Was heißt das? Was ist los mit dir, Sollstedter? Ich dachte, du wärest tot. Alle dachten das. Die Nachrichten, die ich aus Trockenborn erhielt, besagten, dass du und deine Familie den Marodeuren, die mein Schloss niederbrannten, zum Opfer gefallen seien.«

Barnabas' Miene verdüsterte sich. »In der Tat.« Er schluckte schwer. »Meine Frau und meine Tochter wurden auf schändliche Weise ermordet.« Er schloss die Augen, atmete tief durch.

»Goldacker vermutete, du seiest in den Flammen deiner Hütte umgekommen.«

Barnabas schlug die Augen wieder auf, sah den Fürsten an. Er hatte sich in der Gewalt, auch wenn in seinem Blick kalte Wut glomm. »Der feige Meuchelmörder hatte mich von hinten niedergestochen und in den

Bärenzwinger geworfen, wahrscheinlich in dem Glauben, das Tier würde mich fressen.« Seine Stimme klang heiser. Ein grimmiges Lächeln flog über sein Gesicht. »Aber Ursus hat mich beschützt, bis die Schurken verschwunden waren. Zum Glück hatte die alte Bäumlerin aus einem Versteck heraus alles mit angesehen. Sie schleppte mich in ihre Höhle und kurierte mich dort.«

»Die Bäumlerin, ist das die Alte, die in der einsamen Klause mitten im Wald haust?«

»Ja, sie ist eine gute Frau und besitzt große Kenntnisse über die Natur. Auch wenn sie nur wenige daran teilhaben lässt, weil sie Angst hat, als Hexe in Verruf zu geraten. Martha mochte sie gerne und hat sie oft besucht.«

»Deine Tochter?«

Barnabas nickte.

»Warum hat die Alte dich nicht zu Goldacker gebracht?«

»Sie hat sich gewundert, warum die Landsknechte, die uns überfielen, Deutsch sprachen und warum sie nur uns behelligten, die Bediensteten des Schlosses aber verschonten.«

»Das ist doch Unsinn«, sagte der Fürst. »Für Goldacker lege ich meine Hand ins Feuer.«

»Ich weiß. Aber die Bäumlerin hat viel gesehen und erlitten. Sie traut niemandem mehr. Als ich wiederhergestellt war, habe ich selbst mit Goldacker gesprochen. Er hat mir mit Kleidung, Waffen und etwas Geld ausgeholfen, damit ich mir den Wagen und das Pferd kaufen konnte. Ich habe versprochen, es ihm irgendwann zurückzuzahlen, und ihn gebeten, niemandem etwas zu erzählen, bis ich den Mörder meiner Frau und meiner Tochter zur Rechenschaft gezogen habe.«

»Deshalb trittst du also in dieser Maskerade auf. Wäre es nicht einfacher, ohne den Bären zu reisen?«

»Es ist keine Maskerade, ich bin jetzt ein Bärenführer. Und Ursus hat mir nicht nur das Leben gerettet, er hat auch den Mörder gesehen. Und er wird ihn erkennen.«

Der Fürst runzelte die Stirn. »Du bist der beste Jagdgehilfe, den ich je hatte, und du kannst jederzeit wieder in meinen Dienst eintreten.«

»Darf ich Euer Durchlaucht daran erinnern, dass Ihr Euch in Gefangenschaft befindet.«

»Daran brauchst du mich nicht zu erinnern«, sagte der Fürst verdrießlich. »Das vergesse ich keinen Augenblick. Aber das Leben geht weiter, und komme, was da wolle, ich werde mich nicht beugen lassen. Das sollen alle wissen. Deshalb habe ich Goldacker beauftragt, das Jagdschloss in Wolfersdorf neu aufzubauen. Ganz in der Nähe der Brandruine und schöner als zuvor. Er könnte dich dort sicher gut gebrauchen.«

»Habt Dank für das freundliche Angebot, Euer Durchlaucht. Ich weiß das sehr zu schätzen, aber ich muss den Mörder finden. Ein anderes Ziel habe ich nicht mehr in diesem Leben.«

»Sag das nicht, Sollstedter! Du bist noch nicht alt. Lass die Rache nicht zu deinem einzigen Lebenszweck werden. Lass sie dein Leben nicht völlig vergiften! Denk an die Worte, die Paulus im Römerbrief geschrieben hat: *Rächt euch nicht selbst, meine Lieben, sondern gebt Raum dem Zorn Gottes; denn es steht geschrieben: »Die Rache ist mein; ich will vergelten, spricht der Herr.«*

Barnabas starrte ihn finster an. »Pfaffengewäsch«, murmelte er so leise, dass der Fürst es nicht verstand. Eine noch heftigere Antwort schien ihm auf den Lippen zu liegen. Aber er beherrschte sich. »Habt Ihr nicht selbst drei Söhne, Euer Durchlaucht?«, fragte er. »Was wäre, wenn man sie Euch nähme?«

Johann Friedrich musste nicht lange überlegen. »Du wirst es nicht glauben, aber darüber habe ich in der letzten Zeit schon häufiger nachgedacht. Ich hatte sogar die Vermutung, du wärest vielleicht von meiner Gemahlin in genau dieser Sache gesandt worden. Denn die Drohung schwebt über uns, dass der Kaiser uns unsere Söhne wegnehmen will, um sie am spanischen Hof erziehen zu lassen.«

Barnabas schüttelte den Kopf. »Verzeiht, wenn ich mich vorhin nicht deutlich genug ausgedrückt habe, aber ich denke, es macht einen großen Unterschied, ob man Euch ein Kind nur wegnimmt oder ob man es schändet und tötet.« Er sah dem Fürsten offen in die Augen, als er weitersprach. »Gefangenschaft lässt sich ertragen, das erlebt Ihr gerade am eigenen Leib, und Ihr habt selbst gesagt, dass Ihr Euch nicht davon beugen lasst. Auch Eure Söhne bleiben immer Eure Söhne, selbst unter der Fuchtel des Spaniers. Zumindest die beiden Großen sind sicher auch schon zu alt, um sich noch verbiegen zu lassen. Jedenfalls nicht, wenn sie nach dem Vater schlagen.«

»Wohl gesprochen«, sagte Johann Friedrich. »Ich danke dir für deine Worte. Dennoch kann sich ein Kind in der Obhut anderer verändern, sowohl zum Guten als auch zum Bösen. Das müsstest du doch mit am besten wissen. Immerhin ist es dir sogar gelungen, ein wildes Bärenkind in deiner Obhut zu einem Schoßtier zu erziehen.«

Barnabas verzog den Mund. »Ursus ist kein Schoßtier. Er ist immer noch wild und wird es sein Leben lang bleiben. Für ihn gibt es kein Gut und kein Böse, er folgt nur seiner Natur. Deshalb lässt er sich auch nicht so leicht täuschen wie ein Mensch. Er vergisst niemals, wer ihm etwas angetan hat.«

»Du hast recht. Er ist ein wildes Tier. Man sollte wilde Tiere nicht mit Menschen vergleichen. Du hast deinem Bären erstaunliche Kunststücke beigebracht, aber du kannst ihn nicht von Grund auf ändern. Menschen dagegen können sich ändern.« Er machte eine bedeutungsschwere Pause. »Es war Krieg. Vielleicht hat sich auch der Mensch geändert, der deine Familie umgebracht hat.«

»Nein«, widersprach Barnabas. »Dieser Mann ist kein Mensch. Und er ist auch viel schlimmer als ein wildes Tier. Er ist ein Teufel.«

Johann Friedrich sah ihn lange aufmerksam an. »Du besitzt viele Fähigkeiten. Für einen einfachen Jagdgehilfen vielleicht viel zu große. Komm zu mir, wenn ich wieder mein eigener Herr bin. Und denk darüber nach: Rache ist kein Lebensziel.«

»Ich denke ununterbrochen über die Rache nach«, sagte Barnabas düster.

Der Fürst seufzte. »Ich wünsche dir, dass du den Mann und dann hoffentlich auch deinen Frieden findest. Und ich danke dir, dass du gekommen bist. Auch wenn du keine Botschaft für mich hattest, so hat es mir doch wohlgetan, mit dir zu reden.«

Er läutete nach seinem Kammerdiener, was den schwerhörigen Massimo, der während des Gesprächs unbeirrt weiterskizziert hatte, heftig zusammenzucken ließ.

∽✑∾

Nachdem er beobachtet hatte, wie der Bärenführer wieder aus dem Welserhaus herausgekommen und sich ohne weitere Umwege in Richtung des Fronhofs entfernt hatte, eilte Richard unverzüglich zu Hermann. Er hoffte, den Oheim noch bei seinem Mittagsschläfchen anzutreffen, um ihn unsanft daraus zu wecken und die sich gewiss unweigerlich einstellende schlechte Laune gegen den vermeintlichen Bärenführer zu wenden. Tatsächlich sprang Hermann ihm an die Gurgel, als er ihn schon zum zweiten Mal an diesem Tag aus dem Schlaf riss. Er packte ihn, schleuderte ihn auf sein Bett, warf sich auf ihn, kniete sich auf seinen Brustkorb, umfasste mit beiden Händen seinen Hals und drückte zu.

»Lass aus«, röchelte Richard, »lass aus, ich hab Neuigkeiten!«

Hermann stieß ihn auf den Boden. »Bete, dass es wichtig genug ist!«, knurrte er. »Sonst kannst du was erleben!«

»Der Bärenführer ist zum dicken Sachsenfürsten ins Welserhaus geschlichen.«

Hermann horchte auf. »Erzähl!«

Richard berichtete wahrheitsgetreu, was sich bis zu Barnabas' Verschwinden am Fronhof ereignet hatte. Dann fing er an, seine Geschichte ein wenig auszuschmücken. »Ich stand also noch ganz ratlos eingangs der Gasse herum, da schlüpfte glücklicherweise der Junge aus dem Wagen, und als er mich erkannte, kam er auf mich zu und …«

»Was heißt hier glücklicherweise?«, stöhnte Hermann und fasste sich an den Kopf.

»… und verriet mir, wo der Bärenführer hingegangen war.«

»Du solltest dich nicht sehen lassen, du Hornochse!«

»Aber so hör doch erst mal, was er mir sonst noch alles erzählt hat«, verteidigte sich Richard, während Hermann immer noch den Kopf schüttelte. »Ich hab natürlich ein bisschen mit ihm geplaudert und ihn gelobt, wie toll er das mit dem Bären macht und was er doch für ein mutiger Kerl ist, und darüber wurde er unvorsichtig und hat herumgeprahlt, was er noch alles kann und sich prompt auch verplappert, indem er mir verraten hat, dass der Bärenführer tatsächlich mit ihm und seiner Base unter einer Decke steckt. Heute Abend will Barnabas das Mädchen in seinem Unterschlupf vor der Stadt aufsuchen, um das weitere Vorgehen abzusprechen. Den Bären kann er dabei natürlich nicht mitnehmen, weshalb er ihn in der Obhut des Jungen in der Stadt zurücklassen wird. Er wird also ganz alleine heute Abend draußen herumstreifen.«

Richard hielt in seiner Erzählung inne und wartete auf eine freudige Regung seines Oheims. Zu seiner Enttäuschung blieb sie aus. Er musste Hermann also noch mehr reizen, damit dieser die günstige Gelegenheit nicht verstreichen ließ, um sich des unliebsamen Verfolgers ein für alle Mal zu entledigen.

»Übrigens hat mir der Junge noch etwas erzählt. Er fand es so aufregend, dass er es nicht für sich behalten konnte, und ich vermute, dass es dich auch interessieren dürfte«, sagte Richard betont beiläufig. »Der Bärenführer hat ihm nämlich anvertraut, dass er eigentlich nur deshalb nach Augsburg gekommen sei, um den Mörder seiner Familie zur Strecke zu bringen. Und er werde nicht eher ruhen, bis er es geschafft habe.«

＊

Als der Bettler endlich auftauchte, dämmerte es bereits. Der Bärenführer hatte seine Vorstellung längst beendet und war mit seinem Tier und dem Jungen im Wagen verschwunden, die Zuschauer waren ihrer Wege gegangen oder standen noch bei den Spielleuten, die ihr Zelt ebenfalls auf dem Fronhof aufgeschlagen hatten und sich noch zu ein paar Zugaben hatten bewegen lassen. Hermann und Richard aber saßen hinter demselben Mauervorsprung, hinter dem Stunden zuvor Richard allein gelauert hatte.

Hermann hatte überlegt, seinen Neffen im Quartier zurückzulassen, um nicht das Risiko einer Entdeckung einzugehen. Der Bursche benahm sich manchmal einfach zu tölpelhaft. Außerdem befürchtete er, Richard könne ihm in die Quere kommen, wenn ihn in Gegenwart des Mädchens vielleicht irgendwelche Skrupel befielen. Andererseits konnte es nichts schaden, den Jungen unter seiner Kontrolle zu haben. Letzteres hatte schließlich den Ausschlag gegeben.

Hermann sah sofort, dass der Mann mit der Krücke kein Bettler war. Es geschah genau das Gleiche, was Richard ihm beschrieben hatte. Der Zerlumpte schwang sich in den Wagen, kurz darauf kam der Bärenführer heraus.

Diesmal schlug er allerdings nicht den Weg zum Weinmarkt ein, sondern lief zielstrebig aus der Stadt hinaus und nahm hinter dem Gögginger Tor die Straße Richtung Bergen.

Hermann bremste den viel zu ungeduldigen Richard und hielt sich in gebührendem Abstand hinter Fuhrwerken und kleineren Fußgängergrüppchen. Es war noch viel Volk unterwegs, sowohl Heimkehrer aus der Stadt als auch solche, die noch hineinwollten, sodass es ein Leichtes war, Deckung zu finden. Schwieriger wurde es erst, als der Bärenführer die üblichen Wege verließ und sich seitwärts in die Büsche schlug. Hermann und Richard mussten weit zurückbleiben, um nicht entdeckt zu werden, und dabei höllisch aufpassen, dass sie ihn nicht aus den Augen verloren. Als er schließlich in einer halb verfallenen Köhlerhütte verschwand, schlugen sie einen großen Bogen, um sich dem Versteck von der anderen Seite zu nähern, und kamen erst auf ihrem Lauscherposten in einem Gebüsch neben der Hütte an, als das Gespräch im Inneren schon längst im Gange war. Außer dem Mädchen und dem Bärenführer war niemand zugegen.

»Er ist zurückgeblieben, um auf den Bären aufzupassen. Ich soll dir ausrichten, dass er die Entscheidung dir überlässt«, sagte der Bärenführer gerade.

»Was soll ich denn nur machen?«

Hermann versuchte, durch die Ritzen zu spähen, konnte aber nichts erkennen.

»Ich hatte eine Tochter, die so alt war wie du. Ein Landsknecht hat sie missbraucht und getötet.«

»Das tut mir leid.« Ihr Stimmchen klang hilflos.

»Ich kann mir denken, dass du Schlimmes beim Schmied hast durchmachen müssen. Es erscheint dir daher mehr recht als billig, dass er dafür nun auch seine Strafe erhält.« Er machte eine Pause. »Gerechtigkeit ist gut, aber ich kann nicht zulassen, dass er für etwas, was er nicht getan hat, zu Tode gequält wird. Und glaub mir: Der Gedanke, dass du ihn auf dem Gewissen hättest, würde dir dein Leben vergällen.«

»Was soll ich nur tun?«, schluchzte sie.

»Ich will dir nichts Böses, ich will dir helfen.«

»Ich will nicht zurück in die Schmiede. Wenn ich jetzt wieder auftauche, lassen sie ihn frei, und ich muss zurück. Und dann wird er mich büßen lassen für das, was er im Loch erlitten hat. Aber ich will auch nicht, dass er getötet wird. Schon um Lienharts und Margarets willen.«

»Vielleicht gibt es eine andere Lösung. Ich bin nach Augsburg gekommen, um den Mörder meiner Familie zur Rechenschaft zu ziehen. Wenn ich ihn hier nicht finde, weiß ich nicht, wo ich ihn noch suchen soll. Spätestens in ein paar Tagen werde ich weiterziehen. Ich kann versuchen, mit dem Untersuchungsrichter zu sprechen. Er scheint mir ein vernünftiger Mann zu sein. Du bist alt genug, um nicht mehr zurück zu deiner Muhme zu müssen. Wenn du willst, nehme ich dich mit. Der Richter wird den Schmied laufen lassen. Ich kann Lienhart nicht mitnehmen. Aber wenn du willst, kannst du seinen Platz einnehmen. Und wenn du dir unterwegs in einer anderen Stadt eine Arbeit suchen willst, werde ich dich nicht daran hindern.«

»Ich muss darüber nachdenken.«

Eine Weile herrschte Stille in der Hütte.

Teufel noch eins, dachte Hermann verächtlich, der Kerl redet daher wie ein gottverdammter Pfaffe. Er schaute neben sich nach Richard. Der Junge war während der letzten Rede des Bärenführers unruhig hin und hergewippt. Hermann legte ihm warnend die Hand auf den Arm. Was wollten bloß alle mit diesem albernen kleinen Gänschen!

»Gut«, sagte Barnabas endlich. »Ich will dich nicht drängen und werde morgen Abend wiederkommen. Morgen ist Sonntag, da wird dem Schmied nichts geschehen.«

Er verabschiedete sich von dem Mädchen.

⁓⊚⁓

Barnabas genoss den Weg zurück in die Stadt. Der Himmel war bedeckt, nur hin und wieder war ein Stern zu entdecken. Das reichte ihm. Er fand seinen Weg auch im Dunkeln. Schließlich war er im Wald aufgewachsen.

Die alte Bäumlerin, die ihn mit seiner schweren Stichwunde gesund gepflegt hatte, war nicht nur rein zufällig vorbeigekommen. Seit er sich erinnern konnte, lebte sie in einer Höhle im Wald und versorgte sich selbst mit dem Wenigen, was sie zum Leben brauchte. Sie führte ein gottesfürchtiges, von der Welt abgeschiedenes Leben und näherte sich nur sehr selten dem Dorf oder dem Jagdschloss. Wenn es sich dennoch nicht vermeiden ließ, achtete sie sorgfältig darauf, sich nicht in die Belange der Bewohner hineinziehen zu lassen, da sie nichts mehr fürchtete, als in den Ruf einer Hexe zu geraten. Lediglich zu Barnabas pflegte sie ein besonderes Verhältnis. Nachdem er sich als kleiner Junge in der Nähe ihrer Höhle verirrt hatte, war sie ihm schon einmal als rettender Engel erschienen.

Sie hatte ihm nie verboten, darüber zu reden. Wahrscheinlich weil sie wusste, dass es ohnehin keinen Zweck hatte, einem kleinen Jungen in einer für ihn so spannenden Angelegenheit Schweigen aufzuerlegen, und weil sie nicht wollte, dass irgendjemand etwas Verbotenes oder Geheimnisvolles mit ihrem Dasein in Verbindung brachte.

Er hatte seinen Eltern davon erzählt. Der Vater hatte auf seine Fragen nach der alten Frau nur die Schultern gezuckt, die Mutter gesagt, das sei eine fromme Eremitin, die solle man in Ruhe lassen.

Er hatte sie öfter besucht. Schon damals hatte sie steinalt auf ihn gewirkt. Sie hatte nie über ihr Alter und die Gründe, weshalb sie im Wald lebte, gesprochen. Überhaupt hatte sie kaum etwas gesprochen. Die wichtigsten Dinge des Lebens hatte sie in ihrer Höhle. Irgendwann einmal musste sie sich dazu entschlossen haben, in die Einsamkeit zu ziehen, und diese Gegenstände hergeschafft haben. Werkzeuge und Geschirr, Decken und Kleidung. Alles sah alt aus. Vieles hatte sie mittlerweile notdürftig repariert oder selbst hergestellt. Sie hatte nichts dagegen, wenn er einfach zu ihr hereinkam.

Sie hatte ihm nie etwas gezeigt oder erklärt. Er hatte manchmal einfach nur stundenlang da gesessen und ihr zugeschaut, wie sie ein Fell gerbte, etwas nähte oder in der Bibel las. Dann war er wieder gegangen.

Später hatte Martha sie regelmäßig besucht. Auch mit ihr hatte die Alte nicht viel gesprochen. Aber als sie einmal schwer erkrankte und längere Zeit nicht zur Höhle gehen konnte, war die Bäumlerin zu ihnen in die Jagdhütte gekommen und hatte ihr geholfen. Eine Ausnahme. Denn obwohl sie manchmal gesehen wurde, wie sie Kräuter und Beeren sammelte, wusste niemand aus dem Dorf oder dem Schloss etwas darüber. Kein Kranker wäre auf den Gedanken gekommen, zu ihr zu gehen und um Rat zu fragen. Nicht einmal heimlich. Die alte Bäumlerin hielt sich aus allem heraus.

Nach seiner Genesung hatte Barnabas nichts anderes als Rache im Sinn gehabt. Der Bär war alles, was ihm geblieben war. Er hatte ihn großgezogen, und seine Frau und Martha hatten ihm dabei geholfen. Sie hatten den Kleinen von der alten Bäumlerin bekommen. Die Bärenmutter war bei einer Hatz erlegt worden. Die Bäumlerin hatte Ursus am nächsten Tag in der Nähe ihrer Höhle gefunden und zu ihnen gebracht. Martha hatte den Bären dann später manchmal auf ihren Besuchen bei der Alten mitgenommen.

Als Barnabas zur Bäumlerin von seinen Rachegedanken gesprochen hatte, hatte sie die Bibel aufgeschlagen und ihm eine Stelle daraus vorgelesen, die sie eigens markiert hatte: »*Wer Menschenblut vergießt, dessen Blut soll auch durch Menschen vergossen werden; denn Gott hat den Menschen zu seinem Bilde gemacht.*«

Sie schlug eine zweite Stelle auf und las: »*Die Rache ist mein; ich will vergelten. Zu seiner Zeit soll ihr Fuß gleiten; denn die Zeit ihres Unglücks ist nahe, und was über sie kommen soll, eilt herzu.*«

Dann hatte sie das Buch zugeklappt und die Augen geschlossen. Weder an ihrem Gesicht noch am Ton ihrer Stimme hatte er erkennen können, was sie dachte. Er hatte sich damals bestärkt gefühlt in seinem Rachedurst. Nun aber hallten die Worte des Fürsten in ihm wider. Er hatte die gleiche Stelle wie die Bäumlerin zitiert, aber um den Kommentar des Paulus erweitert. Barnabas fragte sich, warum die Alte ihm diese Erklärung damals vorenthalten hatte. Er war Mitte 30. Sollte er den Rest seines Lebens damit verbringen, durch die Welt zu ziehen auf der Jagd nach diesem Mann? Es lag nahe, dass er sich in Augsburg aufhielt, weil auch der Großteil der Truppen, die das Jagdschloss zerstört hatten, nun hier weilten. Aber was, wenn der Mann gar kein Landsknecht mehr war, wenn er alleine irgendwo im Reich herumzog? Und was, wenn Barnabas ihn endlich gefunden und seine Rache befriedigt hätte? Wie oft hatte er sich schon ausgemalt, den Dreckskerl in Stücke zu hauen, ihm bei lebendigem Leibe die Haut in Streifen abzuziehen und ihm sein Gemächt abzuschneiden. So oft und so lange hatte er es sich ausgemalt, bis es ihm vor sich selbst gegraut hatte. Dann hatte er sich vorgenommen, ihn einfach nur zu töten und ihm dabei in die Augen zu sehen, manchmal auch, ihn auszuliefern, um zu erleben, wie der Henker ihn zurichtete. All diese Vorstellungen hatten ihm keine Befriedigung verschafft. Trotzdem wollte er den Mann zur Strecke bringen. Dieser Wille war geblieben. Er wollte Gerechtigkeit. Aber es graute ihn auch vor der Leere, die ihn erwartete, wenn er den Mann seiner gerechten Strafe zugeführt hatte.

Der Anblick des Mädchens hatte ihn gerührt. Sie war vor einem Vieh geflüchtet, und im Gegensatz zu seiner Tochter war ihr die Flucht geglückt. Vielleicht hätte der Schmied sie auch getötet. Aber er hatte es nicht getan. Vielleicht würde er sie töten, wenn er noch einmal die Gelegenheit dazu bekam. Der Drang, sie zu beschützen, hatte sich in Barnabas geregt. So wie er unwillkürlich auch den Jungen des Schmieds vor dem Fleischhauer gerettet hatte, ohne zu wissen, ob er schuldig war oder nicht. Der Schmied war ein Vieh und hatte Strafe verdient, aber er war kein Mörder und durfte nicht für etwas gerichtet werden, was er nicht getan hatte.

Als Barnabas zurück zum Wagen kam, erwartete Lienhart ihn schon mit Spannung. Der Reitknecht hatte den Jungen gedrängt, sich zur Ruhe zu legen, doch der hatte nicht schlafen können. Peterhans verabschiedete sich, nachdem Barnabas ihn gebeten hatte, am nächsten Abend noch einmal vorbeizukommen, um ihm zu helfen.

»Wie hat Lisbeth sich entschieden?«, wollte Lienhart wissen, als er weg war. »Warum soll der Mann morgen noch mal kommen?«

»Ich habe ihr vorgeschlagen, zusammen mit mir aus Augsburg wegzugehen.«

»Als deine Frau?«

Barnabas lächelte. »Nein. Als meine Helferin.«

»Ich will auch mit dir und Ursus durchs Land ziehen.«

»Ich fürchte, das wird nicht gehen. Dein Vater wird freigelassen, und er wird wollen, dass du seine Schmiede einst übernimmst. Ich glaube, du wirst ein hervorragender Schmied werden.«

»Ich will aber kein Schmied werden. Ich will Bärenführer werden wie du.«

»Vielleicht bin ich ja gar nicht mehr lange Bärenführer«, sagte Barnabas. Er hatte den Gedanken noch nicht
ganz zu Ende gedacht. Er war ihm gerade erst gekommen.
Wenn das Mädchen mit ihm ging, war es vielleicht besser,
das Angebot des Fürsten anzunehmen und ins Thürin-
gische zurück zu gehen. Wolf Goldacker war ein guter
Jagdmeister und verständnisvoller Vorgesetzter. Vielleicht konnte er Barnabas dabei helfen, Lisbeth irgendwo
in der Küche unterzubringen. Es wäre besser für sie, als
im Wagen eines Bärenführers das Leben des fahrenden
Volkes zu führen.

Hermann ließ sich auf dem Rückweg in die Stadt viel Zeit.
Da sie dem Bärenführer nun nicht mehr folgen mussten,
ließen sie ihm genügend Vorsprung und schlenderten
dann ganz gemächlich zurück. Richard verstand diese
Strategie nicht und war sichtlich unzufrieden. Hermann
hatte jedoch nicht vor, ihn in seine Pläne einzuweihen,
da er befürchtete, der Gelbschnabel würde ihm Ärger
bereiten. An seinen Regungen während des Gesprächs
und seiner Ungeduld konnte Hermann ermessen, wie die
Sache stand. Richard hatte sich ernsthaft in das dumme
Gänschen vergafft, der Teufel wusste, weshalb.

Hermann musste dafür sorgen, dass er beschäftigt
blieb, am besten unter Aufsicht, bis die Angelegenheit
bereinigt war. Die Eifersucht auf den Bärenführer riss
ihn ansonsten womöglich noch zu etwas Unüberlegtem

hin. Das wollte Hermann vermeiden. Immerhin war der Junge von seinem Blut. Er würde ihn schon noch kurieren und einen Mann aus ihm machen. Hätte er geahnt, was daraus nun erwachsen war, er hätte den Bengel nie vorzeitig während des letzten Beutezugs zurück nach Augsburg geschickt. Was fiel dem Burschen bloß ein? Sich hinter einem Rockzipfel in der Stadt zu verstecken, wenn draußen in der weiten Welt Ruhm und Ehre warteten! Dabei hatte er doch wahrhaftig Grütze im Kopf und konnte es zu etwas bringen, wenn er nur endlich einmal anfangen wollte, sich wie ein richtiger Landsknecht zu benehmen! Lesen und schreiben zu können, war schön und gut, aber das allein reichte nicht. Dass Bertholds Gutsverwalter ihm sein Zuhause genommen hatte, war ihm offenbar nicht Lehre genug gewesen. Er musste endlich lernen, seinen eigenen Willen durchzusetzen. Unterwegs während ihrer Kämpfe hatte Hermann ihn stets aufmerksam beobachtet. Richard hatte auch nicht einen einzigen Mann angegriffen und erst recht keinen getötet. Um ihn zu schützen, hatte Hermann ihn in der Schlacht bei Mühlberg unter einem Vorwand zum Tross zurückgeschickt. Er hatte gehofft, ihn langsam ans Kämpfen heranführen zu können. Warum bloß hatte er sich doch wieder darauf eingelassen, Richard auf sein Bitten hin früher in die Stadt zurückzuschicken? Wenn Hermann es sich recht überlegte, war es nicht einmal Mitleid, sondern blanker Eigennutz gewesen. Er konnte so einen Schwächling einfach nicht brauchen und hatte keine Lust gehabt, länger auf ihn aufzupassen.

Damit war es jetzt vorbei. Entweder der Bengel spurte oder er konnte sehen, wo er blieb. Sich mal in eine hübsche Fratze zu vergaffen, ging in dem Alter ja vielleicht noch an, aber sich so eine Gans gleich ans Bein zu binden, war die reine Dummheit. Die gehörte nur mal tüchtig gestopft, und fertig. Hermann hatte es endgültig satt.

»Was willst du tun?«, riss Richard ihn aus seinen Gedanken. »Warum hast du ihn so weit vorausgehen lassen? Wäre es nicht besser, ihn hier draußen auf freiem Feld zu beseitigen?«

»Dann tu es doch«, blaffte Hermann. »Ich bin der Letzte, der dich daran hindert.«

Er wusste genau, dass Richard nicht den Mumm dafür besaß. Trotzdem zeigten ihm die plötzlichen Mordgelüste, woran er mit dem Jungen war. Er musste ein Auge auf ihn haben, wenn er nicht wollte, dass der Weichling ihm alles verdarb. Hermann hatte einen Plan, mit dem er gleich mehrere Fliegen mit einer Klappe schlagen wollte. Wenn die Sache gelang, hatte er nicht nur den Bärenführer erledigt und Richard von dem Gänschen befreit, er half damit auch noch dem Schmied aus der Patsche. Denn er wollte ihm helfen, um ihn weiter ausnutzen zu können – ihn und seinen Freund, den Büttel. Es konnte nie schaden, sich einen Schmied und einen Mann der Stadtwache zu verpflichten. Und obendrein würde das Ganze Hermann auch noch eine Menge Spaß einbringen.

Richard ahnte davon nicht das Geringste. Er war zutiefst beunruhigt. Hermann konnte doch diesen Kerl nicht einfach so mit Lisbeth weggehen lassen. Und hatte der etwa tatsächlich vor, die Stadt am Ende vielleicht gar ohne die Befriedigung seiner Rache zu verlassen? Richard musste Lienhart fragen, ob er etwas herausbekommen hatte. Was würde der Kleine wohl davon halten, wenn er erfuhr, dass seine Base die Stelle beim Bärenführer einnehmen sollte?

»Was willst du tun?«, drängte Richard erneut. »Willst du ihn etwa mit dem Mädchen ziehen lassen?«

»Warum nicht?«, fragte Hermann. »Besser könnte es uns doch gar nicht gefallen. Der Bärenhäuter verschwindet, der Schmied kommt frei. Was sollte ich mich da einmischen?«

»Aber er sucht dich«, widersprach Richard. »Das hast du doch gehört. Er hat es vorhin dem Mädchen erzählt. Du hast doch gehört, wie er ihr erzählt hat, dass seine Tochter umgebracht wurde. Er wird nicht eher gehen, bis er dich gefunden hat. Er will mit dem Untersuchungsrichter sprechen. Vielleicht auch über dich. Er weiß, dass du hier bist.«

»Er, er, er«, äffte Hermann ihn nach. »Er weiß gar nichts. Er vermutet es allenfalls. Wenn er mich nicht findet, wird er weiterziehen. Das hat er doch gesagt.«

»Der Kleine hat dich gesehen«, gab Richard zu bedenken.

»Der hat vor allem dich gesehen. Diese kleine Rotznase weiß überhaupt nichts über mich.«

»Aber er wird vielleicht mitbekommen, wenn der Bärenführer Erkundigungen einzieht und nach dir fragt. Er wird sich vielleicht an dich erinnern, wenn Barnabas dich beschreibt, deine vielen Narben ...«

»Pah«, knurrte Hermann. »Zeig mir einen Landsknecht, der keine Narben hat.«

Sonntag, 15. April 1548

AM NÄCHSTEN MORGEN wurde die feiertägliche Ruhe in den Straßen und Gassen durch den pompösen Aufmarsch der Kaiserlichen in den Dom Zu Unserer Lieben Frau gestört. Seit Karl mit seinen Truppen in Augsburg Einzug gehalten hatte, wurde hier wieder von Bischof Otto die katholische Messe zelebriert. Die Großen des Reiches versammelten sich zum Hochamt, um ihrer Sonntagspflicht zu genügen, viele der lutherisch Gesinnten blieben jedoch demonstrativ fern oder gesellten sich zum mehrheitlich den neuen Lehren anhängenden gemeinen Volk in die dafür noch zugelassenen Predigthäuser.

Hermann, der Vernarbte, scherte sich nicht um derlei Fragen. »Die Streitereien der geistlichen Herren sind mir zu fad. Solange die Pfaffen sich uneins sind, was der Herrgott will, entscheide ich selbst, was recht ist«, pflegte er zu sagen. »Der Tag des Herrn ist mir aber allemal heilig, denn da herrscht eine himmlische Ruhe, und ich kann ausschlafen, ohne dass mich einer stört.«

An diesem Sonntag erhob er sich für seine Verhältnisse jedoch schon früh vom Lager. Er wollte nach Richard sehen und ihm Arbeit anschaffen, damit der nicht auf dumme Gedanken kam. Der junge Landsknecht stand gewöhnlich noch vor dem Morgengrauen auf, um in der neuen von Luther übersetzten Bibel, die er im Thüringischen aus dem Hause des Jagdgehilfen mitgenommen hatte, zu lesen. Heute aber saß er mit dem zugeklappten Buch in der Hand da und brütete düster vor sich hin.

Hermann scheuchte ihn auf, ließ sich den üblichen Becher Wein bringen und wies den ob der morgendlichen Betriebsamkeit seines Oheims bass Erstaunten an, für ein ordentliches Frühmahl zu sorgen. Die letzten Tage im Sattel seien entbehrungsreich gewesen, das müsse ein Ende haben, und da gelüste es ihn am Sonntag nach einem deftigen Essen. Er drückte Richard einen Beutel mit Münzen in die Hand, schickte ihn in die nächste Wirtschaft und befahl ihm, es sich ja nicht einfallen zu lassen, nur mit irgendeinem Brei oder einer dünnen Suppe wieder aufzutauchen.

Als Richard nach über anderthalb Stunden mit einem dampfenden Kanincheneintopf zurückkam, lobte er ihn, lud ihn ein mitzuessen und zeigte sich gesprächig, ließ aber bewusst nicht eine einzige Silbe über den Bärenführer und die mit ihm in Verbindung stehenden Ereignisse des Vortags verlauten. Dabei merkte er sehr wohl, wie es den Jungen verlangte, gerade darüber zu sprechen.

Nachdem sie ihr Mahl beendet und Richard die leere Schüssel zurück in die Wirtschaft gebracht hatte, beorderte Hermann ihn auf einen weiteren Botengang zum Hauptmann, dem er die Rückkehr der Rotte und den Tod Siegberts melden sollte. Richard war der Gang unangenehm, fürchtete er doch den Zorn des Hauptmanns wegen der schlechten Nachricht.

Lazarus von Schwendi fiel es jedoch überhaupt nicht ein, den Verlust eines Söldners zu beklagen. Viele der übrigen Hauptleute waren schon kurz nach dem Sieg bei Mühlberg über die Schmalkaldischen mit ihren Landsknechten von Karl entlassen worden. Vor allem die Einheiten, die mit einem großen Tross von Frauen und Kindern, Huren und Marketendern unterwegs waren, hatten den Abschied erhalten. Kleinere Einheiten, wie die berittene Rotte von Hermann dagegen, wurden weiter beschäftigt. Von Schwendi betrachtete es als Privileg, noch im Solde des Kaisers stehen zu dürfen. Entsprechend willfährig zeigte er sich allen Anweisungen Karls gegenüber. So hatte er sich auch sofort zu der wenig ruhmreichen Aufgabe bereitgefunden, den zum Franzosenkönig abgewanderten Söldnerführer Vogelsperger in die Falle zu locken. Kleine Aufträge wie dieser sorgten für Abwechslung. Es war nicht leicht, das wilde Kriegsvolk während des nun schon so lange dauernden Reichstags im Zaum zu halten. Er war daher froh, dass auch ab und an Unterführer wie Hermann auf eigene Faust loszogen, um ihre Leute bei Laune zu halten und sich ein kleines Zubrot zu verdienen. Wenn dabei einer der gemeinen Landsknechte Schaden nahm, war das kein allzu großer Verlust.

Richard war erleichtert, als er zurück ins Quartier kam, aber Hermann erwartete ihn schon mit dem nächsten Auftrag: »Geh in den Stall und putz die Sättel und das Zaumzeug. Oswald wird ein Auge drauf haben, dass du es auch richtig anfängst.«

Der Junge wollte protestieren, aber Hermann kam ihm zuvor: »Großzügig wie ich bin, habe ich es dir durchgehen lassen, dass du früher nach Augsburg zurückgekehrt bist, doch nun solltest du mein Wohlwollen nicht über die Maßen bemühen, sonst …«

»Schon gut, schon gut, aber hat das denn nicht Zeit bis morgen? Immerhin ist heute Sonntag.«

»Ach, und da wollte der feine Herr wohl lieber zu seinem Liebchen gehen, was? Bevor sie sich heute Abend mit dem Bärenhäuter für immer auf und davon macht.«

»Sie ist nicht mein Liebchen. Und der Bärenhäuter wird sich nicht davonmachen, sondern weiter nach dir suchen. Aber das willst du ja nicht einsehen. Weil du Angst vor ihm hast.«

Hermann grinste. Das Bürschchen hielt sich für schlau, glaubte tatsächlich, es könnte ihn mit so einfachen Mitteln reizen. Aber aus seiner Stimme hörte Hermann auch schon die Verzweiflung heraus. Er würde Oswald anweisen, scharf auf den Jungen aufzupassen, damit er ihm nicht in die Quere kam.

Es war noch genügend Zeit, um Richard zum Stall zu begleiten. Oswald hatte sich dort häuslich eingerichtet. Die Pferde waren der kostbarste Besitz der Landsknechte, und Hermann legte Wert darauf, dass auch in der Stadt immer einer der Rotte in ihrer Nähe war. Oswald hatte sich freiwillig erboten, diese Aufgabe zu übernehmen. Er war der Sohn eines Stallknechts und in einem Pferdestall aufgewachsen. Mit seiner Grobknochigkeit, dem länglichen Gesicht, der strohigen Mähne, den riesigen Zähnen und seinem wiehernden Lachen passte er auch bestens dorthin.

Nachdem Hermann seinen Neffen bei Oswald abgeliefert und diesem eingeschärft hatte, Richard auf keinen Fall gehen zu lassen, bevor er selbst wieder zurück sei, machte der Vernarbte sich auf den Weg zu den Unterkünften der Stadtsoldaten am Eserwall. Die Wahrscheinlichkeit, den Vetter des Schmieds zu Hause anzutreffen, war sicher nicht viel größer, als ihm zufällig in der Stadt zu begegnen. Dennoch wollte Hermann es zumindest versuchen. Die Zwingerhäuschen, in denen die Büttel mit ihren Familien untergebracht waren, lagen zwischen dem Graben und der westlichen Stadtmauer. Es waren einfache, mit Lehm ausgestakte Fachwerkbauten, die gerade genug Raum für eine Küche, eine Stube und eine Kammer sowie Keller und Dachboden boten. Hermann fragte sich zur Behausung von Philippus Engelhardt durch.

Der war nicht zu Hause. Seine Frau aber hatte gute Laune, sie schien dankbar dafür, dass ihr Mann ihre Sonntagsruhe nicht störte.

»Er ist schon früher los, weil er noch bei seinem Vetter vorbei wollte. Der sitzt im Loch, Ihr werdet davon gehört haben.«

»Wie kann er eine so schöne Frau wie Euch für einen Grobian wie den Schmied verlassen!«

Die Alte errötete vor Freude bis unter die Wurzeln ihrer schütteren Haare und wusste gar nicht, was sie sagen sollte. Dafür bot sie ihm einen Trunk Wein an.

Er nippte zuerst nur, dann leerte er den Becher auf einen Zug.

»Versucht Euer Glück mal auf dem Weinmarkt, da soll er aufpassen. Lässt sich gerne da einteilen, wo der Bärenführer auftritt, weil er dem Sauhund, der den Siegmund ins Loch gebracht hat, gerne ans Zeug flicken will.«

»Na, da werde ich ihm ja vielleicht helfen können.« Hermann gab ihr den Becher mit einer Verbeugung zurück. »Habt Dank, schöne Frau.«

Sie lächelte großzügig und zeigte dabei ihre fauligen Zahnstummel. Er hätte die alte Hexe nicht einmal mit der Kneifzange angefasst, noch nicht einmal, wenn sie einen Sack über dem Kopf gehabt hätte, aber die Art, wie sie ihm aus der Hand fraß, gefiel ihm. Und der Wein, den sie ihm angeboten hatte, war gar nicht übel gewesen.

Hermann schob sich durch das Gedränge der aus den Kirchen und Predigthäusern strömenden Menschen zum Weinmarkt, wo der Bärenführer und sein junger Helfer schon wieder eine beachtliche Zahl Zuschauer angelockt hatten. Hermann hielt Ausschau nach den aus der Menge herausragenden Spießen der Stadtsoldaten. Er entdeckte Engelhardt zusammen mit einem anderen Büttel in der Nähe des Brunnens. Glücklicherweise standen sie nicht allzu nah bei den Darbietungen des Bärenführers. Wenn Barnabas ihn jetzt in der Menge erkannte, waren Hermanns Pläne hinfällig.

Er drängelte sich von hinten an Engelhardt heran und klopfte ihm auf die Schulter. Der Stadtsoldat fuhr herum. »Wer wagt es …«

Sein Atem stank nach Bier, sein Blick war leicht verschwommen. Er hatte den Sonntag schon ein wenig gefeiert und erkannte Hermann erst auf den zweiten Blick. »Was wollt Ihr?«

»Ich habe Neuigkeiten.«

»So? Ich hoffe, gute. Dem Schmied geht's an den Kragen, wenn nicht bald etwas geschieht. Bisher haben die Eisenknechte sich noch hinhalten lassen, aber morgen werden sie mit der peinlichen Befragung beginnen.«

»Hat der Schmied das gesagt?«

»Wieso?«

»Eure Alte meinte, Ihr seid schon früher los, um ihn zu besuchen.«

»Was schwätzt sie rum? Was geht's Euch an? Ich weiß es, das ist genug.«

Hermann grinste. Ob der Kerl tatsächlich beim Schmied vorbeigeschaut hatte, wagte er zu bezweifeln. Sein Kumpan wirkte mindestens genauso angetrunken wie Engelhardt. Er beachtete Hermann gar nicht, sondern verfolgte weiter mit müden Augen das Geschehen auf dem Weinmarkt.

»Was gibt's denn da zu grinsen?«, giftete Engelhardt. Seine säuerliche Fahne war ekelerregend.

Hermann wich einen Schritt zurück. »Keine Sorge, so weit wird es nicht kommen«, beschwichtigte er. »Ich habe sichere Hinweise über den Verbleib des Mädchens. Der Bärenführer hält sie versteckt.«

»Der Schurke!« Engelhardt wandte sich der Vorführung zu. Fast sah es aus, als wollte er sogleich auf den Mann losgehen, der gerade seinen Bären anleitete, auf ein Fass zu klettern.

»Gemach, gemach!«, mahnte Hermann und hielt ihn am Arm. »Wenn Ihr unbesonnen vorgeht, wird er alles leugnen, und Ihr erreicht gar nichts. Er hat das Mädchen natürlich nicht bei sich im Wagen.«

»Was schlagt Ihr vor?«

»Ich weiß, wo er sie versteckt hält. Dort wird er sie heute Abend aufsuchen. Ihr müsst ihm auflauern und ihn dann auf frischer Tat ertappen.«

»Wo?«

»Zunächst müsst Ihr mir versprechen, auf keinen Fall vor der Zeit dort zu erscheinen, damit Ihr nicht alles verderbt.«

»Jaja, wo ist sie?«

»Und Ihr müsst genügend Leute dabei haben, um ihn festzunehmen, denn der Kerl ist mit dem Teufel im Bunde, das habt Ihr ja schon gemerkt.«

»Ja, und sein Bär ist es auch, aber nun sagt endlich, wann und wo?«

»Noch eins: Ich möchte mit der Sache nichts zu tun haben. Dem Schmied gegenüber könnt Ihr meinetwegen sagen, dass ich Euch auf die richtige Fährte geführt habe, aber der Ruhm gebührt allein Euch.«

Der Büttel musterte ihn misstrauisch. »Wieso so geheimnisvoll.« Dann schien er einen Verdacht zu haben. »Woher wisst Ihr das alles?«

Hermann tat verlegen, druckste ein wenig herum. »Das ist der springende Punkt. Ich möchte nicht, dass eine gewisse Person, die in die Vorgänge verwickelt ist, damit in Verbindung gebracht wird.«

»Euer Neffe?«

»Gebt Euch zufrieden mit dem, was ich Euch gesagt habe.«

»Na schön. Also wo hat der Schuft das Mädchen versteckt, und wann wird er es aufsuchen?«

»In einer alten verlassenen Köhlerhütte an der Wertach nahe Pfersee.« Hermann beschrieb ihm den genauen Weg.

Der Büttel wollte sofort los.

Hermann hielt ihn zurück. »Denkt an Euer Versprechen. Und Ihr solltet zuerst den Untersuchungsrichter alarmieren, vielleicht will er ja dabei sein. Auf jeden Fall müsst Ihr Verstärkung holen und genügend Leute mitnehmen. Wenn Ihr ihm folgt, ist die Gefahr, dass er Euch entdeckt, viel zu groß. Aber Ihr habt noch viel Zeit. Wenn Ihr nach dem Vesperläuten vor Ort seid und ihm dort auflauert, reicht das. Er hat nämlich noch einen Helfer, einen alten Bettler, der hier in der Stadt auf seinen Bären aufpasst, während er weg ist. Mit dem hat er sich verabredet. Wenn Ihr ihn also ohne das verfluchte Untier antreffen wollt, müsst Ihr tun, was ich Euch gesagt habe.«

Das schien den Büttel zu überzeugen. »Ich werde zu Althammer gehen.« Er schielte nach dem Bären und nickte noch einmal zustimmend.

＊

Barnabas hatte beschlossen, das Schicksal entscheiden zu lassen. Er wollte mit Martinus Althammer sprechen. Der Untersuchungsrichter schien einer zu sein, mit dem man reden konnte, der nicht stur nach den Buchstaben des Gesetzes vorging, sondern über eine Menge gesunden Menschenverstand verfügte. Barnabas hatte sich bei Gustav Peterhans nach ihm erkundigt.

»Man hört viel Gutes über ihn«, erzählte der Mann, der für Johann Friedrich viel mehr als nur ein einfacher Reitknecht war. »Er gilt als einer, der sich mit allen verständigen kann. Der alte Conrad Peutinger, der langjährige Augsburger Stadtschreiber, der Ende letzten Jahres verstorben ist, soll sein Gönner gewesen sein.«

Barnabas hatte nur die Achseln gezuckt. Der Name Peutinger sagte ihm nichts.

»Ich hatte vor Jahren selbst einmal mit Peutinger zu tun«, erklärte Peterhans. »Hab selten so einen besonnenen, schlauen Mann kennengelernt. Wenn dieser Untersuchungsrichter nur ein bisschen was von ihm gelernt hat, könnt Ihr ihm vertrauen.«

Die Ausführungen des Reitknechts hatten bestätigt, was Barnabas selbst über Althammer dachte. Er würde versuchen, mit ihm wegen des Mädchens zu reden. Bei dieser Gelegenheit konnte er ihn dann auch gleich nach dem Vernarbten fragen. Bei seinen Auftritten mit Ursus hielt er zwar stets die Augen offen und durchforstete die Zuschauerreihen nach Landsknechten und Soldaten, aber es gab so viele von ihnen. Seit seiner Ankunft in Augsburg war er noch gar nicht richtig dazu gekommen, nach dem Schurken zu suchen.

Schon während seiner Genesung hatte Barnabas herausgefunden, dass die Landsknechte, die in Trockenborn zusammen mit den Truppen des Herzogs von Alba aufgetaucht waren, dem Hauptmann Lazarus von Schwendi unterstanden hatten. In Ermangelung einer besseren Spur musste Barnabas darauf vertrauen, dass der Schuft immer noch zu von Schwendis Haufen gehörte. Der Hauptmann war nach Johann Friedrichs Wittenberger Kapitulation von Kaiser Karl damit beauftragt worden, den Grimmenstein, die Festungsanlage der Stadt Gotha zu schleifen. Nach Erledigung dieser Mission war von Schwendi weiter zum Reichstag nach Augsburg gezogen. Das Letzte, was über ihn zu hören gewesen war, betraf die Gefangennahme des Hauptmanns Sebastian Vogelsperger, die nicht nur von Gegnern der Kaiserlichen als schändliche, unritterliche Intrige gebrandmarkt worden war. Attribute, die Barnabas auch bestens mit dem Bild des vernarbten Meuchelmörders in Einklang zu bringen vermochte.

Andererseits war aber auch sehr wohl vorstellbar, dass der Schurke nicht mehr unter von Schwendi diente. Nach der Kapitulation waren viele Landsknechte entlassen worden, die nun garteten, was nichts anderes hieß, als dass sie haltlos durch die Lande zogen, marodierten und sich wie die Axt im Walde benahmen. Falls Barnabas den Schuft nicht mehr im Fähnlein von Schwendis fand, war es fast aussichtslos, weiter nach ihm zu suchen.

Mittlerweile war Barnabas auch nicht mehr ganz so sicher, ob es richtig gewesen war, nach Augsburg zu kommen. Das Gespräch mit dem Fürsten hatte seine Wirkung hinterlassen. Wenn der Untersuchungsrichter ihm einen Hinweis geben konnte, dass der Schurke sich tatsächlich hier aufhielt, würde er weiter nach ihm suchen, wenn nicht würde er, falls Lisbeth mit ihm gehen wollte und Althammer mit sich reden ließ, die Suche beenden und zusammen mit dem Mädchen weiterziehen. Wohin, das wusste er noch nicht genau. Auf jeden Fall aber Richtung Thüringen. Er würde schauen, wie er mit Lisbeth zurechtkam, und dann würden sie weitersehen.

Es gab keinen Grund, überstürzt zu handeln. Der Reichstag würde noch ein paar Tage dauern. Es sah nicht danach aus, als sollte aus den Verhandlungen ein dauerhafter Friede erwachsen. Das von Kaiser Karl vorgeschlagene Interim stieß nicht nur bei Johann Friedrich auf Ablehnung. Auch der vermeintliche Verbündete und neue Kurfürst von Sachsen Moritz sowie einige der anderen Kurfürsten sträubten sich dagegen. Barnabas interessierte sich nicht sehr für die große Politik und die Streitereien der Großen und Mächtigen, solange er nicht darunter zu leiden hatte. Aber er hatte scharfe Augen und Ohren und einen regen Verstand. Und er wusste: Der Kaiser hatte einen schweren Stand. Kurfürst Moritz meuterte auch schon, weil sein Schwiegervater immer noch in Donauwörth in strenger Haft gehalten wurde. Karl würde seine hochrangigen Gefangenen nicht ewig festhalten können. Und Johann Friedrichs Angebot war ernst gemeint. Für Barnabas war eine Rückkehr in die Heimat zwar mit bösen Erinnerungen verbunden, aber wer vor der Vergangenheit fortlief, hatte auch keine Zukunft.

Der Junge bedrängte ihn, wollte wissen, was denn nun geschehen würde. Er beneidete seine Base um die Möglichkeit, mit Barnabas fortzugehen. Wäre ihm die Trennung von seiner Mutter auch schwergefallen, so war die Aussicht, bei seinem Vater bleiben zu müssen, doch alles andere als verlockend. Neben dem Neid auf Lisbeth spürte Barnabas aber auch noch etwas anderes, was in seinen Fragen mitschwang, etwas wie Schadenfreude. Barnabas konnte es nicht recht einordnen, zumal es auch nicht ausschließlich Lisbeth zu gelten schien. Der Kleine hielt immer noch mit etwas hinter dem Berg, und Barnabas glaubte nach wie vor, dass es damit zusammenhing, dass die beiden die List mit den Rinderüberresten nicht alleine ausgeheckt hatten. So sehr er auch versucht hatte, es dem Jungen zu entlocken, der Kleine hatte dichtgehalten. Und Barnabas wollte es nicht aus ihm herauspressen. Lienhart und Lisbeth hatten unter dem Schmied genug zu leiden gehabt. Er wollte, dass sie ihm vertrauten.

Er war schon früh zum Haus des Untersuchungsrichters gegangen, um noch vor dem Messgang mit ihm zu sprechen, aber Althammer war nicht da gewesen. So war er wieder auf den Weinmarkt gezogen und hatte die Zuschauer in seinen Bann geschlagen. Nur der Junge, das merkte er deutlich, war diesmal mit seinen Gedanken woanders.

Nach der Vorstellung fuhren sie zum Fronhof, wo wieder der nachmittägliche Auftritt stattfinden sollte. Auf dem Weg dorthin versuchte Barnabas es noch einmal bei Althammer, erneut ohne Erfolg. Der Untersuchungsrichter schien den Sonntag zu genießen. Barnabas dachte nicht weiter darüber nach. Dann würde er am Abend eben zuerst Lisbeths Entscheidung einholen und Althammer morgen in dessen Schreibstube aufsuchen.

Eigens für den Reichstag waren in der Jakobervorstadt weit über 1000 einfache Holzunterstände zur Unterbringung der Pferde gebaut worden. Obwohl viele Besucher einen Großteil der Tiere nach dem pompösen Einzug wieder nach Hause geschickt hatten, reichte der Platz immer noch bei Weitem nicht aus, und viele mussten in den umliegenden Dörfern vor den Toren der Stadt untergebracht werden. Weil Lazarus von Schwendi ein Günstling des Kaisers war, hatten seine Landsknechte samt Pferden in der Jakobervorstadt Quartier beziehen dürfen. Dabei hatte Hermann es nach seinem bereitwilligen Einsatz bei der Gefangennahme Vogelsbergers dank Frechheit und guten Beziehungen sogar geschafft, für seine Rotte die Stallungen des »Seilerwirts« zu besetzen.

Dort putzte Richard die elf Sättel der Rotte. Er hatte die Hälfte bereits mühsam gesäubert und aufgereiht, als Oswald ihn darauf aufmerksam machte, dass sie noch sorgsam einzufetten seien. Anschließend komme dann ja auch noch das Zaumzeug dran, und er könne die Pferde striegeln. Richard war klar, dass sein Oheim ihm mit der Arbeit den Kopf zurechtsetzen wollte. Hermann hatte gemerkt, dass ihm Lisbeth nicht gleichgültig war. Er wollte, dass Richard sie vergaß.

»Deine Schonzeit ist jetzt endgültig vorbei«, hatte er gedroht, als er ihn in Oswalds Obhut zurückgelassen hatte. »Höchste Zeit, dass du lernst, was bedingungsloser Gehorsam heißt. Ab heute bin ich nicht mehr dein Oheim, sondern nur noch dein Rottmeister. Und wenn der dir befiehlt zu kämpfen, dann hast du zu kämpfen, und wenn er dir befiehlt, die Sättel zu putzen, dann hast du die Sättel zu putzen!«

Trotzdem hatte Richard insgeheim gehofft, noch rechtzeitig zu Lisbeth zu kommen, um auf ihre Entscheidung Einfluss nehmen zu können. Nun ging ihm langsam auf, dass er es nach getaner Arbeit nie und nimmer schaffen würde, mit ihr zu sprechen, bevor der Bärenführer es tat. Damit war vielleicht alles zu spät.

Er musste Oswald überlisten und sich aus dem Staub machen, koste es, was es wolle. Dem Pferdegesicht fiel es überhaupt nicht ein, ihm bei der Arbeit zu helfen. Er saß mit dem einäugigen Franz und dem hinkenden Bastian, zwei anderen aus ihrer Rotte, zusammen auf niedrigen Schemeln um eine Futterkiste, die ihnen als Tisch diente, spielte Karten und machte sich einen Spaß daraus, ihn ab und zu mit spöttischen Bemerkungen zur Eile anzutreiben.

Richard schielte während der Arbeit immer wieder zu ihnen hin. Franz, ein vierschrötiger Kerl, der sein Auge schon als Kind bei einem Kampf mit seinem Bruder eingebüßt hatte, verlor ständig. Es war ihm anzumerken, dass er langsam keine Lust mehr hatte. Er wurde zunehmend verdrossener, zumal den Dreien wieder einmal das Bier zur Neige ging, und die Magd, die es in regelmäßigen Abständen aus der Schankstube brachte, gar zu lange auf sich warten ließ.

»Warum setzt du dich nicht lieber rein in die Wirtschaft, Franz?«, fragte Richard, der die Gelegenheit für gekommen hielt. »Da geht's ganz sicher lustiger zu als hier und dein Geld könntest du auch genauso gut verhuren. Da wär es immer noch besser angelegt, als es den beiden Halsabschneidern in den Rachen zu werfen, und du hättest wenigstens noch deinen Spaß dabei.«

»Was weißt du schon von der Hurerei, du Milchbart! Pass auf, was du sagst!«, schalt Oswald, der nicht erpicht darauf war, alleine bei Richard zurückbleiben zu müssen. »Der Franz spielt nicht schlecht, ihm fehlt nur heut ein bisschen das Glück.«

»So ist es«, knurrte Franz. »Aber ganz unrecht hat der Bengel nicht. Vor allem hab ich Durst, und die Trödel-Trude kommt nicht.« Er stand auf.

»Und was ist mit unserem Spiel?«, fragte Oswald.

»Ihr könnt doch mitgehen«, sagte Richard. »Ich komm schon alleine zurecht. Helfen wollt ihr mir ja eh nicht.«

»Fällt uns ein!«, höhnten Franz und Bastian.

Oswald musterte ihn misstrauisch. Richard sah, dass er versucht war, den Vorschlag anzunehmen, und schwer mit sich kämpfte.

»Ich werd schon nicht weglaufen. Wo soll ich denn hin?«

»Na komm schon«, drängte Bastian, der am meisten gewonnen hatte. »Wir spielen in der Schankstube weiter.« Er erhob sich ebenfalls.

Oswald zögerte.

»Ich werde dem Rottmeister auch ganz sicher nichts verraten«, versprach Richard.

»Soso, du verrätst mich also nicht?« Über Oswalds Gesicht lief ein breites Grinsen, das alle seine Pferdezähne sichtbar werden ließ. »Und so einem Milchbart wie dir soll ich trauen? Einen wie dich braucht man doch nur anzuhusten und du erzählst einem alles, was man will!«

»Wenn Hermann kommt, während du weg bist, sag ich einfach, ein hoher Herr habe in der Schankstube nach einem Mann mit Pferdeverstand gefragt, worauf der Bastian dich bloß für ein paar Augenblicke aus dem Stall geholt habe.« Er sah Bastian flehentlich an.

Oswalds Blick folgte dem seinen.

Bastian streckte ihnen abwehrend die Hände entgegen. »Leckt mich im Arsch. Ich geh jetzt. Wegen so was leg ich mich doch nicht mit dem Rottmeister an!« Er folgte Franz, der schon an der Stalltür war.

Oswald nickte ihm mürrisch hinterher. Dann sah er Richard stirnrunzelnd an. »Das hast du dir schön ausgedacht, was? Aber nicht mit mir!« Er stand von dem niedrigen Schemel auf, setzte sich, mit dem Rücken an einen Balken gelehnt, ins Heu, streckte die Beine aus und machte es sich gemütlich. »So hab ich dich besser im Blick. Und jetzt schau, dass du endlich fertig wirst!«

✦

Anders als an den Werktagen herrschte auf dem Weg hinaus nach Bergen nur sehr mäßige Betriebsamkeit. Es gab keine Märkte. Die Menschen waren froh, ihre Ruhe zu haben, die Händler und Bauern verbrachten den Tag daheim oder bei Freunden oder Verwandten. Diejenigen, die in die Stadt zur Kirche oder zu Besuchen gegangen waren, saßen entweder noch in irgendeiner Wirtschaft oder waren längst wieder zu Hause.

Nachdem Hermann das Stadttor passiert hatte, befand er sich allein auf weiter Flur. Er hatte überlegt, ob er das Pferd nehmen sollte, sich aber doch dagegen entschieden. Er wollte nicht von Weitem gesehen und gehört werden, wollte sich in die Büsche schlagen, wenn nötig. Und er wollte nicht, dass Richard fragte, wohin er reite.

Er verließ die Straße viel früher als nötig und nahm einen schmalen Weg an der Wertach entlang, auf dem er sich in der Deckung des Ufergehölzes bewegen konnte. Da er sich sorgfältig eingeprägt hatte, wo die Hütte lag, wollte er sich rechtzeitig von dem Weg seitwärts in die Büsche schlagen, um dann nicht über den zugewachsenen Trampelpfad, sondern quer durch den Wald die versteckte Lichtung zu erreichen. Sein Orientierungssinn funktionierte hervorragend und brachte ihn schnell und ohne größere Umweg in die Nähe der Hütte.

Hermann verlangsamte seine Schritte erst, als er in etwa 50 Schritt Entfernung rechts von sich durch die Bäume den verfallenen Unterschlupf erkennen konnte. Er suchte sich seinen Weg nun dort, wo es nass und bemoost war und das Rascheln trockenen Laubes seine Annäherung nicht zu früh verriet. Trotzdem schaffte er es nicht, das Mädchen völlig zu überraschen. Als er nur noch zehn Schritte von der verfallenen Hütte entfernt war, sah er eine Bewegung an dem dunklen Eingangsloch. Hätte er nicht gewusst, dass sich jemand dort befand, wäre es ihm nicht aufgefallen, so aber sah er etwas zucken. Sie musste vorsichtig nach draußen gespäht und ihn entdeckt haben. Wenigstens lief sie nicht weg. Er hatte keine Lust auf eine wilde Verfolgungsjagd mit Geschrei, die im schlimmsten Fall vielleicht auch noch Zuschauer anlockte. Wahrscheinlich hatte die Angst sie gelähmt, und sie wollte sich drinnen verstecken, in der unsinnigen Hoffnung, er käme nur zufällig vorbei und würde einfach weitergehen.

Unmittelbar vor der Hütte blieb er einen Augenblick stehen und lauschte. Die Geräusche des Waldes waren zu hören, sonst nichts. Er trat an den Eingang, baute sich so auf, dass er ihn fast vollständig mit seinem Körper ausfüllte und wartete, bis sich seine Augen an das Dunkel in dem Loch gewöhnt hatten. Dann sah er sie. Sie hatte sich in der hintersten Ecke auf einem Lager aus Moos und Blättern zusammengekauert und starrte ihn aus angstvoll geweiteten Augen an.

Er genoss den Anblick, schwieg und wartete, was sie wohl tun würde. An ihrem Gesicht konnte er ablesen, dass sie ihn erkannt hatte. Schnell wurde ihr das Schweigen zu viel.

»Hat Richard Euch geschickt?«, fragte sie mit zittriger Stimme.

Er lachte. »Seh ich aus, als ließe ich mich von so einem Gelbschnabel zum Laufburschen machen?«

»Dann … dann … wie seid Ihr dann …?« Die Stimme versagte ihr oder sie wusste nicht weiter.

»Du willst wissen, wie ich dich gefunden habe?« Er lachte wieder. »Das war nicht allzu schwer. Es gibt ja genug Trampel, die dich hier besuchen kommen, nicht wahr. Irgendwas musst du wohl an dir haben, dass die Kerle so auf dich fliegen.«

Er trat näher, sie verkroch sich noch weiter in ihre Ecke, zog die Füße an den Leib.

»Dem Schmied hast du wahrscheinlich auch besser gefallen als seine Alte. Deshalb bist du wohl auch weggelaufen, was?«

»Ihr werdet mich doch nicht zu ihm zurückbringen?«

»Kommt ganz drauf an.« Er trat noch näher an sie heran, sodass seine Stiefelspitzen fast ihre Füße berührten. »Was sollte mich denn deiner Meinung nach davon abhalten?«

»Ihr seid doch Richards Oheim und da dürft Ihr doch nicht …« Sie zögerte, wusste nicht recht, wie sie den Satz vollenden sollte.

»Und da meinst du, ich darf seinem Glück nicht im Weg stehen, was?« Er lachte wieder. »Dann überzeug mich doch mal, dass du sein Glück bist. Steh auf, lass dich mal anschauen.«

Sie erhob sich langsam und ängstlich und bewegte sich dabei einen Schritt von ihm weg, bis sie mit dem Rücken an der Stangenwand stand.

Er trat näher. Sah ihr in die Augen. Ihre Angst erregte ihn. Das war etwas anderes als die willigen abgehalfterten Weiber beim Tross, die billigen Huren, die bereitwillig die Beine breit machten. Er war ein Raubtier und liebte die Jagd, die Gegenwehr, er packte sie blitzschnell mit beiden Händen, mit der linken am Hals, mit der rechten riss er ihr das Gewand auf. Sie schrie. Seine rechte griff nun auch nach ihrem Hals. »Hör auf zu schreien oder …« Er drückte zu. »Hör auf zu schreien!« Sie schrie gar nicht mehr, sondern röchelte nur noch. Ihre Augen waren riesengroß. »Wenn du nicht schreist, lass ich los.« Sie nickte.

Er lockerte den Griff. Sie keuchte, schrie aber nicht. Seine Hände glitten tiefer zu ihren kleinen Brüsten. Sie schluchzte, biss sich auf die Lippen, bis sie bluteten. Er schleckte ihr mit der Zunge durchs Gesicht, leckte das Blut und die salzigen Tränen ab. Sie schloss die Augen. Er riss ihr die Röcke hoch, sein rechtes Knie drängte zwischen ihre Schenkel. Die Stangenwand hinter ihr ächzte. Er schleuderte sie auf das Mooslager, bestrafte den Schrei, der ihr entfuhr, mit zwei Tritten in die Seite. Sie schrie lauter. Er ging neben ihr in die Knie, schlug ihr rechts und links ins Gesicht. Ihre Nase blutete. Bevor er sich über sie hermachte, riss er ihr noch die letzten Fetzen vom Leib und zwang ihr den Stoff zwischen die Zähne, um die Schreie zu dämpfen.

Als er genug hatte und von ihr abließ, war ihr der Knebel aus dem Mund gefallen, aber sie war nicht mehr in der Lage zu schreien, sondern stöhnte nur noch schwach.

»Nicht schlecht«, grunzte er, während er sich abwischte. »Der Junge hat gar keinen so üblen Geschmack. Eigentlich schade, dass es nichts mit euch werden kann.«

Mühsam schlug sie die von seinen Schlägen zuschwellenden Augen auf. »Was …«, murmelte sie, »… was wollt Ihr …«

»Ich kann dich natürlich nicht am Leben lassen.«

Trotz allem, was er ihr schon angetan hatte, schien sie damit nicht gerechnet zu haben. Maßloses Entsetzen zeichnete sich ab in ihren Zügen, die gleich darauf einen flehentlichen Ausdruck bekamen.

»Nein, bitte … ich gebe Euch … alles, was ich hab …«

»Was könntest du noch haben, was ich mir nicht schon genommen hätte?«

Sie langte unter das Moos, wo ein kleines Beutelchen versteckt war, und zog ein silbernes Kreuz an einer Kette daraus hervor.

»Von meiner Mutter aber lasst mich …«

»Danke«, sagte er und nahm es ihr aus der Hand. »Sehr hübsch.« Er betrachtete das Kreuz genauer. Pfiff durch die Zähne. »Erstaunlich.«

Sie nickte schwach. Ein leiser Hoffnungsschimmer trat in ihre Augen.

Er hängte sich die Kette um den Hals, schob sie unter sein Hemd. »Aber leider zu wenig.«

Er warf sich wieder auf sie. Grob griffen seine Hände ihre Kehle und drückten zu.

Ihre Gegenwehr war gering. Ein kraftloses Zappeln, ein Zucken. Der Schrei, den sie ihrem geschundenen Leib entringen wollte, erstickte in einem letzten Röcheln.

Minutenlang blieb er auf ihr liegen und lauschte in die plötzliche Stille. Der Wald schien den Atem anzuhalten. Er genoss es, ihren noch warmen Körper zu spüren, zu fühlen, wie sie langsam erstarrte.

Da hörte er draußen ein Rascheln, hob den Kopf. In dem Augenblick, in dem er sich auf die Knie aufrichtete, verdunkelte ein Schatten den Türrahmen. Er sah über die Schulter.

Die Gestalt, die dort stand, konnte vermutlich noch weniger erkennen als er, trotzdem stürzte sie sich mit einem wilden Schrei auf ihn und packte ihn von hinten an der Kehle. Hermann war zu überrascht, um schnell genug zu reagieren, sodass sein Gegner ihn einige Augenblicke würgte. Sprechen ging nicht, er röchelte nur mehr und merkte, dass es todernst war. Er griff mit der Hand nach hinten, erwischte den Kerl zwischen den Beinen und quetschte das, was er zu fassen bekam. Der Würgegriff lockerte sich. Hermann schüttelte den Gegner ab, drehte sich um, sah etwas auf sich zukommen, wich aus und spürte im nächsten Moment einen stechenden Schmerz im linken Arm.

Es war Richard, der ihn mit dem Katzbalger erwischt hatte.

»Bist du verrückt geworden?«

»Ich nicht, aber du!«

»Was soll das heißen?«

»Ich verachte dich.«

»Weil ich stark genug bin, um mir alles zu nehmen, was ich will?«

»Nein! Weil du ein Schwächling bist, der sich nicht beherrschen kann.«

Erneut drang er mit dem Katzbalger auf ihn ein, Hermann, der immer noch kniete, entging dem Stoß nur mit knapper Not.

»Alle Achtung«, knurrte er spöttisch. »Hast du das Gleiche auch mit Oswald gemacht?«

»Nein, der Trottel ist einfach … eingeschlafen.« Mitten im Satz fintierte Richard. Hermann wich aus, aber Richard ließ nicht ab, sondern stürmte sofort wieder auf ihn ein. Hermann versuchte, seinen Arm zu fassen, um ihm das Kurzschwert zu entwinden, dabei erwischte Richard ihn am anderen Arm. Eine harmlose Fleischwunde, doch Hermanns Zorn war nun endgültig geweckt. Er sprang auf.

»Lass das Schwert fallen, bevor ich mich vergesse und dir zeige, wer der Stärkere ist.«

»Das weiß ich auch so. Du bist nicht stark, du hast dich nicht einmal selbst in der Gewalt!«, keuchte Richard bitter und drang erneut auf ihn ein.

Diesmal war Hermann gewappnet, eine schnelle Bewegung zur Seite, Richard stolperte über sein ausgestrecktes Bein und stürzte auf das tote Mädchen.

Hermann zückte den Dolch, den er immer für Notfälle im Stiefel mitführte, aber es war nicht mehr nötig. Richard stand nicht mehr auf. Beim Sturz war ihm das Kurzschwert entfallen und die scharfe Klinge in die Brust gedrungen. Hermann beugte sich über den Jungen und drehte ihn auf den Rücken. Die Klinge steckte nicht im Herzen, aber Hermann sah mit einem Blick, dass er nichts mehr für ihn tun konnte.

Richard stöhnte, spuckte Blut. Wahrscheinlich würde er noch eine Weile leben.

Hermann überlegte. Bald würden der Bärenführer und die Büttel auftauchen. Er musste verschwinden und vorsichtig sein, damit er ihnen nicht begegnete. Den Jungen konnte er nicht mitnehmen, aber er durfte es auch nicht riskieren, ihn so zurückzulassen. Da kam ihm ein Gedanke. Er zog den Katzbalger aus dessen Brust. Richard sah ihn mit flehendem Blick an.

»Du bist ein kluges Bürschchen«, sagte Hermann, »doch für diese Welt warst du leider zu blöd.«

Damit stieß er ihm die Waffe ins Herz.

Barnabas war gespannt, wie sich das Mädchen entschieden hatte. Er kannte sie nicht gut genug, um zu wissen, was sie bewegte. Aus dem wenigen, was Lienhart über die Verhältnisse zu Hause erzählt hatte, konnte er sich zusammenreimen, wie groß die Angst vor dem Schmied sein musste, die sie angetrieben hatte, diese seltsamen Ränke mit dem Rindvieh zu spinnen. Dabei glaubte Barnabas immer noch felsenfest, dass den beiden jemand geholfen hatte. Sie hatte von einem Knecht aus der Stadtmetzg gesprochen, der ihr lediglich den Kadaver besorgt hatte, aber er war so gut wie sicher, dass dies nicht die ganze Wahrheit war, dass es noch jemanden gab, der die Planung übernommen hatte und auch jetzt ihre Entscheidung mit beeinflusste. Vielleicht eine Freundin? Ein Freund? Wenn sie einen Schatz hatte, wäre sie sicherlich mit ihm auf und davon gegangen. Dann hätte es keinen Grund für dieses Versteckspiel gegeben. Es sei denn, es sollte noch etwas anderes damit bezweckt werden. Rache am Schmied? Barnabas schloss das eher aus, schließlich war der erste Verdacht auf ihn selbst gefallen, und wäre er nicht klug genug gewesen, wäre er diesem heimtückischen Spiel auch zum Opfer gefallen und hinge jetzt schon am Galgen. Wer wollte ihm schaden? Es musste ein Freund des Mädchens sein und gleichzeitig einer, der ihn kannte und sogar hasste.

Während ihm solche Gedanken durch den Kopf gingen, war er der Köhlerhütte ziemlich nahe gekommen. Es dämmerte schon. Die sonst so lebendige Natur kam ihm seltsam still vor. Er selbst gab sich keine Mühe, leise zu sein. Vor der Hütte rief er halblaut nach Lisbeth, um das Mädchen vorzuwarnen. Es kam keine Antwort. Kein

Laut war drinnen zu hören. Er trat ein. Als er die zwei halb nackt übereinander liegenden Körper gewahrte, war seine erste Eingebung, sich wieder unauffällig zurückzuziehen. Ihre seltsame Reglosigkeit ließ ihn jedoch verharren. Dann gewöhnten sich seine Augen an das Halbdunkel, und seine Hand zuckte unwillkürlich zum Dolch. Er beruhigte sich wieder. Außer ihnen war niemand in der Hütte. Er blieb noch eine Weile stehen und horchte, ob draußen etwas Verdächtiges zu vernehmen wäre. Nach wie vor herrschte eine drückende Stille.

Er trat näher an das Mooslager und beugte sich zu den beiden hinab. Lisbeth lag auf dem Rücken, ein schlaksiger Kerl in Landsknechtstracht lag bäuchlings auf ihr. Seine Hosen waren heruntergezogen, das Mädchen schien völlig unbekleidet zu sein. Fast sah es aus, als wären die beiden noch mitten im Liebesspiel, hätte Lisbeths Gesicht nicht die Spuren roher Gewalt verraten, hätten ihre geschwollenen Augen nicht so leblos gestarrt.

Der Landsknecht hatte sie überfallen und missbraucht. Irgendwie musste es ihr gelungen sein, ihn zu töten, bevor sie selbst ihren Verletzungen erlegen war. Barnabas drehte den Kerl auf den Rücken. Trotz des Halbdunkels glaubte er, das Gesicht schon einmal irgendwo gesehen zu haben. Dann schweifte sein Blick zum Körper des so grausig zugerichteten Mädchens. Erinnerungen stiegen in ihm auf. Die Erinnerung an Martha. Er hatte nicht gesehen, wie sie da gelegen war, nachdem dieses Vieh ihr Gewalt angetan hatte, aber sie musste ähnlich ausgesehen haben. Tränen schossen ihm in die Augen, ein Würgen stieg in seiner Kehle hoch. Und dann wusste er auch, woher er den jungen Landsknecht kannte. Er hatte zu der Rotte des Schurken gehört, der sie in Trockenborn feige überfallen hatte, der seine Frau und seine Tochter getötet und ihn selbst schwer verletzt hatte. Der Bursche war nicht von Anfang an dabei gewesen, sondern erst später zusammen mit einem anderen Strolch mit den Pferden nachgekommen. Einen kurzen Augenblick nur hatte Barnabas ihn gesehen, aber das Gesicht hatte sich ihm eingeprägt, ebenso wie das Aussehen der übrigen Schufte.

Der Dreckskerl, der ihm seine Familie genommen hatte, er war tatsächlich in der Nähe und hatte jetzt, da Barnabas fast schon bereit gewesen war, auf seine Rache zu verzichten und ein neues Leben zu beginnen, den vergifteten Pfeil, der immer noch in der Wunde steckte, gepackt und umgedreht. Beim Anblick Lisbeths drohte der Schmerz Barnabas erneut zu überwältigen. Schmerz und Hass! Er ahnte, dass hinter dem Tod der beiden jungen Leute der Vernarbte steckte. Und er schwor sich, er würde den Teufel kriegen, er würde nicht eher ruhen, bis er ihn beseitigt hatte. Wut stieg in heißen Wellen in ihm hoch. Seine Augen waren blind vor Tränen, seine Ohren taub vom Pochen seines eigenen Blutes.

Er musste sich jetzt zusammennehmen und kühlen Kopf bewahren. Sollte er mit dem Untersuchungsrichter sprechen? Die Landsknechte waren Kaiserliche und fielen nicht unter die Gerichtsbarkeit der Stadt. Wenn Barnabas Gerechtigkeit wollte, musste er auf eigene Faust handeln. Trotzdem musste er den Fall anzeigen.

Es widerstrebte ihm, die beiden Leichen so liegen zu lassen, aber er hatte keine Zeit, sich um sie zu kümmern. Er konnte später dafür sorgen, dass man sie fand, damit der Schmied, der also tatsächlich unschuldig zu sein schien, aus der Untersuchungshaft entlassen wurde. Jetzt musste er schnellstens zurück in die Stadt und mit Lienhart sprechen. Der Junge wusste mehr, als er bisher verraten hatte. Vielleicht konnte er ihn sogar zu dem Vernarbten führen.

Barnabas warf noch einen letzten Blick auf das Mädchen. Da hörte er hinter sich ein Geräusch, fuhr herum. Etwas Hartes traf ihn am Kopf. Ein Schmerz, grell wie ein Blitzschlag. Ein Donner und dann nur noch Schwarz.

DER UNTERSUCHUNGSRICHTER

Die Köhlerhütte war von bis an die Zähne bewaffneten Stadtsoldaten umstellt, die nun auf den Befehl ihres Hauptmanns Matthäus Miller langsam vorrückten. Miller selbst blieb zusammen mit dem Untersuchungsrichter in der Deckung eines in Sichtweite befindlichen Gesträuchs zurück und beobachtete das Geschehen.

Lange hatten sie in ihren Verstecken gewartet, ohne dass der von Engelhardt angekündigte Bärenführer aufgetaucht war. Schließlich hatte Martinus Althammer entschieden, die Büttel sollten vorsichtig auf den Verschlag zumarschieren und wenn nötig stürmen. Angerle und Leupholz befanden sich unter den Vordersten, welche die Hütte erreichten. Wer sich allerdings als Erster hineindrängte, war Engelhardt. Er hatte die ganze Aktion veranlasst – wenn der Landsknecht ihn zum Besten gehalten hatte und alles nur falscher Alarm war, hatte er sich bis auf die Knochen blamiert.

»Da seid Ihr ja endlich! Habe ich Euch nicht gesagt, Ihr sollt zum Vesperläuten da sein? Wäre ich nicht selbst hergekommen, der feige Meuchelmörder wäre längst über alle Berge!«

Der Vernarbte erhob sich vom Boden, wo er in aller Seelenruhe gesessen und gewartet hatte.

Angerle zwängte sich hinter Engelhardt durch den schmalen Eingang ins Innere der Hütte. Nachdem sich seine Augen an das Dunkel gewöhnt hatten, sah er die nackt übereinander liegenden Leichen. Das gesuchte

Mädchen und ein junger Bursche. Im Rücken des Jungen steckte ein Dolch.

»Der Dolch gehört dem da«, erklärte der Vernarbte und deutete in die entgegengesetzte Ecke.

Dort lag der Bärenführer, an Händen und Füßen gefesselt, und schien nicht bei Bewusstsein zu sein. Zumindest waren seine Augen geschlossen.

Leupholz versuchte, sich nun auch noch in die Hütte hereinzuquetschen, doch Angerle hielt ihn mit einem leichten Stoß vor die Brust davon ab. »Hier ist es voll genug. Ruf den Hauptmann und den Untersuchungsrichter!«

Brummig gab der Büttel nach.

Neugieriges Gemurmel erhob sich vor dem Verschlag. Ein paar der Männer versuchten, einen Blick durch den Eingang zu erhaschen. Endlich kamen die beiden Autoritäten.

»Was ist hier vorgefallen?«, fragte Martinus Althammer an Angerle gewandt.

»Das ist der Mann, der mir gesagt hat, dass wir hier fündig würden.« Engelhardt wies auf den Vernarbten. »Er hat den Bärenführer gefangen.«

Der Landsknecht erhob sich und deutete eine Verbeugung an. »Hermann von Pferrsheim, Rottenführer im Fähnlein des Lazarus von Schwendi.«

Althammer musterte ihn eine Weile schweigend. »Woher wusstet Ihr, dass das Mädchen hier ist?«, fragte er dann ohne Umschweife.

»Der bedauernswerte Junge dort«, der Vernarbte wies auf den Toten, »ist mein Neffe Richard. Ich fürchte, er hat den Fehler gemacht, sich in das Mädchen zu vergaffen. Jedenfalls hat er der Kleinen geholfen, sich hier vor den Nachstellungen des Schmieds zu verstecken. Leider erfuhr ich erst heut in der Früh von diesen Dummheiten. Ich habe dann sofort den Büttel darüber in Kenntnis gesetzt.« Er nickte zu Engelhardt hinüber.

»Aber sagtet Ihr ihm nicht, dass der Bärenführer herkommen würde? Woher wusstet Ihr das? Was hatte der Bärenführer mit Eurem Neffen zu schaffen?«

»Tja, der Fall liegt leider nicht ganz so einfach. Ich musste das aus meinem Neffen erst alles mühsam herausquetschen.« Hermann räusperte sich. »Wie Ihr vielleicht wisst, hat der Bärenführer den Jungen des Schmieds als Gehilfen beschäftigt. Der Bengel steckte mit seiner Base unter einer Decke. Irgendwie muss der Bärenführer dahinter gekommen sein und das Mädchen aufgespürt haben. Er wollte die Kleine wohl für sich. Sie hat Richard erzählt, dass er sie heute nach dem Vesperläuten besuchen wollte. Wenn sie ihm dann nicht zu Willen sein wolle, würde er sie töten.«

»Das ist eine Lüge!« Der Bärenführer hatte die Augen aufgeschlagen und wand sich in seinen Fesseln. »Der Kerl ist ein gottverdammter Lügner. Er hat das Mädchen geschändet und den Jungen ermordet!«

»Ach, sieh an«, sagte der Untersuchungsrichter, »ganz so schlecht scheint es dir also doch nicht zu gehen.«

»Mit Verlaub«, erklärte der Vernarbte, »der Kerl hat sich nur verstellt. Ich habe ihm lediglich ganz leicht eins über den Schädel gegeben, als ich ihn auf frischer Tat ertappt habe. Leider kam ich zu spät, um die beiden noch zu retten.«

»Welcher Eingebung Eurerseits verdanken wir es denn überhaupt, dass Ihr nun hier seid?«, fragte Althammer.

223

»Wolltet Ihr die Angelegenheit, nachdem Ihr Engelhardt informiert hattet, nicht uns überlassen?«

»Doch, eigentlich schon. Ich hatte meinen Neffen, den Richard, mit Arbeit eingedeckt, die ihn von weiteren dummen Gedanken abhalten sollte, und mich selbst auf einen geruhsamen Sonntag eingerichtet, aber dann war der junge Heißsporn plötzlich verschwunden, und ich konnte mir nur zu leicht ausmalen, wohin es ihn getrieben hatte. Also bin ich hinterher, um das Schlimmste zu verhindern.« Er seufzte. »Leider kam ich zu spät und konnte nur noch den Übeltäter dingfest machen.«

»Er lügt!«, rief Barnabas. »Er hat die beiden umgebracht. Als ich herkam, waren sie schon tot.«

»Halt den Rand!« Engelhardt holte aus, um dem am Boden Liegenden in die Seite zu treten, doch Angerle hielt ihn zurück, und der Untersuchungsrichter warf ihm einen vernichtenden Blick zu.

»Er hat mich hinterrücks niedergeschlagen, als ich die beiden Leichen untersucht habe«, protestierte Barnabas. »Und dann hat er dem toten Jungen meinen Dolch in den Rücken gestoßen.«

»Und warum sollte ich das tun?«, fragte der Vernarbte mit Unschuldsmiene.

Althammer sah den Bärenführer erwartungsvoll an.

»Weil er ein Mörder ist, eine reißende Bestie, die auch schon meine Frau und meine Tochter getötet hat.«

»Was sind das für Geschichten?« Althammer runzelte die Stirn.

»In meiner Heimat im Thüringischen! Nachdem er mich vorher feige von hinten mit dem Schwert niedergestreckt hatte.«

Der Untersuchungsrichter sah den Landsknecht fragend an. Der zuckte die Achseln. »Ich weiß nicht, wovon er spricht. Ich habe den Bärenhäuter heute das erste Mal gesehen.«

»Lienhart, der Junge des Schmieds wird bezeugen, dass ich die Wahrheit spreche«, sagte Barnabas. »Er weiß, dass ich seiner Base nur helfen wollte.«

»Wir werden sehen.«

Althammer ordnete an, dass zwei Männer bei der Köhlerhütte bleiben sollten, um die Leichen zu bewachen, bis sie abgeholt würden. Die übrigen sollten unter seinem Kommando den gefangenen Barnabas in die Stadt bringen.

»Ihr kommt vorerst auch mit!«, sagte er zu dem Vernarbten. »Ich kann Euch nichts befehlen, da Ihr als Landsknecht nicht unter die Gerichtsbarkeit der Stadt fallt, aber ich möchte Euch dringend ersuchen, dass Ihr Euch bis zur Aufklärung dieses Falls zu unserer Verfügung haltet. Ich werde Euren Feldhauptmann darüber informieren.«

»Sehr wohl, Euer Gnaden.« Der Vernarbte verbeugte sich zuvorkommend.

✎

Sie näherten sich zu sechst dem Planwagen. Alles war ruhig auf dem Fronhof. Als sie bis auf vier Schritte heran waren, rief eine Stimme aus dem Wageninneren: »Halt oder ich schieße. Was wollt Ihr?«

»Wer fragt das?«, erwiderte Tobias Angerle, der den kleinen Trupp Stadtsoldaten anführte.

»Das geht Euch gar nichts an, denn Ihr seid es doch,

die sich nächtens hier anschleichen. Wenn Ihr nichts zu verbergen habt, sagt, was Ihr wollt!«

»Wir sind Büttel der Stadt Augsburg und gekommen, um den Bären in den Zwinger und den Sohn des Schmieds zum Untersuchungsrichter Martinus Althammer zu bringen. Und jetzt sagt uns, wer Ihr seid!«

»Der Bär gehört dem Bärenführer Barnabas«, kam zur Antwort aus dem Wagen. »Ohne seine Erlaubnis dürft Ihr ihn nicht in den Zwinger stecken.«

»Warum soll ich zum Untersuchungsrichter?«, rief gleich darauf die Stimme des Jungen.

»Jetzt reicht's!«, rief Angerle ungeduldig. »Wir haben unsere Order. Der Bärenführer Barnabas steckt im Loch, und Martinus Althammer hat verfügt, dass wir den Bären und den Jungen holen, und das werden wir nun tun. Und Euch, der Ihr uns immer noch nicht gesagt habt, wer Ihr seid und was Ihr hier zu schaffen habt, werden wir auch mitnehmen.«

»Das habt Ihr aber nur geträumt!«

Im nächsten Moment sprang der Bettler am hinteren Ende aus dem Wagen, schlug den Stadtsoldaten, der ihn aufhalten wollte, mit seiner Krücke nieder, verlor den schweren Gehstock dabei zwar, rannte aber auch ohne ihn flink wie ein Hase über die Wiese und verschwand im Gewirr der Gassen.

»Wer war das?«, fragte Angerle den Jungen, der nun ängstlich aus dem Wagen lugte.

»Ein Freund von Barnabas. Er nannte sich Leopold. Mehr weiß ich auch nicht über ihn.«

»Na schön. Am besten, wir fahren den Bären mitsamt dem ganzen Gefährt zum Zwinger.«

Tatsächlich war das die einfachste Methode, da das Tier sicher im Käfig verwahrt war. Vor dem Zwinger ließen sie den Wagen mit zwei Mann Bewachung stehen, ein weiterer Büttel kümmerte sich um das Pferd, während Angerle mit den übrigen beiden den Jungen zu Martinus Althammer brachte.

Die Amtsstube des Untersuchungsrichters war sehr einfach eingerichtet. Wuchtige dunkle Möbel ohne jeglichen Zierrat, vier gewöhnliche Stühle um einen massiven runden Tisch, ein Schreibpult, ein Sekretär, Regale, vollgestopft mit Folianten. Die recht niedrige Stube hätte unweigerlich einen düsteren Eindruck auf ihre Besucher gemacht, wären nicht das farbenfrohe Landschaftsgemälde über dem Sekretär und das eigentlich viel zu große Fenster gewesen, das erst nachträglich auf Betreiben Althammers in die seinem Schreibpult gegenüberliegende Wand gebrochen worden war.

»Wir kennen uns ja schon«, begann der Untersuchungsrichter das Gespräch. »Du brauchst keine Angst zu haben.«

»Ich hab keine Angst.« Das Gesicht des Jungen zeugte vom Gegenteil. »Ich hab nichts Böses getan.«

Althammer lächelte beruhigend.

»Was macht Ihr jetzt mit Ursus? Und was ist mit Barnabas? Warum habt Ihr ihn ins Loch gesteckt? Er hat ganz bestimmt auch nichts Böses getan.«

»Das muss ich erst noch herausfinden, und ich hoffe, du unterstützt mich dabei, indem du mir ein paar Fragen beantwortest. Du möchtest ihm doch helfen, oder?«

227

»Ja.«

»Als Barnabas heute Nachmittag wegging, wo wollte er da hin? Was hat er gesagt?«

Der Junge musterte ihn misstrauisch. Althammer ahnte den Grund dafür. »Ich weiß, du möchtest deine Base nicht verraten, aber sieh mal, wir haben ihr Versteck ohnehin schon gefunden. Und wir wissen auch, dass du ihr geholfen hast mit dem Rinderkadaver.«

»Woher wisst Ihr das?«

»Barnabas hat es uns gesagt.« Das entsprach nicht ganz der Wahrheit, aber Althammer wollte sehen, wie der Junge reagierte.

Der zog ein finsteres Gesicht. »Das glaub ich nicht. Barnabas ist kein Verräter.«

»Ich habe auch nicht behauptet, dass er ein Verräter ist. Aber er sah sich wohl gezwungen, es uns zu sagen.«

»Warum hat er uns verraten?«

Althammer zuckte die Achseln.

»Wo ist Lisbeth?«

Der Untersuchungsrichter runzelte die Stirn. »Ich halte es für besser, wenn wir uns darauf verständigen, dass ich hier erst einmal die Fragen stelle. Wenn du dann später noch etwas wissen möchtest, können wir gerne darüber reden.«

Lienharts Miene wurde noch verschlossener, aber er nickte.

»Barnabas hat mir erzählt, er habe das Versteck gefunden, nachdem er dir dorthin gefolgt sei. Er habe deiner Base helfen wollen und sie deshalb heute Abend dort wieder aufgesucht. Stimmt das?«

»Ja. Er wollte sie mitnehmen, wenn er wieder aus Augsburg fortgeht. Er wollte, dass sie es sich überlegt.«

»Und deinen Vater wollte er im Gefängnis verschmachten lassen?«

»Nein, er wollte vorher mit Euch reden, damit Ihr meinen Vater wieder freilasst.«

Althammer hob die Brauen, nickte leicht. »In dem Versteck haben wir deine Base zusammen mit einem jungen Landsknecht angetroffen. Was weißt du denn über den?«

Hinter der Stirn des Jungen arbeitete es.

»Kennst du ihn?«

»Er heißt Richard. Mehr weiß ich nicht.«

»Barnabas hat vermutet, dass er euch geholfen hat mit dem Rindvieh. Stimmt das?«

»Er hat den Plan gehabt und gesagt, was wir tun sollen.«

»Aha. Warum hat er euch geholfen?«

»Weil er sich in die Lisbeth vergafft hat.«

»Kannst du dir vorstellen, dass Barnabas eifersüchtig auf ihn war?«

»Nein.«

»Warum nicht?«

»Die Lisbeth ist doch noch ein Kind.«

»Und der Richard?«

»Der ist ein Milchbart.«

Althammer grinste. »Wer sagt das?«

»Der Vater. Einen neunmalklugen Milchbart hat er ihn genannt.«

»Dein Vater kannte ihn also auch?«

»Ja, er hat ihn aus der Schmiede geworfen, weil er nicht wollte, dass er der Lisbeth hinterher scharwenzelt.«

»Soso, er ist also hinter ihr her scharwenzelt?«

»Ja, so hat der Vater immer gesagt.«

»Aber der Richard hat nicht aufgehört mit dem Scharwenzeln.«

»Nein.«

»Und gab es da vielleicht auch noch einen zweiten Landsknecht? Einen älteren mit ganz vielen Narben im Gesicht?«

»Meint Ihr vielleicht den Oheim vom Richard?« Althammer nickte.

»Den hab ich nur einmal gesehen. Da kam er zusammen mit dem Richard in die Werkstatt, weil der Vater ihnen die Pferde beschlagen sollte.«

»Und das hat dein Vater auch gemacht?«

»Ja.«

»Dein Vater kannte den Vernarbten also auch.«

»Ja.« Der Junge zögerte einen Moment, dann setzte er hinzu: »Hinterher sind sie noch zusammen in die Wirtschaft gegangen.«

»Aha.« Althammer sah ihn fragend an.

»Ja.«

»Und du hast den Vernarbten danach nicht wiedergesehen?«

»Nein. Aber die Mutter hat arg geschimpft, weil sie in der Wirtschaft alles versoffen haben, was der Mann dem Vater schuldig war.«

Althammer nickte. Dann nahm er den ursprünglichen Faden wieder auf: »Kannst du dir vorstellen, dass der Richard eifersüchtig auf den Barnabas war und die beiden vielleicht gestritten haben?«

»Aber die beiden kennen sich doch gar nicht. Obwohl …« Lienhart überlegte. »Richard hat behauptet, dass er den Barnabas aus dem Krieg kennt und dass

230

der vielleicht gar kein Bärenführer ist, und dass er Böses im Schilde führt.«

»Was meinte er damit?«

»Weiß ich nicht. Ich hab jetzt auch alles gesagt, was ich weiß.«

»Wer war der Mann, der mit dir im Wagen auf Barnabas' Rückkehr gewartet hat und dann vor meinen Männern davongelaufen ist?«

»Das hab ich dem Büttel doch schon gesagt, dass ich ihn nicht kenne.«

»Du hast gesagt, er nannte sich Leopold.«

»Ja.«

»Meine Männer haben seine Krücke und im Wagen einen zerlumpten Mantel gefunden. Die Krücke hat er gar nicht gebraucht, und der Mantel war, der Größe nach zu urteilen, ganz sicher nicht von Barnabas. Warum kam der Mann in einer Verkleidung zu euch? Was hatte er zu verbergen?«

Der Junge überlegte, zuckte die Achseln.

»Ist er vorher schon einmal zu euch gekommen?«

Nicken.

»In derselben Verkleidung?«

Wieder Nicken.

»Hat er sich mit dir unterhalten? Was hat er mit Barnabas gesprochen? Du hast doch sicher etwas gehört.«

»Ich glaube, er heißt gar nicht Leopold. Und er ist der Diener von irgendeinem hohen Herrn und wollte, dass Barnabas zu diesem Herrn geht.«

»Und ist Barnabas hingegangen?«

Wieder Nicken. »Er hat sich einen dunklen Mantel mit einer Kapuze übergeworfen, damit man ihn nicht so leicht erkennt.«

»Den Namen dieses Herrn hast du nicht zufällig gehört?«

»Nein.«

»Oder wo er wohnt? Wo Barnabas ihn getroffen hat?«

Lienhart schüttelte den Kopf. »Sonst weiß ich nix mehr.«

»Na schön. Ich danke dir einstweilen und werde sicher noch mal mit dir reden. Inzwischen möchte ich, dass du dich um den Bären kümmerst. Die Büttel haben ihn in seinem Käfig zum Zwinger gebracht, wo er erst einmal bleiben soll. Ich habe zwei Mann zur Bewachung abgestellt, aber er braucht jemanden, der ihn füttert. Schaffst du das?«

Der Junge nickte eifrig. »Was wird nun mit Barnabas?«

»Das weiß ich noch nicht.«

»Wann darf ich denn die Lisbeth sehen? Oder ist die jetzt auch im Loch?«

Althammer sah ihn ernst an. »Die Lisbeth ist tot.«

Bestürzung, Angst, Fassungslosigkeit zeichneten sich in rascher Folge auf dem Gesicht des Jungen ab.

»Und der Landsknecht Richard ist auch tot. Es sieht so aus, als habe Barnabas die beiden getötet.«

Ungläubiges Entsetzen. »Das ist nicht wahr!«

»Wir werden es herausfinden.« Martinus Althammer legte dem Jungen die Hand auf die Schulter. »Aber eine gute Nachricht habe ich auch noch für dich: Deinen Vater werden wir jetzt bald wieder freilassen.«

Montag, 16. April 1548

AM NÄCHSTEN TAG, nachdem der Stadtphysikus Bartholomäus Höchstetter die Leichen der beiden jungen Leute untersucht und Martinus Althammer Bericht erstattet hatte, suchte der Untersuchungsrichter den Bärenführer in der Fronfeste auf. Barnabas saß auf einem roh behauenen Steinblock. Die Hände und Füße waren aneinandergekettet, wobei die Fußkette zusätzlich in einem Eisenring an der Wand befestigt war und ihm gerade so viel Freiheit ließ, dass er das faulige Strohlager in der einen und den stinkenden Eimer in der anderen Ecke, keinesfalls aber die schwere Eisentür oder das vergitterte Loch, das nach draußen führte, erreichen konnte.

»Wenn die Anschuldigungen stimmen, die du gegen den Landsknecht Hermann von Pferrsheim vorbringst«, begann Althammer sein Verhör, »warum hat er dich dann nicht auch in der Köhlerhütte umgebracht?«

Der Bärenführer zuckte die Achseln. »Warum hätte er das tun sollen?«

»Weil nun sein Wort gegen deines steht.«

Barnabas lachte bitter. »Mein Wort ist das eines Fahrenden, eines verachteten Bärenhäuters, er dagegen ist ein Landsknecht des Kaisers. Ist es da nicht fast so, als hätte ich gar nichts gesagt?« Er schüttelte seine angegraute Mähne. »Außerdem kann er sich doch jetzt auch noch als aufrechter Christenmensch aufspielen, weil er mir die Möglichkeit gibt, meine Schuld einzugestehen und gebührend dafür zu büßen, sodass ich als reuiger Sünder zur Hölle fahre.« Er spuckte aus. »In Wahrheit will er nur sehen, wie der Henker mich quält, will sich an meiner Ohnmacht weiden. Er ist ein Teufel. Aber ich werde nichts gestehen, was ich nicht getan habe. Und ich werde ihn seiner Schuld bis zum letzten Atemzug zeihen!«

»Das haben schon viele gesagt, bevor die Folterknechte ihnen zugesetzt haben«, sagte Althammer. »Aber vielleicht muss es ja gar nicht so weit kommen. Was hast du zu deiner Verteidigung vorzubringen?«

»Ich kann nur das wiederholen, was ich Euch schon an der Köhlerhütte gesagt habe: Ich bin dem Jungen des Schmieds am Abend nach der Vorstellung heimlich gefolgt, weil ich argwöhnte, dass etwas nicht stimmte und er mehr über das Verschwinden seiner Base wusste, als er preisgegeben hatte. Dabei habe ich das Versteck des Mädchens entdeckt. Ich dachte mir sofort, dass die Kinder ihr Ränkespiel nicht allein geplant und ausgeführt hatten, sondern ihnen jemand behilflich gewesen war. Der Junge ist gewitzt, aber sicher nicht genug, um so etwas auszuhecken. Und sie hätten es wohl auch nicht alleine geschafft, den Rinderkadaver zu besorgen und ins Haus des Schmieds zu schaffen.«

»Das sind bloße Mutmaßungen«, brummte Althammer. »Ich will dir gerne glauben, dass du nichts mit ihrem Versteckspiel zu tun hattest. Dein Auftritt beim Schmied war einfach zu überzeugend. Möglich auch, dass es sich mit der Entdeckung der Köhlerhütte so verhält, wie du sagst. Das erklärt aber nicht die beiden Morde. Der Landsknecht behauptet, dich auf frischer Tat über den Leichen ertappt zu haben. Was sagst du dazu?«

»Nachdem ich die Hütte entdeckte hatte, habe ich den Kindern ins Gewissen geredet, sie müssten ihr

Versteckspiel beenden. Schon allein um des Schmiedes willen. Lisbeth hatte jedoch fürchterliche Angst, zu dem Unhold zurück zu müssen, und auch Lienhart fürchtete den Zorn seines Vaters. Deshalb habe ich dem Mädchen versprochen, einstweilen noch nichts zu verraten. Ich wollte den beiden und auch mir noch ein wenig Zeit geben, um darüber nachzudenken, was wir tun könnten.« Er seufzte. »Am nächsten Tag ging ich wieder zur Hütte und schlug Lisbeth vor, sie als meine Helferin mitzunehmen, wenn ich von Augsburg aus weiterzöge.« Er sah Althammer entschuldigend an. »Selbstverständlich wollte ich vorher noch mit Euch darüber reden.«

Althammer hob die Brauen.

»Ich wollte Euch bitten, die Kinder ungeschoren davonkommen zu lassen. Wegen der Unannehmlichkeiten, die sie Euch und Euren Leuten bereitet haben. Und natürlich auch wegen des Ungemachs, welches durch ihre Hinterlist dem Schmied widerfahren ist.« Er rasselte mit den Ketten. »Obwohl der Kerl es im Grunde ja gar nicht besser verdient hat.«

Althammer nickte. Ob als Zeichen der Zustimmung oder als Aufforderung fortzufahren schien ihm selbst nicht ganz klar.

»Lisbeth sollte mir heute Abend Bescheid geben, wie sie sich entschieden hat.« Ein Schatten legte sich auf das Gesicht des Bärenführers. »Aber als ich in das Versteck kam, war sie schon tot.«

»Und der junge Landsknecht?«

»Der lag auf ihr. Mit heruntergezogenen Hosen. Im ersten Augenblick dachte ich noch, ich würde die beiden bei einem Schäferstündchen stören, doch dann sah ich, was geschehen war.«

»Aha?« Althammer sah ihn fragend an. »Was hast du denn gesehen. Und was war deiner Meinung nach geschehen?«

»Ich bemerkte, dass die beiden sich nicht mehr rührten. Da trat ich näher, zog den Jungen von ihr herunter. Sie waren beide schon tot. Jemand hatte das Mädchen missbraucht. Sie sah schlimm aus …«, Barnabas schloss die Augen, »… genau wie meine Tochter.«

»Deine Tochter, die angeblich auch von Hermann von Pferrsheim getötet wurde?«

Barnabas nickte, schlug die Augen wieder auf. Sie schimmerten feucht. »Und meine Frau. Diese Bestie hat mir alles genommen.«

»Was ist das für eine Geschichte?«

Eine ganze Weile starrte der Bärenführer düster vor sich hin. Althammer ließ ihm Zeit. Dann begann Barnabas zu erzählen:

»Ich war Jagdgehilfe Johann Friedrichs des Großmütigen im thüringischen Trockenborn. Der Kurfürst hatte dort ein Jagdschlösschen, das er häufig besuchte. Einige Tage nach der Schlacht bei Mühlberg kamen Kaiserliche unter dem Herzog von Alba und besetzten das Schlösschen. Es gab einen Vorfall, bei dem angeblich ein Spanier von Dorfbewohnern getötet wurde. Aus Rache wollten die Welschen das ganze Dorf niederbrennen, doch auf Fürsprache des Herzogs von Württemberg, der sich in Albas Begleitung befand, beließen sie es dabei, nur das Jagdschlösschen des Kurfürsten dem Erdboden gleichzumachen. Zu den kaiserlichen

236

Truppen gehörte auch ein Fähnlein Landsknechte unter dem Hauptmann Lazarus von Schwendi. Als die Welschen längst verschwunden waren, kam eine Rotte von ihnen zurück. Ihr Anführer war Hermann von Pferrsheim. Seinen Namen habe ich allerdings erst von Euch erfahren. Für mich war er bisher immer nur der Teufel mit dem Narbengesicht. Er hat mir sein Schwert feige in den Rücken gebohrt, meine Frau abgeschlachtet und meine Tochter geschändet und liegen lassen wie ein zerbrochenes Spielzeug. Sie hat es nicht überlebt. Aber ich, ich habe mit Gottes Hilfe überlebt, damit ich den Meuchelmörder zur Strecke bringe. Und seitdem besteht mein Leben nur noch darin, diese Bestie in Menschengestalt, die mir alles geraubt hat, zu finden. Die Spur führte mich hierher nach Augsburg.«

Er verstummte.

»Der junge Landsknecht gehörte auch zu der Rotte?«

Barnabas nickte.

»Nemo iudex in causa sua«, sagte Althammer. »Keiner kann Richter in eigener Sache sein.«

»Ich habe ihn gestern Abend zum ersten Mal wieder gesehen. Da war er schon tot. Ich weiß nicht, was ich getan hätte, wenn ich ihn lebend angetroffen hätte, aber er war bereits tot. Das müsst Ihr mir glauben.«

»Sei es, wie es wolle. Der Bursche war ein Landsknecht. Ein Mitglied der siegreichen Armee des Kaisers«, brummte Althammer verdrießlich.

»Ich vermute, dass er es auch war, der die Intrige mit dem Rinderkadaver ausgeheckt hat«, sagte Barnabas, ohne darauf einzugehen. »Um mir damit zu schaden. Ich schätze, er hatte dem kleinen Lienhart eingeschärft, er solle den Bütteln nach dem Auffinden der blutigen Überreste auf Lisbeths Lager von gewissen Geräuschen und tierischen Lauten erzählen, die auf den Bären hindeuten. Der Kerl muss mich auf dem Weinmarkt gesehen und erkannt haben. Und dann hat ihn mein Zwist mit dem Schmied auf den Gedanken gebracht, wie er mich ausschalten könnte.«

»Der Kleine hat mir erzählt, der junge Landsknecht sei in seine Base verliebt gewesen und habe den Plan ausgeheckt, um sie so aus den Klauen des Schmieds zu retten.«

»Mag sein. Vielleicht wollte er ja zwei Fliegen mit einer Klappe schlagen.« Langsam erhob sich der Bärenführer. Die schweren Ketten rasselten. Er trat einen Schritt auf Althammer zu, dann hielt ihn die Fußfessel zurück. »Was ich mich schon die ganze Zeit frage, ist, wer Euch letztlich das Versteck des Mädchens verraten hat. Es muss jemand gewesen sein, der genau wusste, dass ich da sein würde.« Er schüttelte den Kopf. Wieder rasselte es. »Im Interesse des jungen Landsknechts kann das doch nicht gewesen sein. War es Lienhart? Ihr müsst es mir sagen.«

Althammer zuckte die Achseln. »Was glaubst du, wer es war?«

»Ich denke, dass es der Narbengesichtige war. Er muss dahinter gekommen sein, was sein Neffe treibt. Vielleicht hat der Bursche ihn sogar um Hilfe ersucht, nachdem er mitbekommen hatte, dass Lisbeth möglicherweise mit mir fortgehen würde.« Er dachte den Gedanken weiter. »Vielleicht hat Lisbeth ihm ihren Entschluss ja sogar schon mitgeteilt, und in seiner Verzweiflung hat er sie missbraucht und getötet. Vielleicht war es gar nicht das Narbengesicht.«

»Leider alles nur Mutmaßungen. Kommen wir lieber zurück zu deiner Rolle und den Vorfällen in der Köhlerhütte. Was hast du getan, nachdem du gesehen hast, dass die beiden tot sind?«

Barnabas starrte ihn verständnislos an.

»Was hast du getan?«

»Nichts.« Der Körper des großen, starken Mannes sank wieder auf dem Felsblock zusammen, als er zwischen den Zähnen hervor knirschte: »Der Kummer hat mich blind gemacht. Nur so ist es dem Teufel gelungen, mich niederzuschlagen.«

Althammer sah ihn lange an. »Ich möchte dir gerne glauben«, sagte er dann. »Zumal der Physikus festgestellt hat, dass der junge Landsknecht wahrscheinlich nicht an deinem Dolch, der ihm im Rücken steckte, gestorben ist, sondern dass es noch einen weiteren, vermutlich tieferen Einstich in den Bauch und einen genau ins Herz gegeben haben muss.«

In Barnabas' Augen trat ein Hoffnungsschimmer.

»Trotzdem sieht es nicht gut aus. Es gibt keinerlei Zeugen oder Beweise, die für dich sprechen. Und du hast es selbst gesagt: Dein Wort gilt nichts gegen das eines kaiserlichen Landsknechts.«

»Aber ich war ja nicht immer nur ein fahrender Bärenführer. Als mir dieser Teufel die Familie genommen hat, war ich Jagdgehilfe Johann Friedrichs von Sachsen, des edlen Kurfürsten, der drüben im Welserhaus gefangen gehalten wird.«

Althammer zuckte bedauernd die Achseln. »Leider ist er ebenso wenig mehr Kurfürst wie du sein Jagdgehilfe. Ihr seid beide nur Gefangene. Und was die Ermordung deiner Familie angeht, so wird es für Pferrsheim ein Leichtes sein, deine Vorwürfe zu entkräften. Silent leges inter arma. Im Krieg ist bekanntlich alles erlaubt. Hinzu kommt, dass er zum Fähnlein des Lazarus von Schwendi gehört, der beim Kaiser einen dicken Stein im Brett hat.«

»Die Ermordung von Frauen und Kindern darf auch im Krieg nicht ungestraft bleiben«, empörte sich Barnabas.

»Ich stimme dir voll und ganz zu. Aber es ändert nichts an deiner Lage. Ich fürchte sogar, wenn du vorbringst, dass der tote junge Landsknecht zu der Rotte gehörte, die beim Überfall auf dein Haus dabei war, wird dich das nur noch mehr belasten. Pferrsheim wird behaupten, du hättest den Jungen nicht nur aus Eifersucht, sondern auch noch aus Rache getötet.«

Barnabas sah ihn verzweifelt an. »Wenn es tatsächlich der Vernarbte war, der Euch gesagt hat, dass das Mädchen dort draußen ist, dann liegt es doch nahe, dass er auch der Mörder gewesen ist.«

Althammer nickte bedächtig. »Es gibt da de facto noch ein paar offene Fragen. Ich werde das alles genau prüfen. Ich sagte bereits, ich möchte dir gerne glauben. Wenn es einen Weg gibt, dir zu helfen, werde ich ihn finden. Ich fürchte nur, es gibt keinen. Wir brauchen Beweise.« Er überlegte einen Augenblick. »Wer war der Mann, der mit dem Jungen in deinem Wagen auf dich gewartet hat?«

»Er hat nichts mit dieser Sache zu tun.«

»Auch das will ich gerne glauben. Trotzdem muss ich wissen, wer es war.«

Barnabas zögerte.

»Wenn du nicht mit offenen Karten spielst, beraubst du dich selbst auch noch der letzten Möglichkeit, dass ich dir helfe.«

»Gustav Peterhans, der Reitknecht des Fürsten. Er hat mich zu einer geheimen Unterredung mit Johann Friedrich gebeten.«

»Was wollte der Fürst von dir?«

»Er hat mich bei meinem Auftritt auf dem Weinmarkt erkannt und wollte wissen, warum ich nun als Bärenführer herumziehe.«

»Sonst nichts?«, fragte Althammer argwöhnisch.

»Er hatte gehofft, ich hätte Nachrichten von seiner Frau, aber ich musste ihn enttäuschen.«

»In seiner gegenwärtigen Situation wird er dir auch nicht helfen können. Selbst wenn er es noch so sehr möchte.«

»Ich weiß.« Barnabas seufzte. »Was geschieht mit meinem Bären? Wo ist Ursus?«

»Wir haben seinen Käfig vor dem Zwinger am Perlach aufgestellt. Zwei Stadtsoldaten bewachen ihn. Ich habe ihnen eingeschärft, darauf achtzugeben, dass die Schaulustigen ihn nicht malträtieren. Der Junge meinte, es sei besser, das Tier in seinem eigenen Käfig zu lassen. Ich hielt das für einen sehr vernünftigen Gedanken. Der Kleine hat versprochen, sich um ihn zu kümmern.«

»Lienhart? Das ist gut. Aber was ist mit dem Schmied? Habt Ihr ihn schon freigelassen?«

»Noch nicht«, sagte Althammer. »Aber bald.«

Arglist, Herzlosigkeit, Anmaßung, Dreistigkeit, Rohheit, Schamlosigkeit, Gefühlskälte, Rücksichtslosigkeit, Unverfrorenheit, Schläue, Bosheit, Hinterlist, Frechheit, Tücke, Ruchlosigkeit, Verschlagenheit, Gemeinheit …

Martinus Althammer suchte in seinem Wortschatz nach weiteren Begriffen, die zu dem Mann passten, der gerade vor ihm stand.

Der Kerl gefiel sich darin, in einem kriecherischen Ton daherzuschwafeln, trug dabei aber eine Haltung zur Schau, die auf den ersten Blick verriet, dass ihm rein nichts und niemand heilig war.

»Philippus Engelhardt hat mir noch einmal bestätigt, dass Ihr es wart, der ihm von dem Versteck des Mädchens erzählte«, sagte Althammer. »Woher wusstet Ihr davon?«

»Von meinem lieben Neffen Richard. Er meinte in seiner Gutherzigkeit, dem armen Mädchen helfen zu müssen. Hat mir dann aber alles reuig gebeichtet über diese vermaledeite Sache mit dem Rindvieh. Ich war natürlich höchst entrüstet, habe ihn sofort tüchtig ausgeschimpft. Da ist man nur einmal für ein paar Tage in wichtigen unaufschiebbaren Geschäften fort aus dem schönen Augsburg, und als man zurückkommt, hat dieser unreife Bursche so einen himmelschreienden Unsinn angestellt. Ein verliebter junger Esel!« Er fläzte sich ungebeten auf den einzigen gepolsterten Stuhl im Raum und grinste den Untersuchungsrichter von unten her an.

Althammer war das Getue des Landsknechts widerwärtig. »Woher wusstet Ihr so genau, wann der Bärenführer zu der Köhlerhütte gehen würde?«

»Richard hatte die Befürchtung, der räudige Hund wolle ihm das arme Mädchen wegnehmen. Er hatte ein

Gespräch der beiden belauscht, in welchem der Unhold offenbar versuchte, das unschuldige Mädchen zu erpressen. Sie hatte Angst vor ihm – verständlicherweise bei so einem Bärenhäuter. Und da wandte sie sich natürlich wieder um Hilfe an Richard. Sie hat ihm erzählt, dass der Dreckskerl heute Abend wieder zu ihr ins Versteck kommen wolle.«

»Und was wollte Euer Neffe dann tun?«

»Was weiß denn ich!«

»Wie? Ihr wolltet ihm nicht helfen?«

»Wozu?« Pferrsheim tat erstaunt. »Er war doch alt genug. Ich bin immer der Meinung, dass man der Jugend die Möglichkeit geben muss, ihre Fehler selbst wieder gutzumachen, nicht wahr? Und der liebe Richard hatte sich die Suppe ja selbst eingebrockt, also sollte er sie auch alleine auslöffeln.«

»Ihr trautet ihm also zu, mit dem Bärenführer fertig zu werden?«

»Wieso nicht? Er war zwar nicht besonders stark, kein großer Kämpfer vor dem Herrn, dafür aber mit jeder Menge Grütze im Kopf gesegnet, ein wirklich schlauer Bursche.« Er verschränkte die Hände hinter dem Kopf und streckte die Beine von sich.

»Ihr scheint mir nicht allzu sehr um ihn zu trauern.«

»Das täuscht, Euer Gnaden, das täuscht. Glaubt mir, ich bin ein alter erfahrener Kriegsmann und kann meine wahren, tiefsten, innersten Gefühle nicht so zeigen wie ein feiner, wohlerzogener Stadtmensch, wie Ihr es seid. Ich darf es auch gar nicht. Stellt Euch vor, wenn ich es täte und um jeden meiner Männer weinen wollte, so wäre ich doch längst in einem Meer von Tränen ertrunken.«

»Immerhin war Richard nicht nur einer Eurer Männer, sondern auch Euer Neffe.«

»Ja, in der Tat, das war er. Und außerdem ein herzensguter, lieber Mensch. Und es tut mir auch wahrhaft leid um ihn, das könnt Ihr mir glauben. Aber so ist nun mal das Leben. Es endet irgendwann mit dem Tod.« Er löste seine Hände wieder hinter dem Kopf und breitete theatralisch die Arme aus. »Auch wenn er in diesem Falle viel zu früh kam.«

»Was sagt Ihr zu den Vorwürfen des Bärenführers, Ihr hättet seine Familie ausgelöscht?«

Pferrsheim blies die Backen auf und stieß die Luft geräuschvoll wieder aus. »Also ich muss zugeben, in meiner langen Zeit als Landsknecht wahrlich schon sehr viele Menschenleben ausgelöscht zu haben. Das bringt dieser harte, aber wie Ihr sicher einräumen werdet, deshalb doch nicht minder notwendige und durchaus auch ehrenwerte Beruf leider so mit sich. An die Sippschaft irgendeines Bärenführers kann ich mich allerdings beim besten Willen nicht erinnern. Mit Fahrenden pflege ich mich nicht abzugeben.« Er schüttelte sich. »Ehrlich gesagt frage ich mich in diesem Zusammenhang auch, ob solche unsteten, verlausten Kreaturen zu einem echten Familienleben überhaupt fähig sind.«

Althammer musste an sich halten, um nicht aus der Haut zu fahren. Ein Blick in die freche Visage des Landsknechts verriet ihm, dass der Kerl nur darauf wartete. »Er war nicht immer ein Fahrender«, sagte er daher so gelassen wie möglich. »Als Ihr seine Frau und seine Tochter tötetet, war er kurfürstlicher Jagdgehilfe Johann Friedrichs im thüringischen Trockenborn.«

»Ihr sagt das, mit Verlaub Euer Gnaden, als wäret Ihr
Eurer Sache schon sicher, dass ich sie getötet hätte.«

»Habt Ihr sie getötet?«

Der Vernarbte tat, als müsse er überlegen. »Ja«, spielte
er ein plötzliches Erinnern, »ja, ich glaube, ich ent-
sinne mich. Wahrscheinlich meint Ihr diese ganz und
gar abscheuliche Geschichte kurz nach der Schlacht bei
Mühlacker. Tatsächlich lagerten wir damals im Thüringischen in der Nähe einer vernachlässigten Jagdhütte, zu
der auch noch ein reichlich heruntergekommenes Dörfchen gehörte. Während wir die ärmlichen Behausun-
gen großzügigerweise unseren etwas verweichlichten
spanischen Verbündeten überließen, zogen wir es vor,
unter freiem Himmel in Gottes schöner Natur zu nächtigen. Eine überaus weise Entscheidung, wie sich bald
herausstellte, denn gleich in der ersten Nacht kam es im
Dorfe zu Verständigungsschwierigkeiten zwischen der
tumben lutherischen Bevölkerung und unseren katholischen Freunden aus Spanien, denen einer der Welschen
zum Opfer fiel. Das weckte natürlich den heiligen und
gerechten Zorn des ehrenwerten und höchst tapferen
Herzogs von Alba. Als Vergeltungsmaßnahme gab er
die Jagdhütte samt den übrigen dazugehörenden Gebäu-
den zur Plünderung frei. Ich wollte mir lediglich ganz
bescheiden – was, wie Ihr einräumen müsst, sicherlich
auch mein gutes Recht war – aus dem Fell eines dort im
Zwinger gehaltenen Bären einen schönen Pelz machen.
Da stürmte eine wild gewordene Bestie mit der Axt auf
mich los.« Er zeigte auf eine im Vergleich zu den übrigen Verheerungen noch recht frisch aussehende Narbe
in seiner linken Gesichtshälfte. »Dass es sich dabei um

eine weibliche Kreatur handelte, erkannte ich erst, nachdem ich sie und eine noch viel schlimmere Wildkatze, die sich ebenfalls mit Zähnen und Klauen auf mich stürzte, aus reiner Notwehr heraus erschlagen hatte. Mir blieb gar keine andere Wahl, als die beiden Furien zu töten. Ihr könnt gerne meine Männer dazu befragen.«

»Danke.« Althammer hatte genug von dem unsäglichen Geschwätz. Er konnte sich lebhaft vorstellen, was Pferrsheims Leute sagen würden, und ihm kam auch so schon die Galle hoch. »Ich glaube, das kann ich mir ersparen.«

»Wie Ihr meint, Euer Gnaden.« Der Vernarbte grinste breit. »Wenn ich Euer Gnaden vielleicht sonst noch irgendwie behilflich sein kann?«

»Allerdings. Mich würde noch brennend interessieren, was Ihr zu dem Vorwurf zu sagen habt, dass Ihr vor der Erschlagung ›der beiden Furien‹ einen unbewaffneten Angestellten des sächsischen Kurfürsten hinterrücks ermorden wolltet.«

Pferrsheims Grinsen wich aus seinem Gesicht. »Hinterrücks dürfte eine Sache der Auslegung sein.« Er zuckte die Achseln. »Außerdem war Krieg. Der Mann war ein Feind und hat sich mir gegenüber feindlich verhalten.«

Althammer nickte. So hatte das keinen Sinn. Er musste die Sache anders anfassen.

»Sonst noch was?« Das breite Grinsen war wieder da und jetzt nur noch höhnisch zu nennen.

»Nein, das war alles. Ihr könnt gehen.«

»Stets zu Diensten.« Mit einer gezierten Verbeugung zog der Landsknecht von dannen.

Vor der Tür der Schreibstube blieb Hermann einen Augenblick stehen, um einer vorbeigehenden Magd einen süßen Wecken aus dem Korb zu stibitzen. Die Magd merkte nichts und schritt weiter. Aber ein groß gewachsener Mann in Reitstiefeln hatte ihn beobachtet, blieb stehen und starrte ihn an.

Hermann starrte zurück, grinste. Der Mann verzog keine Miene. Hermann war sicher, ihn schon einmal irgendwo gesehen zu haben. Er war sauber gekleidet, seine Hosen, sein Wams, sein Barett, seine Stiefel sahen zwar teuer aus, waren aber nicht die Kleidung eines Herrn. Sein furchtloser Blick allerdings hatte durchaus etwas Gebieterisches an sich, als sei er es gewohnt, Befehle zu erteilen. Trotzdem wirkte er auch nicht wie ein Soldat. Allenfalls wie ein ehemaliger, dachte Hermann. Im Gegensatz zu den meisten Menschen, die sofort fahrig wurden und es vorzogen, wegzusehen oder schnell weiterzulaufen, wenn er sie länger anschaute, blieb der hier völlig ruhig. Eine ganze Weile standen sie so da und maßen einander, während Hermann in seinem Gedächtnis kramte, woher er den Mann kannte.

Als er in den Wecken biss, löste dies die Erstarrung des anderen. Er trat auf das bescheidende Haus des Untersuchungsrichters zu und öffnete die Tür mit einer Selbstverständlichkeit, die nur bedeuten konnte, dass er erwartet wurde. Bevor er im Inneren verschwand, drehte er sich noch einmal um und nickte Hermann fast unmerklich zu. Es war kein freundliches Nicken, sondern eines, das sagte: Wir sehen uns noch!

Hermann biss erneut in den Wecken. Er schmeckte ihm nicht mehr. Er spuckte den Bissen aus, warf den

Rest weg. Sofort balgten sich zwei magere Köter darum. Hermann überlegte, schaute sich um. Es herrschte viel Betrieb auf der Straße. Die Magd, die er bestohlen hatte, war längst im Getümmel verschwunden. Er ging auf die andere Straßenseite, wo ein hoch mit Fässern beladener Karren stand. In dessen Deckung lehnte er sich an eine Kastanie und wartete.

Es dauerte eine knappe halbe Stunde, bis der Mann wieder aus dem Haus des Untersuchungsrichters herauskam. Hermann ließ ihm Vorsprung. Erst als sich schon eine Menge Volkes zwischen ihnen befand, folgte er ihm in einem solchen Abstand, dass er nur noch ab und an einen Blick auf ihn erhaschen konnte. Der Kerl schlug den Weg zum Perlach ein. Als er geradewegs den Bärenkäfig ansteuerte, wo der Junge des Schmieds gerade dabei war, das Untier mit Gräsern zu füttern, fiel es Hermann wie Schuppen von den Augen: Es war der Bettler, der den Wagen des Bärenführers in dessen Abwesenheit bewacht hatte! Er hatte ihn nur kurz in der Dämmerung gesehen, in Lumpen und mit einer Krücke, über die er sich gebeugt hatte, um so seine hohe Gestalt zu verbergen. Aber die Art, wie er sich bewegte, und die Tatsache, dass er jetzt wieder zu dem Jungen ging und mit ihm sprach – Hermann war so gut wie sicher.

Hatte Richard nicht berichtet, dass der Bärenführer sich zu dem sächsischen Brezenbauch ins Welserhaus geschlichen hatte, nachdem der Bettler zu ihm in den Wagen gekommen war? Und erneut ging Hermann ein Licht auf, wo er den groß gewachsenen Mann schon einmal gesehen hatte: in der Begleitung des ehemaligen

Kurfürsten. Neben dem Dicken auf seinem Riesenpferd wurde allerdings selbst ein Hüne wie er zur Randfigur. Der Kerl war der Reitknecht Johann Friedrichs!

Hermann hielt sich hinter dem Neptunbrunnen und beobachtete von dort, wie er sich nun angeregt mit dem Jungen unterhielt und ihm mehrfach auf die Schulter klopfte. Der ließ seine anfängliche Zurückhaltung im Verlauf des Gesprächs immer mehr fallen.

Hermann geriet ins Grübeln. Was war das für ein Spiel, das hier im Gange war? Was spann dieser geckenhafte Untersuchungsrichter für Intrigen? Die Art, wie Althammer ihm gegenüber aufgetreten war, hatte Hermann nicht gefallen. Trotzdem hatte dieser weibische Sodomiter ihn nicht einzuschüchtern vermocht. Der Riese hier jagte ihm zwar auch keine Angst ein, aber er konnte immerhin ein ernst zu nehmender Gegner werden. Vorausgesetzt man ließ ihn gewähren. Was Hermann nicht vorhatte. Wenn einem jemand gefährlich werden konnte, durfte man nicht lange fackeln. Angriff war immer noch die beste Verteidigung.

Lienhart hatte die Nacht im Wagen neben dem Bären verbracht. Am Morgen hatte der Untersuchungsrichter angeordnet, dass er den Stadtsoldaten helfen müsse, Ursus vom Wagen in den Zwinger zu verfrachten, damit der Wagen weggebracht werden könne. Er hatte protestiert und immerhin erreicht, dass Ursus nicht in den Zwinger musste, sondern sein Käfig abgeladen und vor dem Zwinger aufgestellt wurde.

»Und wo soll ich jetzt schlafen?«, hatte er den Untersuchungsrichter gefragt, nachdem der Wagen fort war.

»Dein Vater wird heute noch freigelassen, er wird wollen, dass du wieder nach Hause kommst.«

»Ich gehe nicht zu ihm zurück.«

»Wenn er dich nach Hause holt, kann ich nichts dagegen tun. Es ist sein Recht.«

Damit war Althammer gegangen und hatte Lienhart verzweifelt zurückgelassen. Doch nun, am späten Nachmittag, war der Bettler gekommen, den er als Barnabas' einziger Freund in Augsburg kennengelernt hatte. Nur hatte er nun schöne Kleider an und behauptete, er heiße gar nicht Leopold, sondern Gustav Peterhans.

»Der Untersuchungsrichter behauptet, Barnabas hat Lisbeth und Richard getötet«, sagte Lienhart. »Stimmt das?«

»Glaubst du das denn?«

Lienhart schüttelte den Kopf.

»Das musst du auch nicht. Vielleicht hast du auch nur etwas falsch verstanden. Ich komme gerade vom Untersuchungsrichter. Er hat sicher nur gemeint, dass der Augenschein gegen Barnabas spricht. Denn er möchte ihm eigentlich gerne helfen.«

»Warum lässt er ihn dann nicht frei?«

Peterhans lächelte. »So einfach ist das leider nicht. Er hat die Pflicht, den Fall völlig unvoreingenommen zu untersuchen. Und auf den ersten Blick sieht es tatsächlich so aus, als ob Barnabas schuldig wäre. Ein Mann namens Hermann von Pferrsheim hat ihn draußen in der verfallenen Köhlerhütte bei den Leichen deiner Base und des jungen Landsknechts überwältigt.«

250

Lienhart runzelte die Stirn.

»Kennst du den Mann vielleicht?«, fragte Peterhans.

»Den Namen hab ich noch nie gehört.«

»Er hat ganz viele Narben im Gesicht und ...«

»Richards Oheim!«

»Du kennst ihn also?«

»Ja. Er kam mit Richard in die Schmiede und wollte, dass der Vater ihnen die Rösser beschlägt.«

»Das hast du dem Untersuchungsrichter auch schon erzählt?«

»Ja. Er hat mir aber nicht gesagt, wie der Mann heißt. Und das andere auch nicht.«

»Das von Barnabas?«

»Ja.« Lienhart überlegte. »Dieser Hermann ist böse. Bestimmt hat er die Lisbeth und den Richard getötet.«

Peterhans klopfte ihm auf die Schulter. »Ja, das glaube ich auch. Aber unser Glaube hilft Barnabas leider nicht weiter. Wir brauchen Beweise.«

»Was könnte so ein Beweis sein?«

»Leute, die etwas gesehen haben, was den Vernarbten belastet. Zum Beispiel, wie er schon vor Barnabas zu dem Versteck geschlichen ist.« Er zuckte die Achseln. »Oder Dinge, die ihn vielleicht verraten. Etwas, was er Richard oder deiner Base geraubt hat.«

Lienhart sah Peterhans an, dass er im Grunde nicht wirklich daran glaubte, etwas Derartiges zu finden.

»Ich fürchte nur, dass uns nicht mehr allzu viel Zeit bleibt. Trotzdem solltest du den Kopf nicht hängen lassen.« Der Mann konnte anscheinend Gedanken lesen. »Es gibt da einen mächtigen Herrn, für den Barnabas früher gearbeitet hat und der ihm immer noch äußerst wohlgesonnen ist. Er ist zwar im Augenblick selbst in großer Bedrängnis, aber er wird sicher alles noch in seiner Macht Stehende tun, um Barnabas zu helfen.«

»Ist das auch der Herr, für den Ihr arbeitet?«, fragte Lienhart.

Peterhans nickte. »Er hat mich beauftragt, Barnabas beizustehen.«

»Und was kann ich tun?«

»Du kannst Augen und Ohren offen halten und nachdenken, ob dir vielleicht noch etwas einfällt, was Barnabas hilft. Außerdem hilfst du ihm auch schon sehr damit, wenn du dich weiterhin so liebevoll um seinen Bären kümmerst.« Er klopfte Lienhart erneut auf die Schulter und machte Anstalten zu gehen, als ihm noch etwas einfiel: »Und hüte dich vor dem Vernarbten. Möglich, dass er vielleicht auf den Gedanken kommt, mit dir zu reden. Du darfst ihm auf gar keinen Fall trauen, gleichgültig, was er sagt oder von dir will. Hast du verstanden?«

»Ja.«

Dann klopfte Peterhans ihm noch einmal auf die Schulter und verabschiedete sich.

Lienhart sah ihm nach, bis seine hohe Gestalt hinter der nächsten Biegung in Richtung Jakobervorstadt verschwunden war. Er wollte seine Augen gerade wieder dem Bären zuwenden, da ließ ihn der Anblick eines anderen Mannes jäh zusammenzucken. Der Vernarbte!

Es fing schon an zu dämmern, und der Kerl hielt sich hinter einer Gruppe einfacher spanischer Soldaten, die ihren Dienst schon beendet hatten und nun in munterem Gespräch eine der vielen Schankstuben der Unterstadt ansteuerten. Dennoch hatte Lienhart ihn entdeckt.

252

Die Art, wie er hinter Peterhans her schlich, ließ kaum Zweifel: Der Landsknecht verfolgte ihn und führte nichts Gutes im Schilde. Wahrscheinlich hatte er sogar beobachtet, wie er und Peterhans gerade miteinander gesprochen hatten.

Lienhart überlegte fieberhaft, was er tun konnte, um Peterhans zu warnen. Rufen kam nicht infrage. Da würde nur der Vernarbte auf ihn aufmerksam. Er warf einen Blick auf Ursus, wollte den Bären nur ungern allein lassen. Andererseits gab es ja noch die beiden Stadtsoldaten, die bisher recht zuverlässig darauf geachtet hatten, dass niemand dem Käfig nahe genug kam, um Ursus zu ärgern.

Inzwischen war der Landsknecht aus seinem Blickfeld verschwunden. Lienhart sah wieder zu Ursus. Da bemerkte er, wie sich Philippus Engelhardt und ein weiterer Büttel zusammen mit seinem Vater von der anderen Seite her dem Käfig näherten. Sie hatten ihn noch nicht entdeckt. Das entschied die Sache. Lienhart nahm seinen ganzen Mut zusammen und lief hinter Peterhans und Pferrsheim her den Perlachberg hinunter.

Als die Gruppe der Spanier und der sich hinter ihnen verbergende Vernarbte wieder in Sicht kamen, bremste er seine Schritte, hielt sich im Schatten von Häusern und Karren, versuchte nach Möglichkeit, andere Passanten zwischen sich und den Landsknecht zu bringen, und achtete immer darauf, nur ja genug Abstand zu halten, um im Notfall auch noch wegrennen zu können.

Nach einer Weile tauchte auch Peterhans wieder in seinem Blickfeld auf. Er bog ein beträchtliches Stück vor ihnen um die Ecke, hinter welcher die Schankstube des »Seilerwirts« lag. Lienhart kannte die Wirtschaft nur zu gut, weil sein Vater dort Stammgast war. Erst nachdem auch die Spanier und der sich immer noch geschickt in ihrem Schutz bewegende Landsknecht nicht mehr zu sehen waren, huschte er selbst bis zu der Hausecke vor und spähte vorsichtig um sie herum.

Die Spanier stolperten gerade den Treppenabgang zur Gaststube hinunter, während der Vernarbte sich aus ihrer Deckung gelöst hatte und langsam an der Hauswand entlang auf die dunkle Einfahrt zuging, die in den Innenhof und zu den zur Wirtschaft gehörenden Stallungen führte. Die Torflügel waren weit geöffnet. Peterhans war nirgends mehr zu sehen. Der Landsknecht verschwand im Dunkel der Einfahrt.

Lienhart zögerte. Wenn er dem Landsknecht folgte, tappte er womöglich in eine Falle, denn das Tor war der einzige Zugang zum Innenhof. Andererseits, wenn Peterhans auch dort hineingegangen war, kam es wahrscheinlich zu einem Zusammenstoß der beiden Männer, und Peterhans brauchte vielleicht seine Hilfe. Lienhart wartete. Aus der Schänke drangen Gelächter und Musik.

Da! Als die Musik für einige Augenblicke aussetzte, glaubte er, einen unterdrückten Schrei aus der Einfahrt zu hören. Gleich darauf einen zweiten. Er nahm sein Herz in beide Hände und lief bis zum Tor, drückte sich eng an die Mauer und spähte ins Dunkel. Wütende Stimmen kamen aus dem Hof, wurden aber durch den Lärm in der Gaststube immer wieder übertönt.

Zu sehen war nichts. Lienhart pirschte sich durch das Dunkel in Richtung der Stimmen voran.

»… Teufel auch … Hurensohn …«

»… Auskünfte … Rottmeister … Kameraden …«

»… verrückt geworden … rumzuschnüffeln … nix zu verbergen …«

Als er am Ende der Einfahrt angelangt war, sah er sie: die Schatten zweier Männer vor dem schwach erleuchteten Eingang zu den Stallungen. Der größere musste Peterhans sein. Er wandte Lienhart den Rücken zu und hielt etwas Längliches in der Hand. Als er damit vor dem anderen herumfuchtelte, blitzte es auf. Ein Katzbalger!

Gott sei Dank, dachte Lienhart, er hat den Schuft, der ihn verfolgt hat, bemerkt und zur Rede gestellt.

Die Stimmen wurden leiser, die Männer schienen sich zu beruhigen.

In der Wirtschaft setzte die Musik wieder ein.

Der Große steckte das Kurzschwert zurück in die Scheide.

Hoffentlich war das kein Fehler, dachte Lienhart. Da bemerkte er noch einen weiteren Schatten, der sich von seiner Seite her aus dem Dunkel auf den ihm immer noch den Rücken zukehrenden Peterhans zu schlich.

Die Musik wurde lauter.

Bevor Lienhart überhaupt begriff, was geschah, hatte der Schatten die beiden anderen auch schon erreicht. Wieder blitzte etwas auf, ein Schrei – und Peterhans sackte zusammen.

Jetzt schrie auch der andere, der bei ihm gestanden hatte. Gleich darauf auch der Angreifer, kurz und befehlend. Dann waren nur mehr die Musik und der Lärm aus der Schankstube zu hören.

Lienharts Kehle war wie zugeschnürt. Während seine Augen gebannt an den beiden Männern hingen, die Peterhans in den Stall schleiften, schob er sich rückwärts Stück für Stück zurück durch die dunkle Einfahrt. Erst als er die Männer nicht mehr sah, drehte er sich um und fing an zu rennen.

∽◉∾

Noch am gleichen Abend sprach Hermann im Quartier bei seinem Hauptmann Lazarus von Schwendi vor. Der Untersuchungsrichter hatte ihm nicht gefallen und die Art und Weise, wie er von ihm befragt worden war, noch viel weniger. Er hatte sofort gespürt, dass dieser verfluchte Geck mit dem weibischen Gesicht ihm nicht wohlgesonnen war und aufseiten des Bärenführers stand. Und dann auch noch diese leidige Sache mit dem Reitknecht! Der Kerl hatte tatsächlich die Dreistigkeit besessen, ihm hinterherzuschnüffeln, war sogar so weit gegangen, Oswald aushorchen zu wollen. Dem verfluchten Schnüffler hatte er es gezeigt. Aber nun war es auch höchste Zeit, dass der Geschichte ein rasches Ende gemacht wurde.

Der Hauptmann empfing ihn mit ernster Miene. Seine Unterkunft war höchst spartanisch eingerichtet. Sie ließ nicht nur jeglichen Überfluss vermissen, sie war auch bar jeder Gemütlichkeit. Er war ein Soldat vom Schlage derer, denen es nichts ausmacht, im Sattel zu schlafen, und die sich nichts sehnlicher wünschen, als eines Tages auf dem Schlachtfeld zu sterben. Er hielt auf strenge Disziplin und sich selbst für einen untadeligen Ehrenmann. Deshalb litt er sehr unter den Beschimpfungen und Vorwürfen, unritterlich gehandelt zu haben, die, seit Sebastian Vogelsperger vor der Hinrichtung seine schweren

Anklagen gegen ihn erhoben hatte, von allen Seiten auf ihn einprasselten. Dabei hatte er doch nicht mehr und nicht weniger als seine Pflicht getan. Der Kaiser hatte ihm befohlen, den abtrünnigen Hauptmann gefangen zu nehmen und nach Augsburg zu bringen, und er hatte die kaiserliche Order ausgeführt. Punktum.

Hermann wusste nur zu gut um den gereizten Gemütszustand seines Vorgesetzten, und er wusste auch, wie er das für sich ausnutzen wollte.

»Ich habe schon von dem neuerlichen Verlust in Eurer Rotte gehört, Pferrsheim«, sagte von Schwendi ohne jedes Mitgefühl in der Stimme. »Er war Euer Neffe, daher wisst Ihr es selbst am besten: Der Junge war alles andere als ein guter Soldat.«

»Ich habe mein Bestes getan, Herr Hauptmann, aber ich fürchte, ihm war nicht zu helfen.«

Von Schwendi nickte. »Die nächste Schlacht ist nicht in Sicht. Überflüssig zu sagen, dass Ihr in der gegenwärtigen Lage keinen Ersatz anmustern müsst.« Damit war der Fall für ihn erledigt. Er wartete darauf, dass Hermann sich wieder entfernte, doch der blieb stehen.

»Nun«, von Schwendi runzelte die Stirn, »führt Euch sonst noch etwas zu mir?«

»Sehr wohl, Herr Hauptmann«, gab Hermann in schneidigem Ton zurück. »Ich möchte mir die Bemerkung erlauben, dass ich heute eine Vorladung bei dem ehrenwerten Untersuchungsrichter Martinus Althammer hatte. Der Mann arbeitet für den hiesigen Stadtvogt, was ihn offenbar glauben macht, sich auch das Recht anmaßen zu dürfen, in unseren Landsknechtsangelegenheiten herumstochern zu dürfen.«

»So?« Von Schwendis Miene verfinsterte sich. »Inwiefern?«

»Unter dem Vorwand, den Mord an meinem Neffen aufzuklären, hat er mich zu Begebenheiten befragt, die sich während unseres letzten großen Feldzuges ereigneten.«

»Ich dachte, der Tod Eures Neffen sei geklärt.«

»Das dachte ich auch, Herr Hauptmann.«

»Was will er dann noch?«

»Ich habe keine Ahnung, Herr Hauptmann.«

»Ihr wisst, dass Ihr dem Mann keinerlei Auskünfte schuldet.«

»Ich weiß, Herr Hauptmann!«

Hermann zögerte.

Von Schwendi sah ihn fragend an.

»Natürlich war ich höflich genug, ihm dennoch zu antworten. Ich habe schließlich nichts zu verbergen. Aber …« Er räusperte sich. »… mit Verlaub: Der Mann ist zwar nur ein kleiner Schreiberling, dabei aber ein schrecklicher Wichtigtuer. Ich fürchte, er wird keine Ruhe geben, sondern mir weiterhin die Zeit stehlen und sich in unsere militärischen Belange einmischen wollen.«

»Welche Belange sollten das sein?«

»Er faselte etwas von der Ermordung eines welschen Trompeters vor einem Jahr im Thüringischen. Ich schätze, er meint diese Sache, als wir in dem Wäldchen beim Jagdschloss des fetten Fürsten lagerten.«

Von Schwendi rümpfte die Nase. Er hatte geahnt, dass die Geschichte damals ganz anders verlaufen war, es aber vorgezogen, seinem Verdacht lieber nicht auf den Grund zu gehen. »Woher weiß er davon? Was geht ihn das an?«

»Keine Ahnung, Herr Hauptmann. Das weiß ich nicht.«

»Ich werde dem einen Riegel vorschieben.«

Hermann nickte.

Von Schwendi konnte nach der üblen Nachrede im Fall Vogelsperger nicht daran gelegen sein, wenn seine Einheit erneut ins Gerede kam. Er musste auch nicht lange überlegen, was zu tun war. »Ich werde mit dem Doktor Seld sprechen. Er ist der verlängerte Arm des Kaisers und wird dafür sorgen, dass die leidige Sache schnell erledigt und diesem anmaßenden Richterlein die Grenzen aufgezeigt werden.«

»Ach, Letzteres wird vielleicht gar nicht nötig sein, Herr Hauptmann«, beschwichtigte Hermann. Er wusste nur zu gut, was ein solch halbherziger Widerspruch bei von Schwendi nach sich zog. »Der Mann meint es ja bestimmt nicht böse …«

»Nicht böse?« Der Hauptmann schüttelte heftig den Kopf. »Was glaubt dieser Kerl denn eigentlich, wer er ist! Wie kommt er überhaupt dazu, die Ermordung von einem meiner Männer mit diesem Vorfall im Thüringischen in Verbindung zu bringen? Ist der Kerl übergeschnappt?«

»Ich glaube, es hängt damit zusammen, dass der mörderische Bärenführer damals, als wir in Trockenborn lagerten, noch Jagdgehilfe des Kurfürsten war.«

Von Schwendi musterte ihn misstrauisch.

»Und nun, da nach unserem listigen Streich gegen den Vogelsperger plötzlich alle auf unser Fähnlein einprügeln …«

Hermann dehnte seine kleine Pause gerade so lange aus, bis von Schwendi verstanden hatte, dass er augenblicklich besser beraten war, sich nicht weiter um die Vorgänge in Trockenborn zu kümmern, sondern sich einfach nur erbittert zu zeigen.

»Welch eine unglaubliche Anmaßung!«, wetterte er auch sofort.

Hermann machte sich klein, zuckte die Achseln und sah mit Genugtuung, wie sein Vorgesetzter sich weiter in Rage redete.

»Da wird einer meiner Landsknechte meuchlings von einem dahergelaufenen Strolch ermordet, und so ein kleiner Federfuchser meint, sich damit in den Vordergrund spielen zu können.«

»Mit Verlaub, Herr Hauptmann«, gab Hermann zu bedenken, »der eigentlich Schuldige ist nicht der Untersuchungsrichter, sondern der Bärenführer.«

»Natürlich!« Von Schwendi funkelte ihn an. »Jagdgehilfe hin oder her. Mit dem Mordbuben wird jetzt kurzer Prozess gemacht.« Der Hauptmann stampfte mit dem Fuß auf. »Ach was – Prozess! Wer meine Männer hinterrücks umbringt, unterliegt dem Kriegsrecht. Exekutiert wird der Saukerl. Punktum!«

Dienstag, 17. April 1548

MARTINUS ALTHAMMER HATTE KEINE AHNUNG, weshalb er zu Doktor Georg Seld, dem Vizekanzler des Reiches und einem der engsten Mitarbeiter des Kaisers, beordert wurde. Wenn solch hohe Herren etwas wollten, wandten sie sich gewöhnlich nicht an ihn, sondern zuerst an den Stadtvogt Hans Antoni Braun. Der hatte sich bei Althammers Nachfrage jedoch höchst unangenehm überrascht gezeigt, dass man ihn in diesem Fall einfach übergangen hatte.

»Wird wohl etwas Persönliches sein«, suchte er nach einer Erklärung. »Vielleicht von früher. Der Georg Seld ist doch etwa in deinem Alter, oder nicht?«

Althammer hatte nur genickt. Brauns Bemerkung hatte ihm erst wieder ins Gedächtnis gerufen, dass Georg Seld de facto nur zwei Jahre älter als er selbst war. Während er die Domschule besucht hatte, war Seld von dem Gelehrten Johannes Pincianus unterrichtet worden. Obwohl sie sich als Ministranten zwangsläufig hin und wieder über den Weg gelaufen waren, konnte er sich nicht erinnern, jemals mehr als das Nötigste mit Seld gesprochen zu haben.

Dem Goldschmiedesöhnchen eilte damals bereits der Ruf voraus, nicht nur überaus tüchtig und begabt, sondern auch ein besonderer Günstling Fortunas zu sein. Anders war sein rasanter Aufstieg, der ihn mit gerade einmal 32 Jahren nicht nur zum Vizekanzler des Reichs, sondern auch zum persönlichen Übersetzer des Kaisers gemacht hatte, nicht zu erklären.

Seld hatte seine Heimatstadt Augsburg schon früh verlassen, um sich an der Hochschule in Ingolstadt der Jurisprudenz zu widmen. Dort wie auch auf den weiteren Stationen seines Studiums in Padua und Bologna sowie in Bourges und Paris waren die Fuggersöhne Hans Jakob und Georg freundschaftlich an seiner Seite gewesen. Die so entstandene enge Verbundenheit zur Fuggerfamilie hatte darin gegipfelt, dass Anton Fugger zu seinem großen Förderer wurde und nicht nur die Kosten seiner

Promotion übernommen, sondern dem frischgebacke-
nen Doktor der Rechte auch die ersten Schritte auf der
steilen Karriereleiter ermöglicht hatte. Da es ihn schon
aus Augsburg fortgezogen hatte, bevor die Stadt lutherisch wurde, war sein katholischer Glaube unerschüttert
geblieben. Somit hatte einem Dienst beim Bischof von
Freising nichts entgegengestanden. Nach dessen Tod war
Seld in den Rat Herzog Ludwigs von Bayern gewechselt,
hatte in der Delegation der bayerischen Herzöge auf den
Reichstagen zu Nürnberg, Speyer und Worms Anfang
der 40er-Jahre eine Reihe führender Persönlichkeiten
des Reiches kennengelernt und sich für höhere Aufgaben empfohlen. Als dann der Kaiser händeringend nach
einem geeigneten Nachfolger für seinen verstorbenen
Vizekanzler Naves suchte, hatte Karls deutscher Sekretär Johann Obernburger den jungen Seld vorgeschlagen.
Naves war primär mit deutschen Angelegenheiten, insbesondere den religiösen Streitigkeiten, befasst gewesen. Der fest im Katholizismus verwurzelte Georg Seld,
der durch seine Auslandsaufenthalte und Studien flie-
ßend Italienisch, Französisch und Spanisch beherrschte,
passte ausgezeichnet in den vielsprachigen kaiserlichen
Beraterstab und wurde kommissarisch zu Naves' Nachfolger berufen.

Martinus Althammer musterte den Mann mit dem
gepflegten langen Bart, der ihm einen Anstrich von Weis-
heit und Gelehrsamkeit verlieh. Mögen wir auch fast
gleich alt sein, so trennen uns doch Welten, dachte er,
im wahrsten Sinne des Wortes. Er ließ den Blick wei-
terschweifen über den kunstvoll gedruckten kolorier-
ten Stadtplan von Augsburg, der hinter dem Schreib-

pult des Reichsvizekanzlers hing und den Selds Vater gestochen hatte. *Weltmännisch* nannte man so jemanden wohl. Er selbst dagegen war nie im Ausland gewesen. Als seine Mutter mit ihm in den Wehen lag, hatte Luther im Fuggerhaus seine Thesen gegen den päpstlichen Legaten Kajetan verteidigt. Sein Vater, ein glühender Anhänger der neuen Lehre, hatte ihm davon erzählt. Später war der Vater in den Bauernkrieg gezogen und hatte Luther verflucht, als dieser sich scharf von den Aufständischen distanzierte und – wie der Vater es ausdrückte – »wieder den hohen Herren hinten hineinkroch«. Der Vater war nicht wieder zurückgekommen, sondern bei Frankenhausen auf dem Schlachtfeld geblieben.

Die Mutter hatte den jungen Martinus alleine durchgebracht, unterstützt nur vom früheren Teilhaber ihres Mannes, Florian Brandner. Die beiden hatten zusammen eine Druckerwerkstatt in der Unterstadt betrieben. Brandner war deutlich jünger als Paulus Althammer, und niemand wusste so recht, woher das Findelkind die Mittel für eine eigene Offizin genommen hatte. Man munkelte allerdings, dass es eine Verbindung zu Conrad Peutinger gab, eine Verbindung, die zurückging bis in die Tage von Martinus' Geburt, die zu einer Zeit stattgefunden hatte, als nicht nur Luthers Aufenthalt in Augsburg, sondern auch die Nachwehen eines Reichtags und eine grausige Mordserie die Stadt erschüttert hatten.

Durch Brandner war Conrad Peutinger auf Martinus aufmerksam geworden. Der Stadtschreiber hatte schnell seine Begabung erkannt und ihm die Möglichkeit eröffnet, sich hochzudienen. In den Schoß gefallen war ihm dabei jedoch nichts. Althammer hatte nur die »Sieben

263

Freien Künste« studiert, ein Studium der Jurisprudenz oder teure Auslandsaufenthalte hatte es für ihn nicht gegeben.

Als Peutinger sich, über das offizielle Bekenntnis der Augsburger zu Luthers Reformation verbittert, aus dem Amt zurückgezogen hatte, war Martinus in Tübingen. Nach seiner Rückkehr vom Studium war Peutinger schon nicht mehr im Amt gewesen, hatte ihm aber noch empfohlen, sich beim Stadtvogt um eine Stelle als Untersuchungsbeamter zu bemühen. Der alte Hauptmann Ludwig Spinner hatte ihn seinerzeit noch unter starken Vorbehalten eingestellt, dann aber seine Dienste schnell schätzen gelernt, nachdem er im Januar 45 den rätselhaften Mord an dem Büchsengießer Hans von Innsbruck aufgeklärt hatte. Für den neuen Stadtvogt Hans Antoni Braun war seine Weiterbeschäftigung überhaupt keine Frage mehr gewesen.

Althammers Verbindung zu Florian Brandner, der nach dem frühen Tod seiner Frau ein äußerst zurückgezogenes Leben führte, war nur noch sehr oberflächlich. Martinus empfand ihm gegenüber eine gewisse Dankbarkeit und daher die Verpflichtung, den Drucker hin und wieder in seiner Offizin zu besuchen. Ähnlich war auch sein Verhältnis zu Conrad Peutinger gewesen, den er eigentlich nie sonderlich gemocht hatte. Als Peutinger im vergangenen Dezember gestorben war, war Althammer zu seinem Begräbnis gegangen. Als Stadtschreiber war Peutinger stets um Ausgleich bemüht gewesen und hatte überall den Kompromiss gesucht. Böswillige nannten ihn deshalb einen Opportunisten.

Wahrscheinlich musste man das sein, wenn man sich

so lange Zeit unter den Mächtigen der Welt bewegte und dabei seine Stellung behauptete. Immerhin hatte Althammer von ihm gelernt, dass man nicht mit dem Kopf durch die Wand gehen konnte. Geliebt hatte er diese Haltung trotzdem nie. Er verachtete sich selbst sogar oft dafür. Aber als ein Mann, der durch dunkle Gassen schlich, weil er ab und an, wenn er gar nicht mehr anders konnte, dem Laster wider die Natur nachgab, musste er vorsichtig sein, wenn er nicht auf dem Scheiterhaufen enden wollte. Beherrschung war alles. Auch er hatte einst Ehrgeiz besessen, aber gelernt, ihn zu zügeln. So wie er sich selbst zu zügeln gelernt hatte. Er wusste um seinen schwachen Punkt und um seine Grenzen, bewegte sich deshalb lieber auf sicherem Terrain. Bleibe in deinem eigenen Lande und nähre dich redlich. Auch nun, da er finanziell unabhängig war und die Mittel hatte, die Enge Augsburgs zu verlassen, blieb er. Hier wusste er, was er hatte. Er fürchtete, wenn er die Sicherheit seiner Heimatstadt verließe, würde er verlieren – sich und sein Leben.

Dennoch bewunderte er Dickköpfe wie Fürst Johann Friedrich, die immer das taten, was sie tun mussten. Die sich nicht verbiegen ließen. Aber er musste auch zugeben, dass Klugheit etwas anderes war. Der Mann, der jetzt vor ihm stand, war zweifellos klug. Und er war ein Glückskind. Althammer beneidete ihn trotzdem nicht.

Der Vizekanzler bat ihn, Platz zu nehmen, während er selbst hinter dem Schreibpult stehen blieb. Schon in dem Moment, da er sich hinsetzte, wusste Martinus, dass es ein Fehler war. Er musste nun ständig zu Seld aufblicken.

»Ihr wisst, warum ich Euch herbestellt habe?«

»Nein. Ich habe mich lediglich gewundert, dass Ihr
mich und nicht den Stadtvogt sprechen wollt.«

Seld lächelte, aber seine Augen lächelten nicht mit. »Mit
welchem Fall seid Ihr momentan betraut?«

Althammers Überraschung wuchs. Dann ging ihm langsam auf, was nun kommen musste. »Ich untersuche die
Ermordung zweier junger Leute vor den Toren der Stadt.«

Seld nickte. »Darüber möchte ich mit Euch sprechen.
Wie ich hörte, handelt es sich bei dem toten jungen Mann
um einen Landsknecht des Kaisers. Ihr wisst, die Landsknechte haben ihre eigene Rechtsordnung. Warum belastet Ihr Euch mit dem Fall?«

»Verbrechen auf Stadtgebiet fallen in die Zuständigkeit des Stadtvogts. Außerdem wurde ja auch noch ein
Mädchen ermordet.«

Seld lächelte wieder. Es sollte wohl nachsichtig aussehen. »Wie ich hörte, habt Ihr den Übeltäter bereits
dingfest gemacht.«

»Es steht nicht eindeutig fest, dass er tatsächlich der
Täter ist. Er hat kein Geständnis abgelegt und beschuldigt seinerseits denjenigen, der ihn am Tatort überwältigt hat. So steht nun Wort gegen Wort.«

»Wie ich hörte, soll es sich bei dem Gefangenen um
einen fahrenden Bärenführer handeln. Daher frage ich
Euch: Was wiegt sein Wort gegen das eines kaiserlichen
Landsknechts, eines Rottmeisters des Hauptmanns von
Schwendi, einem der verdienstvollsten Streiter im Heer
seiner Majestät?«

Althammer wusste, dass er es sich im Grunde spa-
ren konnte weiterzureden. Alles, was er noch vorbrin-
gen würde, war Seld längst bekannt. Er sagte es trotz-

dem: »Der Gefangene ist in Wahrheit gar kein Fahrender. Der Auftritt als Bärenführer diente nur der Tarnung. Der Mann war Jagdgehilfe des ehemaligen Kurfürsten Johann Friedrich, als er erleben musste, wie der besagte Rottmeister seine Frau und sein Kind ermordete. Er kam nach Augsburg, weil die Spur des Mörders ihn herführte.«

»Wie ich hörte, steht auch in diesem Fall Wort gegen Wort.« Selds Gesicht zeigte keinerlei Regung. »Hinzu kommt, dass die beiden Todesfälle sich erstens nicht hier in Augsburg und zweitens im Krieg ereigneten, also ganz und gar nicht unter Eure Zuständigkeit fallen.«

»Verzeiht.« Es hatte nicht den geringsten Zweck mehr, aber Althammer wollte hören, was Seld noch sagen würde. Er wollte es ihm nicht so leicht machen. »Verzeiht, aber mir geht es dabei nicht nur um den Mord an zwei wehrlosen Frauen, sondern vielmehr um die Glaubwürdigkeit dieses Rottmeisters. Kennt Ihr den Landsknecht Hermann von Pferrsheim?«

»Nein. Aber ich muss ihn auch gar nicht kennen«, sprach Seld von oben herab. »Ich denke, Ihr habt immer noch nicht richtig verstanden, warum Ihr hier seid. Es geht nicht um Glaubwürdigkeit, nicht um Recht oder Unrecht in diesem Fall.«

»Ich bin Untersuchungsrichter. Meine Aufgabe ist es, die Wahrheit herauszufinden. Mir geht es um Gerechtigkeit.«

»Was ist schon Gerechtigkeit, was Wahrheit? Quid est veritas?« Selds Miene war nun völlig unbeweglich. »Macht mir nichts vor. Ihr seid längst nicht so einfältig, wie Ihr vorgebt. Alles, was sich in diesen Tagen innerhalb der Mauern Augsburgs abspielt, ist Politik. Selbst die

Frage, was mit dem Spatz geschieht, der vor dem Dom einem Lutheraner auf den Kopf scheißt, ist Politik. Und Politik hat nichts mit Gerechtigkeit zu tun, sondern mit Macht, mit dem, was machbar ist.«

Althammer hielt den Vergleich für jämmerlich und obendrein ordinär. Von jemandem wie Seld hatte er mehr erwartet.

Aber der Vizekanzler war noch nicht fertig. »Ihr sucht nach Wahrheit. Wer Recht zu sprechen hat, muss dies auch tun können, ohne die Wahrheit zu kennen. Obsequium amicus, veritas odium parit.«

»Ich glaube, die Wahrheit aber zu kennen. Ich bin sogar …«

Seld ließ ihn nicht ausreden. »Glaube ist etwas, worum es im vergangenen Krieg ging. Im Grunde nichts als ein bloßer Vorwand. Glaube ist kein guter Richter.«

»Dann sagt mir, was ein guter Richter ist.« Martinus merkte, wie die Galle in ihm hochstieg. Aber er beherrschte sich, so wie er es immer tat, und ließ sich weiter von diesem Schnösel, der kaum älter als er selbst war, den Gang der Welt erklären.

»Ein guter Richter ist, wer abzuwägen vermag, was machbar und was nötig ist, wenn er alle wichtigen Faktoren und Einflüsse kennt.«

»Und ich Narr dachte immer, ein Richter hätte zu entscheiden, was richtig und was falsch sei.« Er schüttelte den Kopf. »Warum wolltet Ihr mich sprechen und nicht Hans Antoni Braun? Immerhin ist er als Stadtvogt doch der Repräsentant des Kaisers hier in Augsburg.«

»Macht Euch nicht lächerlich. Ihr wisst sehr wohl, dass die Zeiten, da noch der Kaiser den Stadtvogt einsetzte, lange vorbei sind. Und auch wenn der Vogt immer noch den Blutbann innehat, so ist seine Macht bei Gericht durch die Ratsherren doch stark beschnitten.«

»Nun …«, Althammer verzog das Gesicht. Es sollte süffisant aussehen, »… wenn, wie Ihr sagt, mein Herr schon nichts zu melden hat, was wollt Ihr denn dann mit einem so kleinen Licht wie mir?«

»Es sind nicht nur die Großen, welche eigentlich die Politik bestimmen, sondern vor allem viele kluge Köpfe, die im Verborgenen wirken. Der rechte Mann am rechten Fleck kann sehr viel bewegen.« Martinus sah im Geiste, wie sich der Vizekanzler dabei selbst auf die Schulter klopfte. »Ich hoffte, mit Euch wäre vielleicht etwas anzufangen, wenn Ihr Eure Lektion erst einmal gelernt hättet.«

»Eure in mich gesetzte Hoffnung ehrt mich sehr. Tut mir leid, dass ich sie nun enttäusche. Iustus enim ex fide vivit.«

Er sah, wie Selds unbewegter Gesichtsausdruck hart wurde. »Ihr werdet immer nur ein kleiner unbedeutender Untersuchungsbeamter bleiben.«

»Ja«, erwiderte Althammer ruhig, »und das ist auch gut so.« Er erhob sich. »Bonus vir semper tiro.«

⁓⊕⁓

Der nächste Gang in die Fronfeste fiel Martinus Althammer nicht leicht.

»Ich fürchte, ich kann nichts mehr für dich tun«, sagte er zu Barnabas. »Man hat mir den Fall aus den Händen genommen.«

»Wer?«

»Eine Anordnung von oben.« Althammer zuckte die Achseln. »Was spielt das schon für eine Rolle.«

Barnabas runzelte die Stirn. »Und was geschieht jetzt?«

Althammer wich aus. »Gustav Peterhans wird sicher weiterhin versuchen, dir zu helfen.«

»Was kann er schon tun?«

»Er scheint mir ein sehr tatkräftiger Mann zu sein.«

»Habt Ihr mir nicht gesagt, dass es zweier Augenzeugen oder meines Geständnisses bedürfe, um mich zu verurteilen?«

»Ja, so verlangt es das Gesetz für Fälle, die nach unserem Stadtrecht behandelt werden.«

»Was soll das heißen?«

»Es wird keinen Prozess geben.«

Barnabas starrte ihn an. »Sondern?«

Althammer seufzte. »Die Morde, um die es geht, fanden zwar auf unserem Stadtgebiet statt und fallen damit eigentlich unter unsere Zuständigkeit. Aber solange der Kaiser in Augsburg weilt, ist er die oberste Instanz in allen Rechtsfragen.«

»Das ist nicht Euer Ernst! Warum sollte sich wohl der Kaiser für meinen Fall interessieren?«, fragte Barnabas ungläubig.

»Nicht der Kaiser. Zu dem dringt davon kein Wort. Der hat andere Sorgen. Deshalb hat er für solche Fälle ja auch seine Leute, die ihm alles vom Leibe halten. Aber es genügt schon, dass zwei Landsknechte des kaiserlichen Heeres in den Fall verwickelt sind. Hauptmann von Schwendi hat an ziemlich hoher Stelle für seinen Mann interveniert. Ihm dürfte daran gelegen sein, nicht noch weiter ins Gerede zu kommen. Deshalb will er die Geschichte so schnell wie möglich aus der Welt schaffen. Und da du nur ein Fahrender bist …«

»Aber ich …«

»Deine Verbindung zum sächsischen Fürstenhof kann dir leider auch nicht weiterhelfen. Ich fürchte, dass es sogar eher noch ein Grund mehr ist, dich so schnell wie möglich zum Schweigen zu bringen.«

»Ich verstehe.«

»Tut mir leid.« Althammer schickte sich an zu gehen.

»Wird man mich peinlich befragen?«

Er blieb stehen. »Ich weiß es nicht. Sie brauchen ja kein Geständnis.«

»Also werden sie mich bei Nacht und Nebel wie eine Katze ersäufen, damit es nur ja niemand mitbekommt.«

»Das geht nicht.« Althammer sah ihn ernst an. »Du bist zwar nur ein Bärenführer, aber auch eine stadtbekannte Persönlichkeit. Durch deinen Zwist mit dem Schmied und die Auftritte danach bist du sogar fast so eine Art Held geworden. Zudem ist einer der Toten ein Landsknecht. Man wird wieder einmal ein Exempel statuieren wollen. Abschreckung ist alles.«

»Ihr müsst mich nicht schonen«, sagte Barnabas düster. »Was glaubt Ihr, was mich erwartet?«

»Von Schwendi wird verlangen, dass du von seinen Landsknechten gerichtet wirst.«

»Spießrutenlaufen?«

»Ich fürchte ja.«

»Das ist doch die Hinrichtungsart für ihresgleichen. Wie komme ich zu solch einer Ehre?«

»Alle wissen um deine Verhaftung. Sie glauben wahrscheinlich, wenn sie dem Mob nur genug Spektakel liefern, wird kein Hahn danach krähen, was wirklich geschehen ist.«

Barnabas starrte den Untersuchungsrichter an. »Das ist eine schändliche, bodenlose Niedertracht. Dann wird diese menschenverachtende Bestie auch noch unter meinen Henkern sein.«

»Homo homini lupus est! Der Mann ist ein Raubtier.«

»Nein, er ist kein Raubtier, er ist viel schlimmer«, widersprach Barnabas. »Ein Raubtier tötet, um zu fressen und selbst zu überleben. Nicht aus Lust. Ihm aber bereitet es Vergnügen, Menschen zu quälen. Er berauscht sich am Gefühl der Macht, wenn er andere erniedrigen kann, wenn er ihnen alles nimmt – ihren Besitz, ihre Würde, ihr Leben.«

Althammer stand da und schwieg, schaffte es noch nicht zu gehen. »Kann ich noch etwas für dich tun?«, fragte er endlich.

»Was ist mit Ursus und dem Jungen?«

»Seit der Schmied wieder auf freiem Fuß ist, habe ich den Jungen nicht mehr gesehen. Beim Zwinger war er heute offenbar nicht. Ich habe mit den Bütteln gesprochen. Dort hat er sich jedenfalls nicht blicken lassen.«

»Was geschieht mit dem Bären?«

»Ich weiß es nicht.«

»Könnt Ihr dafür sorgen, dass Fürst Johann Friedrich ihn bekommt?«

»Ich werde sehen, was ich tun kann. Versprechen will ich es lieber nicht.«

»Danke.«

»Wo zum Kuckuck ist Gustav Peterhans?«, brüllte Johann Friedrich.

»Er ist verschwunden, Euer Durchlaucht.« Simprecht der Kammerdiener duckte sich. Er konnte schon nicht mehr zählen, wie oft er in den letzten 24 Stunden vergebens in die Stallungen gelaufen war, um nach dem Reitknecht zu suchen. Immerhin hatte er diesmal wenigstens eine Neuigkeit. »Baltes, der Futtermeister, meinte, Peterhans habe gestern etwas davon gemurmelt, zum Untersuchungsrichter gehen zu wollen. Aber seitdem hat ihn niemand mehr gesehen.«

»Aha, und warum zum Donnerwetter bequemt sich dann bitteschön niemand dazu, einmal bei diesem Untersuchungsrichter nachzufragen?«

»Sehr wohl, Euer Durchlaucht, wir werden das sofort in die Wege leiten. Ich werde ...«

»Nein, halt, warte! Besser, du bittest den Untersuchungsrichter einfach, gleich hierher zu kommen. Dann rede ich selbst mit ihm!«

Als Martinus Althammer zwei Stunden später bei Johann Friedrich vorsprach, berichtete er von Peterhans' Besuch in seiner Amtsstube. »Ich nehme an, er war in Eurem Auftrag unterwegs, Euer Durchlaucht?«

»Natürlich. Der Bärenführer ist mein Jagdgehilfe Michael Sollstedter. Wisst Ihr, ich habe ein Herz für solche Männer wie ihn und Gustav Peterhans. Männer der Tat, nicht solche Leisetreter und Federfuchser wie dieses ganze Pfaffenpack oder meine Räte mit dem fischblütigen Minkwitz an der Spitze.« Er musterte Althammer abschätzig. »Ich habe Sollstedter erkannt, als er mit seinem Bären auf dem Weinmarkt aufgetreten ist. Dann hörte ich davon, wie er die Sache mit dem Rindvieh gelöst hat. Ich nehme an, Ihr wart der zuständige Untersuchungsbeamte?«

Althammer tat ein wenig beschämt. »Ich habe mir geschworen, in solchen Fällen zukünftig immer einen Physikus zurate zu ziehen.«

Der Fürst lachte. »Tja, von Sollstedter könntet Ihr noch was lernen.« Dann wurde er sofort wieder ernst. »Peterhans hat dafür gesorgt, dass ich in Ruhe mit ihm sprechen konnte. Da hat Sollstedter mir von dem Schuft erzählt, der seine Familie ausgelöscht hat. Ich habe Peterhans angewiesen, ihn bei der Suche nach dem Schurken zu unterstützen. Peterhans hat dann ein paar Mal auf Sollstedters Wagen und seinen Bären aufgepasst, damit er sich freier in der Stadt bewegen konnte. Als ich hörte, dass er in der Fronfeste sitzt, habe ich Peterhans beauftragt, Nachforschungen anzustellen. Deshalb war er wohl auch bei Euch.«

»Ja. Wir haben über den Fall gesprochen. Er wollte noch einmal zu dem Jungen des Schmieds. Der scheint nun aber auch verschwunden zu sein. Ich habe keine Ahnung, was Euer Reitknecht sonst noch vorhatte. Aber ich vermute, er wollte mit Pferrsheims Leuten sprechen.«

»Das war wahrscheinlich nicht ganz ungefährlich. Könnt Ihr nicht nach ihm suchen?«

»Nein. Leider sind mir die Hände gebunden. Ich kann nicht einfach bei den Landsknechten herumschnüffeln. Außerdem hat man mir von höchster Stelle untersagt, dem Fall weiter nachzugehen. Causa finita est.«

»Was soll das heißen, von höchster Stelle? Und was geschieht nun mit Sollstedter?«

»Der Reichsvizekanzler persönlich hat mir verboten, den Fall weiter zu untersuchen. Barnabas' Schuld wird damit als erwiesen betrachtet.«

»Und die Vorfälle in Thüringen?«

»Doktor Seld hat mir zu verstehen gegeben, dass uns das hier in Augsburg nichts angehe. Außerdem sei das alles im Krieg geschehen.«

»Der Reichsvizekanzler, auch so ein verfluchter Leisetreter!« Johann Friedrich lief rot an vor Wut. »Das Ganze ist auch eine Schmähung meiner Person. Das welsche Gesindel will mich demütigen, mir meine Ohnmacht vor Augen führen.«

»Verzeiht, Euer Durchlaucht, aber de jure, rein von Rechts wegen, ist der Standpunkt sogar vertretbar.«

»De jure!« Johann Friedrich blies empört die Backen auf.

»Ich meine, was die Frage der Zuständigkeit angeht.« Althammer zuckte ergeben die Achseln. »Tut mir leid, Euer Durchlaucht. Es hieß, solche Fragen seien wichtiger als die nach Wahrheit oder Gerechtigkeit. Vor allem wohl in diesem Fall, wo …«

»Schon gut, schon gut.« Der Fürst winkte angeekelt ab. »Ich weiß, was Ihr meint. Und Ihr seid dafür ja auch nicht verantwortlich.« Er wuchtete sich schwerfällig aus dem eigens für ihn angefertigten Lehnsessel hoch und trat auf Althammer zu. »Könnt Ihr es vielleicht einrichten, dass ich wenigstens noch einmal mit Sollstedter sprechen darf?«

Althammer sah ihn überrascht an. Dann nickte er langsam. »Ich vermag ihm zwar nicht mehr zu helfen, aber das sollte noch machbar sein. Nur: Was werden Eure Bewacher dazu sagen?«

»Das ist mir völlig einerlei. Sie werden es mir ja wohl schwerlich verbieten können.« Der Fürst lachte unfroh. »Schließlich bin ich doch nur ein Gefangener, der ins Gefängnis gehen will.«

Der niedrige Felsblock war die einzige Sitzgelegenheit in der kleinen Zelle, und Barnabas hatte sie seinem einstigen Brotherrn überlassen, der mit seiner gewaltigen Leibesfülle gerade noch darauf Platz fand. Er selbst stand in Ketten vor ihm. Martinus Althammer hatte dafür gesorgt, dass die Eisenknechte sie alleine ließen.

»Ich weiß nicht, womit ich die Ehre Eures Besuches verdient habe, Euer Durchlaucht.«

»Papperlapapp. Ich wollte mir nur schon einmal anschauen, was mich demnächst auch erwartet«, sagte der Fürst leichthin.

Barnabas lachte leise, wie es von ihm erwartet wurde, merkte dem Fürsten aber an, dass er nur halb im Scherz gesprochen hatte. Deshalb entgegnete er auch nichts, sondern wartete.

Der Fürst machte auch keine großen Umschweife. »Es gibt nicht mehr allzu viele, die noch auf meiner Seite stehen«, begann er. »Und meine Räte sind nur ein paar elende Speichellecker und verweichlichte Federfuchser. Du bist ein Gefangener wie ich. Hast den sicheren Tod schon vor Augen. Du brauchst nichts mehr zu fürchten. Kannst mir offen und ehrlich deine Meinung sagen. Gib du mir also einen Rat: Was soll ich tun? Soll ich das Interim annehmen?«

Barnabas sah ihn verblüfft an. »Ihr wollt in dieser Sache einen Rat von mir, Euer Durchlaucht?«

Der Fürst nickte ernsthaft.

»Aber ich bin nur ein ganz einfacher, ungebildeter Mann, außerdem kenne ich Eure Lage und die Umstände viel zu wenig. Ich bin sicher nicht dazu geeignet, Euch zu raten, bin viel zu dumm, zu …«

»Genug!«, fuhr der Fürst ungehalten dazwischen. »Du bist ganz und gar nicht dumm. Von Goldacker weiß ich, dass du sogar des Lesens und Schreibens mächtig bist. Außerdem: Was glaubst du wohl, warum ich dich und nicht meinen Kanzler frage?« Er winkte ab. »Du bist genau der Richtige. Wer weiß, ob mich morgen nicht auch schon das Blutgerüst erwartet!«

»Das wird man nicht wagen, Euer Durchlaucht! Hat Euch nicht der Kaiser selbst bei der Kapitulation versprochen, Euer Leben zu schonen?«

»Der Kaiser? Papperlapapp! Der Kaiser hat auch diesem hessischen Hahn zugesagt, dass er ihn freilässt, und was hat er getan? Philipp schmort in seinem eigenen Saft in Donauwörth, dem Vernehmen nach geht es ihm noch erbärmlicher als mir. Und sein Eidam, mein ehrenwerter Vetter Moritz, spielt ebenfalls den Beleidigten, weil der Kaiser auch ihm gegenüber wortbrüchig geworden ist. Die Kurwürde hat der Kaiser ihm übertragen, aber seinen Schwiegervater lässt er nicht ziehen. Wie ich hörte, hat Moritz Augsburg im Zorn verlassen.« Der Fürst schüttelte den Kopf. »Karl hat den Krieg gewonnen und meint, er kann jetzt machen, was er will!«

»Keiner kann das!«

»Nein, keiner.« Johann Friedrich lächelte bitter. »Zumindest nicht für lange Zeit. Aber bis Karl das eingesehen hat, vor allem aber, bis alle diese verdammten Feiglinge und Verräter eingesehen haben, dass sie es nicht zulassen dürfen, bis dahin bin ich vielleicht längst tot.«

Barnabas merkte, dass der Fürst tatsächlich Angst hatte. Er sah es in seinen Augen.

»Also Sollstedter, gib mir einen Rat! Und bedenke: Wenn ich Karls Vorschlag annehme und dem Interim zustimme, wird er mir wieder wohler gesonnen sein, und ich vermag vielleicht auch wieder etwas für dich zu tun.«

»Es wäre zu spät!«

»Oh nein«, widersprach der Fürst. »Wenn ich jetzt sofort zu ihm hinginge und mit ihm spräche, wäre es bestimmt noch nicht zu spät.«

Barnabas winkte ab. »Glaubt Ihr etwa ernsthaft, Euer Durchlaucht, ich könnte Euch nun, nachdem Ihr mir all das erzählt habt, noch den Rat geben, Ihr solltet kleinbeigeben? Es ist doch nicht wirklich das, was Ihr von mir hören wollt, oder?«

»Vielleicht.«

Barnabas legte den Kopf schief. »Nein, das wollt Ihr nicht. Und das werdet Ihr auch nicht von mir hören. Ich bewundere Eure Haltung. Ihr bietet dem Kaiser die Stirn und steht zu Eurer Überzeugung. Ihr seid der Einzige, der sich nicht beugen lässt.«

»Mein Kanzler und meine Räte halten es für Dummheit.«

»Wie nanntet Ihr die vorhin? Verweichlichte Federfuchser, nicht wahr? Und Ihr seid zu mir gekommen, weil ich keiner von dieser Sorte bin. Was Ihr von mir,

278

dem Todgeweihten, hören wollt, ist doch nur, dass es besser ist, furchtlos dem Tod ins Antlitz zu schauen als klein beizugeben.«

Der Fürst sah ihn erwartungsvoll an.

»Aber ich sage Euch, Euer Durchlaucht, ich bin nicht furchtlos. Ich habe sogar gewaltige Angst vor dem Sterben. Und das, obwohl meine Frau und meine Tochter tot sind und man meinen sollte, ich hätte nichts mehr zu verlieren auf dieser Welt.« Er wischte sich über die Augen. Die Ketten rasselten. »Ihr habt mir geraten, ich solle von meiner Rache ablassen. Ich war tatsächlich so weit, es zu tun und mich um das Mädchen Lisbeth zu kümmern. Ich habe sogar überlegt, wieder nach Thüringen zu Goldacker zurückzukehren und Euer Angebot anzunehmen. Aber dann hat dieser Schurke auch Lisbeth getötet und schickt sich nun an, mich vollends zu vernichten.« Erbitterung klang aus seiner Stimme. »Doch immer noch will ich leben, und sei es nur, um dem Teufel die Stirn zu bieten.«

»Ergo möchtest du, dass ich zum Kaiser gehe und für dich bitte.«

Barnabas schüttelte den Kopf. »Nein. Ich will nicht, dass Ihr Euch beugt. Genauso wenig, wie ich um Gnade winseln werde. Ich werde dem Schurken morgen noch einmal gegenübertreten und dabei in die Augen sehen. Und ich werde seine Missetaten hinausschreien. Und wenn es einen gerechten Gott gibt, dann wird er mich hören.«

»Du bist doch einfältiger, als ich dachte, Sollstedter.« Es klang anerkennend.

»Ja. Und Ihr seid genauso dumm, wie Euer Kanzler behauptet, Euer Durchlaucht.«

»Du erlaubst dir einiges.« Der einstige Kurfürst grinste.
»Ich danke dir für das Gespräch. Nimm es mir nicht übel,
wenn ich dieser schändlichen Veranstaltung nicht bei-
wohnen werde. Ich hätte dir gerne moralischen Beistand
geleistet, aber der Herzog von Alba hat meine Wachen
instruiert, mich morgen nicht vor die Tür zu lassen. Der
Kaiser gibt sich im Augenblick erst gar nicht mit mir ab.
Er lässt nur noch durch seine Lakaien mit mir reden, bis
ich dem Interim zustimme. Aber da kann er warten, bis
er schwarz wird.« Er winkte Barnabas, ihm beim Auf-
stehen von dem niedrigen Felsblock behilflich zu sein.
Die Ketten rasselten.

Mittwoch, 18. April 1548

AM NÄCHSTEN TAG kurz nach zwei Uhr nachmittags ver-
sammelte sich Lazarus von Schwendis komplette Lands-
knechtstruppe auf dem Richtplatz zu Füßen des Perlachturms. Zwei Fähnlein spanischer Soldaten, darunter
eine Abordnung von 40 Schützen mit Hakenbüchsen,
bezogen zur Aufrechterhaltung der Ordnung zusätzlich
Stellung rund um die hölzerne Bühne mit dem Galgen.
Zusätzlich war noch eine etwa 30 auf 30 Schritt große
Fläche vor dem Blutgerüst geräumt und von den Stadt-
knechten mit Schranken und Ketten abgesperrt worden,
hinter denen man die neugierige Menge auf Abstand hielt.
    Hinrichtungen waren an der Tagesordnung, heute
erwarteten die Zuschauer jedoch keine gewöhnliche Hinrichtung. So ließ sich weder von den hochherrschaftli-
chen Reichstagsgästen noch von den Stadtoberen, dem

Magistrat oder den Patriziern auch nur eine Menschenseele blicken. Die sonst bei den blutigen Schauspielen stets bestens besuchten Ehrenplätze blieben verwaist. Selbst der Stadtvogt, der wie sonst üblich vom Erker des Rathauses den Verruf verkündete, blieb der Veranstaltung fern.

Lediglich Martinus Althammer war als sein Vertreter gekommen, in der Hoffnung, mit seiner Anwesenheit dafür sorgen zu können, dass wenigstens die Grenzen des Anstands gewahrt blieben. Außerdem hatte er Vorkehrungen getroffen, dass ausschließlich die besten Männer der Stadtwache zum Dienst aufgeboten waren.

Ein halbes Fähnlein von ihnen eskortierte Barnabas vom Gefängnis zum Richtplatz. Auf den sonst üblichen Zug mit Trommlern und Stadtpfeifern wurde verzichtet, um einem ehrlosen Fahrenden nur ja nicht zu viel der Ehre angedeihen zu lassen. So läutete nur das Armesünderglöckchen, zu dem lediglich ein einziger Trommler dem Gefangenen, der nicht auf dem Schinderkarren gefahren wurde, sondern zu Fuß gehen musste, den Takt bei seinem letzten Geleit angab.

Barnabas wurde in Ketten auf das Blutgerüst geführt, um ihn der Menge zu zeigen. Dann trat der Profos des Landsknechtfähnleins neben ihn und verkündete laut das Urteil, welches ohne Prozess über ihn gesprochen worden war. Als er geendet hatte, erhob der Verurteilte die Stimme und rief weithin vernehmlich: »Ihr alle seid Zeugen eines großen Unrechts! Ich bin unschuldig!«

Die Menge murrte, einige schrien. Es waren außerordentlich viele Schaulustige zu Füßen des Perlachturms zusammengekommen, weil sich herumgesprochen hatte,

281

dass der berühmte Bärenführer durch die Todesgasse laufen sollte. Die Meinungen waren geteilt. Selbst unter Barnabas' früheren Bewunderern gab es solche, die aus Grimm über seine Behandlung und solche, die aus Enttäuschung über seinen Protest murrten, den sie ihm als Feigheit und Angst vor dem Tod auslegten. Die mit ein wenig Verstand gesegneten schwiegen erst einmal betroffen. Unter den lauten Schreiern aber überwogen wie immer die Stimmen des mitleidlosen Mobs, der einfach nur Blut sehen wollte und dem dafür jedes Opfer recht war, solange es nicht das eigene Leben galt.

Zu den lautesten Schreiern gehörten Siegmund der Schmied und sein Vetter, der Büttel Philippus Engelhardt. Nachdem Siegmund wieder auf freien Fuß gesetzt worden war, hatte er am Zwinger kurz nach seinem Sohn Lienhart gesucht. Als er ihn nicht gefunden hatte, war er nach Hause gegangen und hatte erst einmal seine Frau Margaret verprügelt. Dann war er wieder losgezogen, um mit Engelhardt seine Freilassung beim »Seilerwirt« zu feiern. Im Laufe des Abends hatte sich ihnen wie zufällig Hermann von Pferrsheim angeschlossen. Sie hatten tüchtig auf Siegmunds Rechnung gezecht und verabredet, sich nach der Hinrichtung des Bärenführers erneut zum »Leichenschmaus« zu treffen.

Am nächsten Morgen hatte für den Rottmeister als Vorbereitung für das Spießgericht Exerzieren auf dem Dienstplan gestanden. Engelhardt dagegen gehörte nicht zu den für die Hinrichtung auserwählten Stadtsoldaten, sondern sollte in der Unterstadt patrouillieren. Er fasste diese Aufgabe so auf, dass er, sobald die Schenken wieder geöffnet hatten, erneut mit dem immer noch nicht ganz nüchternen Schmied ein Saufgelage veranstaltete. Erst als die Stunde der Hinrichtung nahte, hatten sie sich torkelnd den Perlachberg hinaufgeschleppt.

Da Engelhardt seine Uniform trug, hatten sie keine Schwierigkeiten, sich durch die Menge bis zum Zwinger vorzuarbeiten und gleichsam einen Logenplatz direkt neben dem Bärenkäfig zu sichern, in dem Ursus, der seinen Herrn gewittert hatte, zunehmend unruhiger wurde.

Unruhig beim Anblick seines Vaters wurde auch Lienhart, der sich ganz in der Nähe versteckt hielt. Nachdem er die Ermordung des Reitknechts hatte mit ansehen müssen, war er zunächst völlig ziellos und verstört durch die nächtlichen Gassen der Unterstadt gelaufen. Er wusste nicht, wem er trauen durfte, versteckte sich tagsüber in einer der Scheunen, die es hier zuhauf gab. Am Abend hatte er bei einem Streifzug nach etwas Essbarem seinen Vater mit Engelhardt und dem Vernarbten zusammen auf der Straße gesehen und gehört, wie sie über Barnabas' Hinrichtung gesprochen hatten. Seine Angst war ins Unermessliche gestiegen.

Zu wem sollte er gehen? Wem konnte er von seinem Wissen erzählen? Zu Martinus Althammer, dem Mann mit dem freundlichen Gesicht, der Barnabas ins Gefängnis hatte werfen lassen? Der behauptet hatte, Barnabas habe Richard und Lisbeth umgebracht? Der ihm als gute Nachricht verkündet hatte, dass er seinen Vater freilassen werde? Er konnte auch nicht zur Mutter nach Hause, da er fürchten musste, dass sie ihn

283

dem Vater ausliefern würde. Am Ende wusste er nur eines: Er wollte Ursus und Barnabas nicht gänzlich im Stich lassen. Also hatte er noch im Schutz der Nacht die Unterstadt verlassen und sich in der Nähe des Zwingers versteckt.

Knapp die Hälfte des Landsknechtfähnleins stellte sich auf dem frei gehaltenen Platz vor dem Blutgerüst zum Spießgericht auf. Dazu formierten sie sich zu einer schmalen Gasse, die Barnabas zu durchlaufen hatte, wobei sie ihn solange mit ihren Spießen traktieren würden, bis er tot liegen bliebe.

Ein katholischer Geistlicher näherte sich Barnabas. Aber der schaute lieber weg, hoch zum Perlachturm zu den beiden kunstvoll geschnitzten Holzfiguren, die darstellten, wie sein Namenspatron, der Erzengel Michael, mit seiner Lanze den Bösen in Gestalt eines Lindwurms besiegt. Welch bitterer Hohn, dachte Barnabas, hätten meine Eltern gewusst, wie ihr Michael heute unter dem Spieß dieses Teufels zugrunde geht, sie hätten mir wohl einen anderen Taufnamen gegeben!

Er wandte sich zu dem Priester. »Ich brauche keine Absolution, schon gar nicht die eines welschen Pfaffen!«, wies er ihn schroff zurück. »Ich bin unschuldig!«

Der Priester breitete mit salbungsvollem Gehabe die Arme aus und zog sich wieder zurück. Dafür kamen nun zwei Steckenknechte des Fähnleins, rissen ihm die Kleidung in Fetzen vom Leib und stießen ihn von der hölzernen Bühne hinunter, wo ihn zwei weitere Stekkenknechte empfingen und zum Anfang der Todesgasse schleppten. Dort löste man ihm die Ketten und schob ihn voran. Als er den Vernarbten mitten unter den Landsknechten in der Gasse sah, weigerte er sich weiterzugehen. Stattdessen reckte er die Hände anklagend gegen ihn in die Höhe und rief mit lauter Stimme, sodass es über den ganzen Platz tönte: »Seht den Mann mit dem Narbengesicht dort. Das ist Hermann von Pferrsheim, der meine Frau und meine Tochter feige ermordet und auch die Nichte des Schmieds und seinen eigenen Neffen auf dem Gewissen hat. Er ist derjenige, den ihr richten solltet!«

Da schlug ihm einer der Steckenknechte den Stock zwischen die Zähne, dass ihm ein Schneidezahn abbrach und die Unterlippe aufplatzte. Der andere stieß ihn voran zwischen die Lanzen. Sobald er in der Gasse war, trieben ihn die Schläge und Stöße der Landsknechte vorwärts. Sie wollten ihren Spaß, schlugen ihn zu Anfang nur mit den flachen Seiten der Spieße oder stießen ihm die stumpfen Enden in die Rippen. Ein paar Mal stolperte er über die Stangen, die sie ihm in den Weg stellten. Einmal wollte er liegen bleiben. Doch sie zerrten ihn wieder hoch und trieben ihn weiter.

»Wir wollen Blut sehen!«, brüllten erste Stimmen aus dem Mob. »Macht endlich Ernst!« Auch die Spanier waren wieder mit ihrem »¡Vamos, ¡vamos!« zu hören.

Als er die Hälfte der Gasse hinter sich hatte, blutete er zwar, aber nur aus einigen leichteren Platzwunden von den Hieben. Er taumelte weiter, schützte sei-

nen Kopf. Da spürte er den ersten wirklich scharfen
Schmerz in der Seite von einem Streich mit der Spitze
eines Spießes. Er nahm den Arm ein wenig herunter
und sah in das grinsende Gesicht des Vernarbten.

»Hermann von Pferrsheim, ich klage dich an!«

Ein Stich traf ihn in die Schulter, weitere in die Arme
und die Seite, ein schneidender Schmerz durchfuhr sein
linkes Bein. Er brach zusammen und brüllte. Mehr noch
aus Wut denn aus Pein.

Ursus, der Bär, hörte die Stimme seines Herrn und antwortete. Er raste in seinem Käfig, stellte sich an den Gitterstäben auf und rüttelte mit den Tatzen daran.

Siegmund und Engelhardt beobachteten ihn belus-
tigt. Sie standen seitlich neben dem Blutgerüst innerhalb
der von den Spaniern gebildeten Absperrung. Von ihren
Plätzen neben dem Käfig waren es nur ein paar Schritte
zur Todesgasse der Landsknechte.

»Warum … warum … lassen wir … Bärchen nicht
raus … kann's besser sehen … wie Herrchen … der Garaus gemacht wird!« Der Schmied war so betrunken, dass
er nur noch lallen konnte.

Die beiden Stadtsoldaten, die zur Bewachung des
Bären abgestellt waren, hörten nichts von seinem Vorschlag, sondern schauten weiter gebannt dem Spießgericht der Landsknechte zu.

Siegmund stocherte mit einem langen angespitzten
Ast zwischen den Gitterstäben hindurch nach dem Bären
und stachelte so seine Wut noch mehr an. Engelhardt ver-

suchte, ihn davon abzubringen, war aber genauso betrunken und dem stärkeren Schmied nicht gewachsen. Der stieß ihn einfach zurück.

Lienhart hatte sich unter dem Blutgerüst versteckt. In der hintersten Ecke der hölzernen Bühne, wo er vor allen Blicken sicher war, hatte er sich in seiner Angst zusammengekauert und lauschte. Barnabas' Schreie erschütterten ihn bis ins Mark. Er hielt sich die Ohren zu, um nicht länger zuhören zu müssen, doch das Brüllen des gequälten Bären übertönte alles. Er kroch Richtung Käfig und sah seinen Vater. Namenloses Grauen, grenzenloser Abscheu, vor allem aber eine besinnungslose Wut packten ihn. Er stürzte aus seinem Versteck, vorbei an seinem Vater, schob den Riegel des Käfigs zurück, riss die Tür auf ...

Ursus warf sich nicht etwa auf den Schmied, sondern rannte in einem Tempo, das niemand dem gewaltigen Tier zugetraut hätte, auf die Gasse der Landsknechte zu.

Ehe auch nur irgendjemand begriff, was geschah, stürzte er sich von hinten auf den Vernarbten, begrub ihn unter sich und bearbeitete ihn mit Zähnen und Klauen. Seine Fangzähne bohrten sich ihm in den Hals, seine Tatzen wühlten in seiner Brust.

Der Rottmeister schrie wie ein waidwundes Tier.

Seine Kameraden ließen von dem auf dem Boden liegenden Barnabas ab und bearbeiteten statt seiner nun den Bären mit ihren Spießen. Doch Ursus beachtete sie gar nicht, solange er den Vernarbten in den Fängen hatte.

»Aufhören!«

Wie rasend stießen die Landsknechte weiter in das Knäuel aus menschlichen und tierischen Gliedmaßen.

»Aufhören!« Obwohl sich weder der Rottmeister noch der Bär mehr regten, reichte Martinus Althammers Befehl nicht aus, das wilde Hauen und Stechen zu beenden.

»Aufhören!« Erst Hauptmann von Schwendis Kommandostimme schaffte es, dem Gemetzel ein Ende zu setzen.

Schlagartig hörte auch der tumultartige Lärm auf, den der entfesselte Mob veranstaltet hatte. Totenstille hing über dem Platz, während der Profos und der Feldscher die blutüberströmten Körper von Mensch und Tier trennten.

Lienhart war an seinem verdutzt herumtorkelnden Vater vorbei dem Bären hinterhergelaufen und starrte nun fassungslos neben Martinus Althammer auf die Leichen. Der Feldscher drehte den Vernarbten auf den Rücken. Ursus hatte ihn entsetzlich zugerichtet. Die Bauchdecke war aufgerissen, Teile der Eingeweide hingen heraus. Lienhart wollte sich abwenden, als etwas in der Sonne aufblitzte und ihn für einen Augenblick blendete.

»Das Kreuz«, schrie Lienhart, »das Kreuz an seinem Hals! Das gehört Lisbeth!«

Unter dem zerfetzen Wams des Landsknechts war der Anhänger zum Vorschein gekommen. Keiner beachtete weiter den Jungen, nur Martinus Althammer hatte ihn gehört und wandte sich ihm zu.

»Das ist Lisbeths Kreuz!« Völlig außer sich trommelte ihm Lienhart gegen die Brust. »Er hat es ihr genommen! Er hat sie getötet!«

Da hörten sie einige Schritte hinter sich am Boden ein ersticktes Stöhnen.

»Barnabas!«, schrie der Junge.

✥

Als Lienhart den Bärenführer am nächsten Abend im Hospital besuchte, lag Barnabas auf seinem Lager und war kaum fähig sich zu regen. Durch die Vielzahl an Verletzungen hatte er viel Blut verloren. Der Stadtphysikus Bartholomäus Höchstetter hatte ihm den zerfetzten linken Unterschenkel amputieren müssen. Noch war nicht sicher, ob er überleben würde. Beim Anblick des Jungen hob er den Kopf und brachte ein verzerrtes Lächeln zustande.

Lienhart fasste seine Hand und erschrak. Sie war eiskalt.

»Hörst du mich?«

Der Bärenführer nickte schwach.

Lienhart fing an zu erzählen, was geschehen war. Zwischendurch versicherte er sich immer wieder ängstlich, ob Barnabas ihm noch zuhörte. Er begann damit, wie Barnabas in der Todesgasse zusammengebrochen war und er selbst Ursus befreit hatte. Sein Bericht war ungeordnet und wirr, aber an den Blicken des Schwerverletzten sah er, dass der ihn verstand.

»Nachdem der Untersuchungsrichter den Beweis für deine Unschuld gesehen hatte, hat er sogleich dem Hauptmann gesagt, dass seine Leute dich in Ruhe lassen sollen«, fuhr er fort. »Und er hat den Stadtphysikus herbeigerufen, und die Soldaten haben die Neugierigen weggejagt. Ich hab dann dem Untersuchungsrichter auch erzählt, was ich beim ›Seilerwirt‹ gesehen hab.« Er erzählte Barnabas von der Ermordung Peterhans'. »Althammer ist zum Stadtvogt gegangen, um die Erlaubnis für die Durchsuchung der Stallungen zu kriegen. Der Hauptmann von Schwendi musste es zugeben, ob er wollte oder nicht. Auch das gesamte Quartier des Fähnleins ist durchsucht worden. Ich durfte mitgehen. Und da hab ich dann den Landsknecht mit dem Pferdegesicht wiedererkannt, der auch dabei war, als der Vernarbte den Peterhans hinterrücks erstochen hat.«

Die Augen des Bärenführers waren nun geschlossen, aber als Lienhart eine Pause machte, schlug Barnabas sie wieder auf, zum Zeichen, dass er weiter sprechen solle. »Ich glaube, der mit dem Pferdegesicht hatte schreckliche Angst. Jedenfalls hat er behauptet, sein Rottmeister habe ihn gezwungen, nichts zu verraten, und er hat dann doch lieber alles gestanden und die Büttel auch zum Versteck der Leiche geführt. Und damit ist nun endgültig klar, dass der Vernarbte die Morde begangen hat und du ganz und gar unschuldig bist. Und das wissen nun auch alle.«

Lienhart spürte einen schwachen Druck der Hand. Es war wie ein Dankeschön.

»Was … was ist … mit Ursus?«

Lienhart schaute den Bärenführer groß an. »Weißt du es denn nicht?«

Barnabas schüttelte den Kopf.

Tränen schimmerten in den Augen des Jungen. Er wollte sprechen, brachte es aber nicht über die Lippen. Als er sah, dass Barnabas auch so verstand und seine

Augen ebenfalls feucht wurden, ließ er dessen Hand los, holte etwas aus dem Bündel, das er mitgebracht hatte, und reichte es ihm hin. Barnabas griff danach, es gelang ihm auch, es festzuhalten.

Es war die Bibel, die Richard bei der Plünderung der Jagdhütte an sich genommen und die Althammer bei der Durchsuchung seiner Habseligkeiten gefunden hatte. Barnabas schlug sie auf. Auf der Innenseite des Buchdeckels standen sein Name, der seiner Frau und seiner Tochter. Darunter hatte er noch in glücklichen Tagen mit eigener Hand geschrieben:

»Gott sei ihnen gnädig.«

EPILOG

Augsburg, August 1555

WIEDER WAR REICHSTAG IN AUGSBURG, und die Großen und Mächtigen hatten sich in der Stadt an Lech und Wertach versammelt. Kaiser Karl V. jedoch weilte nicht unter ihnen.

Längst war das von ihm gegen den Willen des sächsischen Fürsten Johann Friedrich erzwungene Interim hinfällig geworden und seine Machtposition zerbröckelt.

Als er seinen Sohn Philipp als Nachfolger auf dem Kaiserthron hatte durchsetzen wollen, war es zum offenen Aufstand der Fürstenopposition gekommen. Unter Führung des wieder zur protestantischen Gegenpartei übergegangenen Kurfürsten Moritz von Sachsen hatte sie sich mit Frankreich verbündet. Der Machtkampf hatte mit der Flucht des Kaisers von seiner Residenz in Innsbruck nach Villach in Kärnten und dem völligen Zusammenbruch seiner Politik geendet. Johann Friedrich, den der Kaiser jahrelang als Gefangenen mitgeschleppt hatte, war nach dem erfolgreichen Fürstenaufstand endlich als freier Mann nach Hause zurückgekehrt und blieb wegen seiner Bekenntnistreue, Gewissenhaftigkeit und Hartnäckigkeit stets hoch geachtet.

Die Regierung in Deutschland aber war Karls Bruder Ferdinand übertragen worden, den Karl bereits 1530, nach seiner eigenen Kaiserkrönung, zum Römischen König hatte wählen lassen.

So war es auch Ferdinand gewesen, der im Februar den Reichstag eröffnet hatte. Immer noch ging es dabei um die Einheit des Reiches, die Neuordnung der politischen und kirchlichen Verhältnisse und damit auch um die Wahrung des Friedens.

Und während die Großen und Mächtigen hinter verschlossenen Türen um den später als »Augsburger Religionsfrieden« in die Geschichte eingehenden Beschluss rangen, herrschte auf den öffentlichen Plätzen der Stadt wie immer an solchen Tagen buntes Treiben.

Besonders munter ging es auf dem Weinmarkt zu, wo ein Bärenführer seine Künste zeigte. Der Mann war noch sehr jung, höchstens 16 oder 17 Jahre alt, ging aber mit einer solchen Selbstverständlichkeit mit dem gefährlichen Raubtier um, als hätte er sein Leben lang nichts anderes getan.

Unterstützt wurde er dabei nur von einem einbeinigen Graukopf, der mitten in dem von der Zuschauermenge gebildeten Kreis auf einem bequemen Stuhl saß und dem Tier nach erfolgreich durchgeführten Aufgaben seine Belohnung in Form von Nüssen gab. An den Stuhl gelehnt waren zwei Krücken. Der Mann konnte zwar nicht mehr ohne Gehhilfen laufen, verfügte im Oberkörper und den Armen aber offenbar noch über außergewöhnliche Kräfte, die er unter Beweis stellte, als er bei einem kleinen artistischen Kunststückchen seinen jungen Partner im Sitzen mühelos in die Höhe stemmte.

Als die Vorführung beendet war, legte der Bär sich zu Füßen des Graukopfs hin und ließ sich von ihm strei-

294

cheln und den Pelz klopfen, während der Junge mit einem großen Hut im Publikum herumging und seinen Obolus einsammelte.

Martinus Althammer, der den Auftritt aufmerksam verfolgt hatte, beobachtete gespannt, wie er sich dabei einem zerlumpten, auf einen Stock gestützten Blinden näherte, der zwar von riesenhafter Statur war, sich aber offensichtlich noch weniger selbst helfen konnte als der verkrüppelte Bärenführer. Es war Siegmund, der Schmied, der sich bei der Arbeit an seinem Schmiedefeuer im Suff selbst geblendet hatte. Nach dem Weggang seines Sohnes und dem Tod seiner Frau war er allein und völlig verarmt.

Bei seinem Anblick blieb der junge Bärenführer stehen. Althammer konnte nur das Gesicht des einstigen Schmieds, nicht das des jungen Mannes erkennen. Aber er sah, wie dieser die Hand des Blinden nahm und den Inhalt seines Hutes hineingleiten ließ, bevor er ohne ein einziges Wort die Runde fortsetzte. Siegmunds Miene verriet Dankbarkeit, jedoch keinerlei Erkennen.

Martinus Althammer dagegen hatte die zwei Bärenführer sofort erkannt, obwohl sie sich äußerlich sehr verändert hatten. Er las in ihren Gesichtern und fand, sie sähen aus, als seien sie eins mit sich und der Welt. Er selbst war es auch. Er war immer noch Untersuchungsrichter im Auftrag des Stadtvogts.

GLOSSAR

Bahrprobe: Gottesurteil, bei dem ein Tatverdächtiger zu einem Mordopfer geführt wurde, in der Annahme, das Blut des Toten beginne wieder zu fließen, um den Mörder zu verraten

Büttel: Gerichtsdiener, Scherge
Ich gebrauche das Wort im Wechsel mit dem Begriff »Stadtsoldat« für die von der Stadt eingesetzten Ordnungshüter als Vorläufer der Schutzpolizei, was historisch zwar nicht ganz korrekt ist, aber die rechtlich komplexen und teilweise verwirrenden Zustände vereinfacht.

Eidam: Schwiegersohn

Fähnlein: Unterabteilung eines Landsknechtsregiments mit etwa 300 bis 400 Landsknechten, wobei die Zahlen stark schwanken konnten, befehligt in der Regel von einem Hauptmann

Fourage machen: militärischer Begriff = Verpflegung für die Truppe organisieren

garten: Bezeichnung für das Herumstreunen und Betteln entlassener Landsknechte

Gelbschnabel: junger, unerfahrener Mensch. So benannt, weil die Haut am Schnabelansatz junger Vögel eine gelbliche Farbe hat. Danach wird seit dem 18. Jahrhundert in Anlehnung an grün »frisch, unreif, unerfahren« auch Grünschnabel gebildet (zumal die betreffende Schnabelhautfarbe auch als »grünlich« interpretiert werden kann).

Geschlechtertanz: Tanzveranstaltung der Patrizier (Geschlechter) in dem eigens dafür gebauten Tanzhaus

Inquisition: von lateinisch »inquirere« = untersuchen. Gerichtsverfahren, die sich unter Hinzuziehung von katholischen Geistlichen vor allem der Verfolgung von Ketzern widmeten. Die mittelalterliche Inquisition ist heute vor allem berüchtigt wegen ihrer grausamen Verhörmethoden und der Scheiterhaufen, auf denen die Verurteilten verbrannt wurden. Aus historischer Sicht wird diese Betrachtungsweise allerdings als stark vereinfachend angesehen.

Katzbalger: Kurzschwert, besonders beliebt bei den Landsknechten

Konzil von Trient: Konzil = Versammlung von hohen Klerikern zur Klärung theologischer Fragen. Das Konzil von Trient tagte zwischen 1545 und 1563. Es wurde auf Drängen von Kaiser Karl V. als Reaktion auf die Reformation einberufen. Von 1547 bis 1549 verlegte man den Tagungsort nach Bologna, da man sich aufgrund des Schmalkaldischen Kriegs in Trient nicht mehr sicher fühlte.

Laster wider die Natur: mittelalterliche Bezeichnung für Homosexualität

marodieren: plündern und brandschatzen

Muhme: Tante

Oheim: Onkel

Philipp I., Landgraf von Hessen: (1504–1567), auch der Großmütige genannt, neben Kurfürst Johann Friedrich von Sachsen wichtigster Führer des Schmalkaldischen Bundes. Angeblich litt er unter einer angeborenen Triorchie, einer Fehlbildung, die als dritter Hoden gedeutet wurde und auf die Johann Friedrich im Roman anspielt, wenn er vom »hessischen Gockel« und seinen »drei Eiern« spricht.

Plattner: gehörten zu den Waffenschmieden und beschäftigten sich vor allem mit der Herstellung von Rüstungen, speziell den so genannten »Plattenharnischen«.

Reisiger: bewaffneter Reiter, berittener Soldat

Rotte: Unterabteilung eines Landsknechtfähnleins, bestehend aus etwa acht bis zwölf Landsknechten, befehligt von einem Rottmeister

Schaube: vorne offen getragener, meist knielanger Überrock

Sodomiter: Schimpfwort für Homosexuelle

Stadtphysikus: von der Stadt angestellter Arzt

Stellmacher: Handwerksberuf, auch Wagner genannt, zuständig für die Herstellung von Rädern und Wagen

Tercios: spanische Elitetruppen des Herzogs von Alba

Welsche: Im Mittelhochdeutschen bedeutete »welsch« zum einen »romanisch«, bezog sich damit auf eine der romanischen Nationen und stand also für »italienisch«, »französisch«, oder »spanisch«, zum anderen bildete es aber auch ganz allgemein den Gegensatz zu »deutsch«. Welsche waren also »Nicht-Deutsche«.

Zutrinken: Trinkritual, bei dem die Zurückweisung des Zuprostenden als schwere Beleidigung angesehen wurde. Das »Kampftrinken«, das sich teilweise daraus entwickelte, endete manchmal sogar tödlich, sodass man schließlich versuchte, die Unsitte mit Verboten und Strafandrohungen zu unterbinden.

Spanisch:

Cobarde de mierda! = Verdammter Feigling!

Eso le pasa por tonto! = Daran ist sein Dummkopf schuld!

Imbécil! = Depp!

¡No tienes cojones, cabrón! = Du hast keine Eier, du
Scheißkerl!

¡Qué mierda! = Was für ein Mist!

¡Vamos! = Auf! Los jetzt! Vorwärts!

Lateinische Sätze und Zitate:

Bonus vir semper tiro. = Ein guter Mensch bleibt immer
Anfänger.
Das Zitat stammt ursprünglich aus den Epigrammen des
Marcus Valerius Martialis (40 – circa 104 nach Christus),
wurde später aber durch Goethes Aufnahme in seine
»Maximen und Reflexionen« bekannt. Im Zusammen-
hang bedeutet es dort, dass sich ein guter, unbefangener
Mensch leichter täuschen lässt.

Causa finita est. = Der Fall ist erledigt. / Die Sache ist
entschieden.
Zitat aus den »Sermones« des Augustinus (354–430 nach
Christus)

Deo gratias = Gott sei Dank

Homo homini lupus est! = Der Mensch ist des Menschen
Wolf.
Das Zitat stammt ursprünglich aus einer Komödie des

römischen Dichters Titus Maccius Plautus (circa 254–184 vor Christus), bekannt wurde es jedoch vor allem durch die Verwendung des englischen Philosophen Thomas Hobbes (1588–1679) als vorangestellte Widmung in seiner staatstheoretischen Schrift »De Cive«.

Ibi fas ubi proxima merces. = Wo der Gewinn am höchsten ist, da ist das Recht.
Zitat des römischen Dichters Marcus Annaeus Lucanus (39–65 nach Christus)

Iustus enim ex fide vivit. = Der Gerechte wird aus dem Glauben leben.
Martin Luther mit Bezug auf den Paulusbrief an die Römer, Kapitel 1, Vers 17

Obsequium amicus, veritas odium parit. = Willfährigkeit macht Freunde, Wahrheit schafft Hass.
Zitat des römischen Dichters Terenz (190–159 vor Christus)

Quid est veritas? = Was ist Wahrheit?
Zitat aus dem Johannesevangelium, dort die Erwiderung des Pontius Pilatus auf die Behauptung Jesu, in die Welt gekommen zu sein, um »Zeugnis für die Wahrheit« abzulegen.

ZEITTAFEL

1517

Am 31. Oktober hängt Martin Luther seine 95 Thesen wider den Ablasshandel an die Tür der Schlosskirche zu Wittenberg.

1518

Auf dem Reichstag zu Augsburg wird Luther vom päpstlichen Legaten Kardinal Cajetan verhört. Er weigert sich, seine Thesen zu widerrufen, und entzieht sich einer drohenden Verhaftung durch die Flucht.

1520

Luthers reformatorische Programmschriften »An den Christlichen Adel«, »De captivitate Babylonia« und »Von der Freiheit eines Christenmenschen« werden gedruckt.

1521/1522

Auf dem Reichstag zu Worms stellen sich viele Reichsfürsten auf Luthers Seite, er verweigert den Widerruf seiner Lehre. Der sächsische Kurfürst Friedrich lässt Luther zu seinem Schutz auf die Wartburg bei Eisenach entführen. Unter dem Decknamen Junker Jörg übersetzt er dort das Neue Testament.

1524/25

Luthers Argumentation in der Schrift »Von der Freiheit eines Christenmenschen« sowie seine Übersetzung des Neuen Testaments sind Mitauslöser für das Hinterfragen des mit dem »Willen Gottes« gerechtfertigten Feudalsystems und für das Aufbegehren des »gemeinen Mannes«. Obwohl Luther die Aufstände verurteilt, weiten sie sich zum großen deutschen Bauernkrieg aus. In der Schlacht bei Frankenhausen am 15. Mai 1525 wird das Bauernheer vernichtend geschlagen. Der wichtigste Anführer der Aufständischen, Thomas Müntzer, wird enthauptet.

1530

Auf dem Reichstag zu Augsburg versucht Karl V., die Glaubensfragen auf Reichsebene zu klären. Die lutherischen Theologen legen die von Melanchthon verfasste »Confessio Augustana« (Augsburger Bekenntnis) vor, die bis heute eine gültige Bekenntnisschrift der lutherischen Landeskirche ist. Der Kaiser und die Reichstagsmehrheit weisen die »Confessio Augustana« zurück.

1531

In Schmalkalden schließen sich die protestantischen Fürsten am 27. Februar zur Verteidigung der Reformation und der landesherrschaftlichen Vorrechte im Schmalkaldischen Bund zusammen. Der Bund ist ein Verteidigungsbündnis mit Verpflichtung zu gegenseitiger Hilfe im Falle eines katholischen Angriffs. Die Führung obliegt den wichtigsten protestantischen Fürstentümern Hessen und Kursachsen.

1532

Auf dem Reichstag in Regensburg erlässt Kaiser
Karl V. mit der »Constitutio Criminalis Carolina«
das erste Strafgesetz mit einer Strafprozessordnung in
Deutschland.

Für den Rest des Jahrzehnts kommt kein weiterer
Reichstag mehr zustande. Die Fronten zwischen den
religiösen Widersachern sind verhärtet.

Am 16. August wird Johann Friedrich I. nach dem
Tod seines Vaters Johann des Beständigen neuer Kurfürst von Sachsen.

1534

Die vollständige Bibel in der Übersetzung Martin
Luthers (Altes und Neues Testament) erscheint im Druck.

1541–1545

Auf den Reichstagen zu Regensburg 1541, Speyer
1542, Nürnberg 1542, Nürnberg 1543, Speyer 1544 und
Worms 1545 versucht Karl V. erneut, die Protestanten zu einer Rückkehr zum alten Glauben zu bewegen, was misslingt.

1546

Am 18. Februar stirbt Martin Luther in Eisleben. Er
wird in Wittenberg beigesetzt.

Als der Reichstag zu Regensburg erneut keine Eini-
gung in der Religionsfrage bringt, scheint ein Waffen-
gang unvermeidlich.

Im Juli entschließen sich die Führer des Schmalkaldischen Bundes, Kurfürst Johann Friedrich von Sachsen

und Landgraf Philipp von Hessen, angesichts der Kriegs-
vorbereitungen Kaiser Karls zu einem Präventivkrieg.

1547/1548

In der Schlacht bei Mühlberg an der Elbe erleiden die
Protestanten am 24. April eine entscheidende Niederlage. Kurfürst Johann Friedrich wird gefangen genommen und unterschreibt, um einer Hinrichtung zu entge-
hen, am 19. Mai die Wittenberger Kapitulation.

Auf dem im September eröffneten »geharnischten
Reichstag« zu Augsburg versucht Kaiser Karl, seine reli-
gionspolitischen Ziele umzusetzen. Das von ihm im Mai
1548 durchgedrückte Interim, die Übergangslösung bis zur
endgültigen Entscheidung der Religionsfrage durch das
päpstliche Konzil, stößt jedoch auf erhebliche Widerstände.

1551/1552

Im Reich wächst die Unzufriedenheit mit den Beschlüs-
sen des Augsburger Reichstages von 1548. Die protestantischen Fürsten schließen sich im Vertrag von Torgau zu
einem Bündnis zusammen und verbünden sich mit König
Heinrich II. von Frankreich, der dem Kaiser im Herbst
1551 den Krieg erklärt und bis zum Rhein vorstößt.

Die Truppen der verbündeten Fürsten erobern die
noch kaisertreuen Städte im Süden und dringen im März
1552 nach Tirol vor. Karl V. flieht nach Kärnten, während
sein Bruder Ferdinand Verhandlungen mit den protestantischen Fürsten aufnimmt.

Im Passauer Vertrag vom 2. August 1552 zwischen
dem römisch-deutschen König Ferdinand I. und den
protestantischen Reichsfürsten unter Führung Moritz'

von Sachsen kommt es zur formalen Anerkennung des Protestantismus.

Die immer noch vom Kaiser gefangen gehaltenen Philipp von Hessen und Johann Friedrich von Sachsen werden freigelassen.

1555

Auf dem Reichstag zu Augsburg wird nach langen Verhandlungen der »Augsburger Religionsfrieden« verkündet. Das Gesetz vom 25. September gewährt den weltlichen Reichsständen Religionsfreiheit. Untertanen von Fürsten müssen den Glauben ihres Landesherrn annehmen (»Cuius regio, eius religio«) oder dürfen auswandern.

SCHLUSSBEMERKUNG

Mein Dank gilt den Verfassern der zahlreichen Fachbücher, die ich für die Recherche dieses Romans verwendet habe. Um sie im Nachhinein alle zu benennen, bedürfte es eines eigenen Buches, da ich unter anderem – Dank sei hier insbesondere dem Internet – eine Vielzahl an Kleinigkeiten aus unzähligen verstaubten, mittlerweile aber schon digitalisierten Geschichtsbüchern, Chroniken und Quellen herausgezogen habe.

Da es sich hier um einen Roman und nicht um eine wissenschaftliche Arbeit handelt, hatte ich allerdings dort, wo es mir an Informationen fehlte oder aus Gründen der Dramaturgie oder nur der Einfachheit halber sinnvoll erschien, auch keine Skrupel, Gebrauch von meiner dichterischen Freiheit zu machen.

Dies geschah beispielsweise bei der Einsetzung eines Untersuchungsrichters, den es so in dieser Form damals noch nicht gab, oder bei der Zeichnung historischer Figuren wie etwa Georg Seld oder Fürst Johann Friedrich. Vor allem Ersterer wird es mir hoffentlich auch post mortem noch verzeihen, sollte ich ihm Unrecht getan haben.

© The Hebrew University of Jerusalem & The Jewish National & University Library

*Weitere Krimis finden Sie auf den
folgenden Seiten und im Internet:*

WWW.GMEINER-SPANNUNG.DE

WOLFGANG KEMMER
Sherlocks Geist
....
978-3-8392-1753-5 (Paperback)
978-3-8392-4769-3 (pdf)
978-3-8392-4768-6 (epub)

EIN FALL VON TOD Kurz vor Silvester treibt in Meiringen ein Serienmörder sein Unwesen. Seine Opfer wurden alle mit Mordwaffen aus Sherlock-Holmes-Geschichten getötet und seltsamerweise tragen sie alle den Namen eines italienischen Geheimbündlers aus dem 19. Jahrhundert.

Als auch noch ein mysteriöses Sherlock-Holmes-Double auftaucht, steht Denise Hostettler von der Kantonspolizei Bern vor einem rätselhaften Geflecht aus historischen Fakten, Fiktion und gegenwärtigem Entsetzen.

WWW.GMEINER-VERLAG.DE
Wir machen's spannend

B. ERWIN / U. BUCHHORN
Die Calvinistin
....
978-3-8392-2104-4 (Paperback)
978-3-8392-5451-6 (pdf)
978-3-8392-5450-9 (epub)

MÖRDERISCHE MISSION März 1618: Während religiöse Spannungen das Land spalten und der junge Kurfürst Friedrich V. mit der böhmischen Krone liebäugelt, hütet der Katholik Jakob Liebig ein gefährliches Geheimnis. Als Spion reist er nach Heidelberg. Immer tiefer verstrickt er sich in ein gefährliches Spiel aus politischen Ränken und Mord. Bald sind seine einzigen Verbündeten die junge Calvinistin Sophie und ein bärbeißiger Hauptmann der Stadtwache. Über Glaubensgrenzen hinweg schmieden die drei eine ungewöhnliche Allianz.

SILVIA STOLZENBURG
Die Salbenmacherin
und die Hure
....
978-3-8392-2157-0 (Paperback)
978-3-8392-5553-7 (pdf)
978-3-8392-5552-0 (epub)

MORD IN NÜRNBERG
Brütende Sommerhitze liegt über der Stadt. Seit Wochen hat es nicht mehr geregnet, und die Menschen der Handelsmetropole werden zusehends dünnhäutiger und gereizter. Während immer mehr Nürnberger an einem rätselhaften Fieber erkranken, wird ein grauenhaft zugerichteter Leichnam am Ufer der Pegnitz an Land gespült. Dem Toten fehlen nicht nur der Kopf und die Hände – er scheint fachmännisch ausgeweidet worden zu sein. Die Nürnberger sind entsetzt. Als zwei Nächte später angeblich ein Werwolf in den Wäldern rings um die Stadt gesichtet wird, greift Panik um sich. Gehen Dämonen um?

GMEINER SPANNUNG

WWW.GMEINER-VERLAG.DE
Wir machen's spannend

Das Neueste aus der Gmeiner-Bibliothek

Unser Lesermagazin

Bestellen Sie das
kostenlose Krimi-
Journal in Ihrer
Buchhandlung
oder unter
www.gmeiner-verlag.de

Informieren Sie sich ...

www ... auf unserer Homepage:
www.gmeiner-verlag.de

@ ... über unseren Newsletter:
Melden Sie sich für unseren Newsletter an
unter www.gmeiner-verlag.de/newsletter

f ... werden Sie Fan auf Facebook:
www.facebook.com/gmeiner.verlag

Mitmachen und gewinnen!

Schicken Sie uns Ihre Meinung zu unseren Büchern
per Mail an gewinnspiel@gmeiner-verlag.de
und nehmen Sie automatisch an unserem
Jahresgewinnspiel mit »mörderisch guten« Preisen teil!

WWW.GMEINER-VERLAG.DE
Wir machen's spannend